Editora – Catia Mourão
Capa – Joice Dias
Diagramação – Catia Mourão
Revisão – Isadora Duarte

CIP-BRASIL. CATALOGAÇÃO NA PUBLICAÇÃO
SINDICATO NACIONAL DOS EDITORES DE LIVROS, RJ

L947s

Love, J.
Se não fôssemos opostos / J. Love. - 1. ed. - Rio de Janeiro : Ler, 2024.
212 p. ; 23 cm.

ISBN 978-65-5055-086-8

Romance brasileiro. I. Título.

24-93256 CDD: 869.3
CDU: 82-31(81)

Gabriela Faray Ferreira Lopes - Bibliotecária - CRB-7/6643
11/08/2024 14/08/2024

Foi feito o depósito legal.
Direitos de edição: Ler Editorial

Ler Editorial

Se não FÔSSEMOS opostos

J. LOVE

1ª edição
Rio de Janeiro – Brasil

Sumário

Para todos aqueles que amam
histórias de amor carregadas de clichê.

E para aqueles que constantemente precisam
lidar com a ansiedade.

1

Filósofo de botequim

Em momentos como esse, me pergunto se não seria infinitamente mais fácil se eu desistisse. É tão mais confortável eu dar meia-volta e sair desse lugar cheio e assustador. É quase como se na saída tivesse um grande letreiro em neon dizendo que lá tem ar puro e nenhuma possibilidade catastrófica.

Eu também sei que não quero desistir de verdade. Lutei muito para chegar até aqui, mas o que ninguém conta para as pessoas que vencem é que depois da linha de chegada, há muito mais dificuldades e que desistir também exige uma coragem que eu não tenho, na verdade ultimamente eu pareço um filhotinho de cachorro que tem medo da própria sombra. Tudo me assusta, *a vida me assusta.*

Tento lembrar das instruções de como se respira, acho até que anotei em algum lugar os passos corretos para controlar minha respiração, mas não é tão fácil, não quando eu sei que todo mundo irá me olhar querendo saber o que há de errado, ou o que *esteve* tão ruim que fez com que eu sumisse.

Continuo andando pelos corredores lotados e barulhentos, mantendo meu destino em mente. Agora eu só tenho que chegar a sala de aula. Quando eu chegar lá, já terei vencido uma das partes mais difíceis de tudo isso.

E é claro que essa é uma daquelas mentiras que a gente conta para nós mesmos porque assim que eu entro na sala de aula, fica bem claro que a parte mais difícil é esta aqui e não o caminho que percorri.

— Estela — Eduarda grita assim que me vê, correndo até mim. — Como você está? O que houve? Estava com saudade!

A profusão de palavras me faz ficar estática porque Eduarda me envolve com seus braços magros, dando pulinhos que mostram o quanto está animada.

Penso no que responder, mas outras pessoas da turma me rodeiam como se eu tivesse uma revelação bem importante a fazer.

— Vi que parou até com seu canal no YouTube — fala Brenda, uma das garotas mais velhas da turma.

— Pois é, senti falta das suas dicas — completa Karina, a segunda garota mais velha que já está na terceira graduação e ainda não se encontrou.

— Eu tive um problema renal. — A mentira sai da minha boca com mais facilidade do que pensei. Nunca fui uma boa mentirosa, mas agora não tenho muita opção, não se eu quiser ficar sendo a mesma Estela de sempre. — Passei por uma pequena cirurgia e tive que ficar todo esse tempo de repouso.

— Nossa! — Brenda me olha de um jeito maternal. — Sempre te falei para maneirar no refrigerante.

— Todo mundo da nossa idade toma refrigerante — Eduarda diz de um jeito meio arrogante.

— Estou me cuidando melhor agora — falo para todos, apertando a alça da mochila no ombro. — Obrigada pela preocupação, irei me sentar um pouco, se vocês não se importam.

— Claro, deve estar se recuperando ainda — Karina fala daquele seu jeitinho tranquilo.

Vou para meu lugar de sempre, a primeira mesa perto da janela. Por um momento, pensei que estar no mesmo lugar faria com que os dois meses que passei longe não parecessem tão longos, mas assim que me acomodo na mesa, fica bem claro que o tempo passou. A turma volta a conversar e eu vejo que novos grupinhos se formaram e que apesar de estarem preocupados comigo, eu não entendo mais as piadas internas, ou estou por dentro de tudo o que aconteceu.

Talvez seja minha culpa por ter ficado afastada de tudo, não participando do grupo de mensagens e mantendo contato apenas com os professores, ou talvez eu não seja mais a Estela de antes, apenas uma versão pela metade do que eu era.

Tento me distrair ajeitando meu caderno com várias folhas de conteúdos coladas, conteúdos que eu apenas imprimi e não aprendi de fato. Enquanto arrumo minha coleção de canetas, o professor chega. Meu professor favorito, Ramon. Ele tem aquele jeito desleixado de quem não está nem aí para nada, mas quando ele fala, não tem quem não pare para ouvir.

Nesse semestre, Ramon está ministrando Literatura Brasileira e talvez essa seja uma das poucas disciplinas que eu sinto muito por ter perdido tantas aulas.

— Que bom que está de volta, Estela — o professor diz e me olha de um jeito carinhoso que faz com que meu estômago de uma cambalhota. — Sentimos sua falta.

Sorrio, completamente sem graça, e o observo espalhar seu material em cima da mesa, por pouco não esbarrando no copo de café fumegante. Professor Ramon tem esse jeito atrapalhado e se qualquer homem com mais de quarenta e cinco fosse tão desajustado, eu acharia bem ridículo, mas não vindo dele. Não sei dizer exatamente o que esse professor tem, mas digamos que apesar de ele não ser um cara bonito, a maioria das garotas do departamento de Letras suspira por ele, porque além da forma desastrada, Ramon também carrega lenços no bolso e não se importa muito se alguém estiver precisando de um conselho quando ele tem uma aula para ministrar.

Antes da minha vida virar essa grande bagunça, eu tinha o objetivo de conseguir tirar dez com ele, na verdade nunca passei de oito e ainda não entendo bem o motivo, eu claramente explico a parte teórica de cada livro que ele nos pede para ler, descubro até mesmo sobre a família do autor, mas Ramon insiste em dizer que falta minha personalidade no trabalho.

Estou anotando a data na margem do caderno no momento em que as garotas da turma começam a cochichar e dão risinhos. O tempo passou e elas ainda têm a mesma mania de garotinhas quando ele chega. Por um momento, esqueci que apesar de eu amar a faculdade, não gosto muito de alguém que estuda nessa sala.

— Estela! — ele grita assim que me vê, parecendo tão animado que chega a me causar arrepios. — Pensei que não iria mais ver essa sua carinha de babuíno. Estava presa não é? Certeza que fez algo errado e foi ver o sol nascer quadrado e agora está cumprindo a pena através de serviço voluntário.

Eu seguro a minha caneta em formato de cacto com um pouco mais de força do que o necessário porque Alex, com a sílaba tônica no A como insiste em dizer, está bem aqui, fazendo suposições ridículas sobre eu ter me afastado.

— Eu estava doente — falo entredentes. — Acho que ambos sabemos que você tem mais possibilidade de ser preso do que eu, ou esqueceu da vez em que eu te vi sendo posto para fora do supermercado pelos seguranças?

— A diferença é que as garotas se amarram em um cara fora da lei.

— Para você ver o tipo de garotas que andam ao seu redor.

— Algumas coisas nunca mudam, não é? — professor Ramon nos interrompe e eu percebo que ele está rindo. — Alex, para de importunar a Estela e vai para o seu lugar.

— Claro, capitão!

E aí está mais um dos motivos pelos quais eu realmente odeio Alex Martinelli: ele sempre consegue nota máxima com o Ramon, justo ele que não leva nada a sério e tem o cérebro do tamanho de um caroço de azeitona. Não estaria exagerando se dissesse que ele é o favorito do professor, mas também garanto que é só porque é um puxa-saco imbecil.

— Agora que estamos de volta a programação normal. — O professor vai para a frente da sala e coloca as mãos nos bolsos do jeans surrado. — Irei passar para vocês o trabalho do semestre. Será um pouco diferente e teremos seminários em grupos sobre os principais livros do realismo e romantismo. Quero algo incrível e criativo, nada de cópias de artigos da internet, eu quero teorias e quero ver vocês em cada questão abordada e é por isso eu perdi meu precioso tempo dividindo os grupos. Eu poderia ter ficado assistindo *Lúcifer,* mas fiquei pensando na 4003 e nas doces personalidades dos meus alunos favoritos.

A turma ri do discurso do professor, principalmente quando ele pega um monte de papel amassado do bolso do jeans.

— Não se esqueçam que eu também quero um trabalho escrito sobre cada livro que irão ler. Serão dois, cada qual pertencente a um período da história literária. Quero as características do realismo e do romantismo e como está empregada em cada obra.

A turma permanece em silêncio, todos anotando cada palavra que o professor diz porque apesar de ele ser conhecido como legal, não tem por costume repetir as explicações. Eu também anoto tudo, mas ainda me sinto uma estrangeira aqui, tenho receio de sequer conseguir acompanhar o ritmo da turma.

Sei que esse provavelmente é um daqueles meus medos infundados, mas não consigo evitar me sentir apreensiva, ainda mais quando Ramon começa a dizer o nome dos grupos, que na verdade são duplas. Eu nunca gostei muito de trabalhos em grupo porque sempre me senti melhor trabalhando sozinha.

— A última dupla eu sei que dará problemas — o professor fala, me despertando de meus devaneios. — Espero que me perdoem por isso, mas tenho como justificativa o fato de que um estava viajando a trabalho e a outra de licença médica. Não sabia que iria voltar tão cedo, Estelinha.

A justificativa faz meu corpo todo ficar gelado. Eu sei quem será minha dupla e merda, isso parece uma daquelas fanfics que eu gosto de ficar lendo na internet com os membros da finada *One Direction*.

— Alex Martinelli e Estela Freitas — o professor anuncia e percebo que ele está com muita vontade de rir, como se estivesse contando a piada do ano. — Vocês ficarão com *Dom Casmurro* e *Senhora*. Deixei vocês com os livros que mais gosto para ser perdoado.

Olho para Alex e ele me encara com algo semelhante a nojo.

— Não posso fazer sozinha? — questiono, ainda olhando para a personificação do hétero top dessa década.

— Não posso mudar as regras, Estela — Ramon fala e dessa vez consigo ver seu sorriso, ele deve estar se achando o piadista do ano.

— Não se preocupe, Estela, eu não tenho preconceito contra ex-detentas. Acredito muito que vocês devam voltar à sociedade.

Sem conseguir me conter, levanto meu dedo do meio para ele, esquecendo todos os meus esforços para sempre parecer madura perto de Ramon. Nesse instante, ele não está sendo meu professor favorito, está mais para carrasco.

Sério que de todas as pessoas do mundo e de todos os momentos inoportunos, ele teve que escolher justo esse e Alex Martinelli para fazer um trabalho comigo? Alex, o mesmo cara que vive de *likes* e mostrando a foto da barriga sarada no Instagram, o mesmo que tem um canal no YouTube com um quadro no qual se intitula guru do amor?

Esse é o mesmo cara que fica no bar quando não gosta da aula e se filma escrevendo poemas em guardanapos com um copo de cerveja ao lado, como se fosse a porra de um filósofo de botequim.

Hoje é, oficialmente, o pior dia do mundo para eu ter voltado à faculdade.

2

O rei dos babacas

Eu não sou horrivelmente desfigurada, nem sequer faço parte daquele grupo de pessoas que são estranhas o suficiente para parecerem mutantes e participarem do filme como discípulos do professor Xavier, eu apenas sou o tipo de garota que sempre tem pelo de gato laranja na roupa e que não se importa tanto sobre quando deve retocar a raiz do cabelo para não aparecer a cor natural.

A questão é que durante os cinco minutos em que conheci Alex Martinelli, ele me fez questionar cada detalhe da minha aparência. Ele me olhou como se eu fosse uma garota repugnante, alguém que sequer deveria ousar estar no mesmo espaço que ele, sem falar em todo aquele papo de eu estar no nicho menos visível do YouTube e que eu seria mais reconhecida se usasse maquiagem e colocasse meu corpo para jogo. Foi nojento, repugnante e qualquer sinônimo existente não será o suficiente para mostrar o quanto o odeio.

É por isso que quando a aula de Literatura acaba, a mesma aula que eu não fui capaz de prestar atenção porque estava ocupada demais pensando em formas de fugir do trabalho, seguro meu lápis com muito mais força do que o necessário apenas para não ficar tentada a fazer de Alex uma nova espécie de unicórnio com um lápis verde saindo da testa.

Estar com raiva e frustrada me assusta porque eu não sei como lidar com meus sentimentos nos últimos tempos. Qualquer coisa que eu sinta minimamente diferente é o suficiente para que o pavor tome conta de cada célula do meu corpo. É como se eu fosse um balão cheio demais, frágil, a ponto de a qualquer segundo explodir.

Quando Alex se aproxima da minha mesa, andando daquele seu jeito seguro e com o rosto marcado por uma expressão arrogante, eu sinto um pouco mais de medo, não de eu surtar e atacá-lo, mas de deixar transparecer que o problema que me afastou de tudo não está nos meus rins, mas na minha cabeça, e eu não quero que ninguém saiba disso, mas quando o assunto envolve a mim e Alex, as pessoas meio que ficam por perto, esperando o circo pegar fogo.

Noto o instante em que ele pega a cadeira da mesa ao lado e a posiciona no corredor, virando o encosto em minha direção e sentando-se de um jeito meio ridículo, apoiando os cotovelos onde deveria ser as costas e me olhando como se já estivesse preparado para nossa troca de farpas.

Por favor, não seja tão babaca, apenas por hoje.

Imploro em pensamento por algo que eu sei que não vai acontecer. Estou no terceiro semestre da faculdade de Letras e em nenhum deles Alex foi minimamente gentil comigo.

— Então, mau elemento, como vamos fazer esse trabalho? — ele questiona e eu posso ver o olhar de nossos colegas, estão enrolando apenas para ver como resolveremos a brincadeirinha do professor Ramon.

— Cada um faz sua parte — falo, tentando parecer tão segura quanto antes, mesmo sentindo como se meu estômago estivesse borbulhando. Sinto a bile subir até a garganta, fazendo meu esôfago arder e sequer sei se isso é possível.

— Acho que deveríamos nos encontrar para fazer tudo do jeito certo, Estela. — Ele ajeita os óculos de aros redondos e eu sei que usa apenas por estética, não por realmente precisar. — Que tal eu ir até sua casa?

— Eu não quero você na minha casa!

A afirmação escapa da minha boca rápida demais, fazendo com que eu me esquecesse dos olhares que ainda estavam na gente.

— Ótimo, então você vai na minha. — Ele se levanta e coloca a cadeira no lugar. — Não pense besteiras, meu bem.

Alex pisca e sai da sala antes que eu tenha tempo de dizer algo. Não demora para seu grupo de fãs ardorosas o seguir para o corredor lotado e não demora nem um minuto para eu sair correndo também, sentindo que iria vomitar minha dignidade com o bolo que mamãe preparou mais cedo.

Os corredores lotados da faculdade parecem muito mais ameaçadores do que antes, talvez porque agora eu esteja sentindo que a qualquer momento irei perder o controle e isso simplesmente não pode acontecer porque não tem ninguém confiável perto de mim.

Minha melhor amiga, também conhecida como prima, Britany, está do outro lado desse prédio e não quero ter de incomodá-la porque sinto que irei passar mal. Na verdade, estou cansada de precisar tanto de todo mundo, é como se eu tivesse sido tirada tanto do eixo que sou incapaz de ser independente de novo.

A prova maior é que quando consigo entrar no banheiro feminino do final do corredor, estou à beira das lágrimas e sentindo o pavor se acumular em mim, dando a impressão de que minha garganta está comprimida, impedindo o ar de entrar.

Tento me lembrar das instruções de Carina, minha psicóloga, quando entro em uma das cabines femininas e me sento em cima da tampa do vaso, mas nesses momentos, minha mente dá um branco, quase como se virasse aquela tela azul do Windows. Eu só consigo focar na falta de ar e no medo de perder o controle.

Respire devagar, até sentir que está com o peito cheio de ar.

Então solte devagar. Sinta que está no controle da situação. Visualize as coisas que estão ao seu redor.

As instruções flutuam por minha mente enevoada pelo pânico e eu começo a tentar fazer minha respiração acelerada voltar ao normal. É um pouco difícil visualizar o que está ao meu redor porque estou em um cubículo que não é lá muito higiênico, mas não quero pensar nisso agora.

Concentro-me nas vozes das pessoas que também estão no banheiro e isso alivia a dor pulsante em meu estômago e a ânsia de vômito. Mais alguns segundos se passam até que eu me sinta quase bem.

Não posso evitar o pensamento de culpa quando saio do banheiro e olho meu reflexo no espelho. Meu rosto pálido e sem maquiagem, os cabelos arrumados de qualquer jeito em um nó no alto da cabeça. Lembro-me de que antes, me arrumava uma hora mais cedo apenas por gostar de ficar bonita, agora vejo minhas maquiagens e penso que perderei tempo me arrumando, eu sempre acabo chorando ou suando frio e parecendo um figurante de filmes de zumbis.

Lavo as mãos na água fria e em seguida meu rosto, não deixando de respirar de forma ritmada. Em algumas ocasiões, é um pouco irritante tentar essa técnica para me acalmar. Nas primeiras vezes em que fui ao consultório de Carina, ela me colocava em frente ao espelho e me instruía a como me acalmar, eu ficava um pouco frustrada porque em momentos de crise, respirar fundo é simplesmente impossível. Na teoria tudo é lindo, mas na hora do aperto, todas essas técnicas parecem distantes demais da minha realidade.

Seco o rosto com o papel áspero que fica em cima da pia e volto a caminhar em direção à sala de aula. O barulho e todas essas pessoas aglomeradas fazem com que a sensação de sufocamento volte a tomar conta de mim, assim como a culpa por não estar conseguindo agir como antes.

Sinto vontade de me esconder em algum canto e chorar de pura frustração, mas continuo persistindo e entro na sala, vendo a minha mesa como se esta fosse uma boia salva-vidas no meio do mar revolto.

Percebo, antes de me sentar na cadeira, os olhares curiosos em minha direção, e me forço a sorrir quando Brenda me olha de um jeito preocupado. Tento lembrar das palavras que usei mais cedo. Infecção renal. Se alguém vier perguntar, irei dizer que estou com dor.

Só que, conforme os minutos restantes do intervalo vão passando, começo a sentir a necessidade de ir embora. Aquele sentimento de que sou uma estrangeira nesse lugar toma conta e não demora para o medo fazer minha nuca suar e as mãos tremerem.

Guardo meus materiais e saio da sala rapidamente, pegando um atalho até a parte da frente da faculdade e respirando o ar frio da noite. Eu sou uma covarde. É meu primeiro dia depois do atestado e eu sequer aguentei ficar até o final da aula.

3

Sem explicação

Nem sempre precisa ter acontecido alguma coisa para eu ser consumida por esse sentimento angustiante de que algo muito errado está acontecendo. Começa como um pequeno sentimento ruim, pode ser com um pensamento que eu considero fora do normal, ou então com uma sensação que eu preciso compreender.

Às vezes é só aquela certeza agonizante de que eu irei enlouquecer, ou então a suspeita nada fundamentada de que algo está muito errado com o meu corpo. Então eu tento responder aos questionamentos, buscar um alívio para as dúvidas que tiram minha paz.

Eu acesso o google e escrevo na barra de buscas tudo o que estou sentindo, verifico para ter certeza de que eu não esqueci de nada, não posso omitir algo e ficar sem saber o que eu tenho, mesmo que eu saiba o que tenho.

Por dois segundos, os resultados aliviam a busca aflitiva, o nó em meu peito vai diminuindo, mas então, no meio de uma centena de informações, algo me chama a atenção. Pode ser um transtorno mental considerado grave, ou então uma doença silenciosa e fatal que atinge apenas três por cento das pessoas no mundo todo. É o que basta para que minha respiração fique acelerada, a visão fique embaçada e meu peito estreite até que eu possa jurar sentir meu coração martelar minhas costelas. É nesse momento que o pânico passa a correr por minhas veias e eu me vejo presa na minha bolha de medo, sou incapaz de parar de tremer e não demora para que as lágrimas surjam e molhem meu rosto.

É assim que tem sido os meus dias. Essa angustia sem fim. A falta de certeza em relação a tudo. A dúvida permanente de não saber se um dia minha vida vai voltar ao normal, ou se eu ainda lembro o que é ter uma vida que não é regida pelo medo do imprevisível. É querer desesperadamente colocar um fim a todas as angústias, mas se ver perdendo para elas a cada vez que tudo sai do controle.

Fora a culpa por não ter sido forte o suficiente, culpa por esquecer todas as instruções sobre como lidar com isso, aquela sensação de estar sendo um fardo para todos. E é essa sensação que está me esmagando quando abro o portão da frente de casa e chego bem mais cedo do que o correto. Sinto vergonha quando o rosto da minha mãe aparece na janela da sala.

Assim que entro, sinto o cheiro familiar de comida e vejo Felipe, meu irmão mais novo, deitado no sofá. Ele me olha e sorri daquele seu jeito de quem sempre vê o lado legal da vida.

Meus olhos encontram os de minha mãe no instante em que coloco a mochila em cima do aparador. De certa forma, é acolhedor estar em casa, tudo aqui é claro, limpo, seguro, até o cheiro do produto de limpeza que mamãe usa no chão é reconfortante. A única coisa que não está combinando com o ambiente é a culpa que estou sentindo por ter fracassado.

— Parabéns, querida! — mamãe fala e me surpreende ao se aproximar e me envolver em seus braços. — Você conseguiu.

A culpa é tão esmagadora que sinto meus olhos ficarem cheios de lágrimas.

— Não aguentei ficar a aula toda, mãe — digo e aspiro seu perfume. — Talvez não seja a hora ainda...

— Estela, meu amor, cada pequena vitória conta. Não existe um momento perfeito para as coisas acontecerem. A vida é contar até cinco e ir. Você já venceu por ter conseguido sair de casa e ir para a aula. Vamos comemorar cada conquista, certo?

Mamãe me segura pelos ombros e sorri, parecendo feliz com meu pequeno progresso e mesmo que eu ache que não foi o suficiente, ainda assim, sorrio para ela. Pequenas vitórias também contam, certo?

É sempre meio desanimador entrar em meu quarto e olhar para a parte onde antes eu me divertia gravando vídeos para o YouTube. Eu tenho evitado as redes sociais, porque não sei o que responder para as pessoas quando me perguntam o motivo de ter abandonado um canal literário com mais de trezentos mil inscritos. A verdade é que eu não abandonei meu canal, simplesmente não consigo mais trabalhar com a pressão de antes. O YouTube sempre foi minha válvula de escape, mas então eu comecei a me pressionar para crescer cada vez mais, ter mais patrocínio do pessoal aqui da cidade, fazer mais divulgações pagas para as editoras e em meio a tudo isso, eu me perdi.

Chegou um momento em que eu não sabia mais quem estava sendo. Andava lendo livros que sempre fugiram da minha proposta inicial e pegando mais trabalhos que nada tinham a ver comigo, sem falar na enorme pressão para conseguir ir bem na faculdade.

Para ser sincera, tenho uma pilha de livros não lidos em um canto aqui do quarto e outra pilha de livros que precisam ser lidos, mas que eu não tenho vontade alguma. Na verdade, se eu for fazer somente o que tenho vontade, ficarei apenas em casa, temendo o mundo do lado de fora do portão.

É claro que nem sempre estive cercada de pressões por todos os lados, mas as coisas mudaram em junho passado, quando meu pai foi demitido da empresa onde era gerente de marketing. Nossa vida confortável meio que foi pelo ralo e papai não conseguiu um novo emprego, então agora trabalha como Uber.

Minha mãe, que sempre amou cozinhar, agora faz comida congelada e bolos de potes para vender. Meu pai sente vergonha, mas dona Amália está vendo na crise a oportunidade de fazer o que sempre sonhou de um jeito diferente: ter um restaurante, mesmo que seja apenas de entregas.

Foi no meio disso tudo que eu vi que precisava fazer mais e comecei a investir na produção de conteúdo, fazendo mídia kit e trabalho de divulgação nas minhas redes sociais e passei a me esforçar em dobro na faculdade também.

Estudo em uma universidade conceituada e particular, as mensalidades não são baratas. No ano em que ingressei, estava tendo pouca procura nos cursos de licenciaturas, então quem passou no vestibular e escolheu essa opção, ganhou uma bolsa de estudos integral, mas com a condição de manter a média oito. Se não conseguir, então passa a ter que pagar a disciplina em que falhou.

Essa pressão toda começou a me consumir, passei a temer que meu pai fosse assaltado, ou se envolvesse em uma briga com taxistas, o que andava acontecendo muito segundo os jornais, isso sem falar no medo de perder minha bolsa porque estava com muita dificuldade em Sintaxe.

Esses medos todos, somado ao intenso trabalho a que estava me impondo, me consumiram. Passei a ter crises de choro antes das provas, dor de barriga em dia de apresentação de trabalhos e uma sensação horrível de que algo muito ruim iria acontecer se eu visse papai saindo para o trabalho.

Começou de forma lenta, o suficiente para eu imaginar estar sofrendo de estresse, na verdade, a maioria das pessoas que está na faculdade se sentem sobrecarregadas, mas então no dia dezenove de janeiro, eu tive minha primeira crise de pânico, logo depois de eu me ver em meio ao caos de uma polêmica no Twitter. Eu estava tomando banho, tentando encontrar uma solução para aquele problema, e de repente meu peito doeu, minhas mãos a formigarem e eu acreditei que estava tendo um ataque cardíaco. Vesti meu roupão e corri até minha mãe.

Fui parar na emergência do hospital e na hora, me falaram que eu estava com crise de pânico e que deveria procurar um psiquiatra. Foi como se uma telha tivesse caído em minha cabeça: eu estava louca, surtando de vez.

Em cada momento que me lembro o que passou naqueles meses, sinto vontade de chorar, ou então de fugir de qualquer coisa que desperte lembranças. Sinto-me tão triste que quero só chorar. É como se qualquer coisa me trouxesse o cheiro de álcool do hospital e a angústia de estar perdendo minha sanidade.

Carina, minha psicóloga e luz no final do túnel, diz que isso é apenas um gatilho, uma das muitas coisas que me transportaram para o quadro ansioso. Eu classifico como o momento em que me perdi de mim.

Meu maior medo é nunca mais me reencontrar.

4

Obstáculos

A primeira vez em que meus pais sugeriram que eu procurasse terapia foi porque acharam que eu não estava me comportando como deveria, sempre nervosa, geralmente com as palmas das mãos suando e com medo de colocar o pé para fora de casa.

Confesso que em0 meio a tantos sentimentos desconhecidos, eu senti raiva deles. Do meu pai e da minha mãe. Isso me deixou apavorada porque talvez fosse um indício de que tudo poderia ruir e eu perderia todos ao meu redor.

Mas ao mesmo tempo, pensei que a atitude deles era a cartada final para mostrar que eu havia perdido minha sanidade. Estava louca, como temia. Então eu aceitei ir até a psicóloga que o plano de saúde oferecia, um dos poucos luxos que meus pais estavam conseguindo manter.

Eu me senti mal enquanto subia os três lances de escada, achando tudo muito assustador, ainda mais porque as luzes do corredor estavam estragadas e a parca claridade contribuía para aquele clima ruim de filme de terror.

Porém tudo ficou bem diferente quando eu toquei a campainha da última porta do corredor e uma mulher jovem, de longos cabelos loiros e sorriso gentil, me recebeu com um abraço, fazia algum tempo que eu não era abraçada e esse fato quase me levou às lagrimas.

É engraçado como aquela psicóloga representava todos os meus medos e agora eu venho aqui a cada quinze dias como se fosse minha taboa de salvação. É como se Carina fosse a minha segurança, uma amiga paga e que me acalma e não me julga por cada medo que eu deixo me vencer, como agora, que eu digo que sai mais cedo da faculdade e ela sorri como se eu tivesse vencido uma maratona, ou algo igualmente merecedor de um prêmio.

— Cada passo que você dá para retornar a sua vida, Estela, conta muito. Você está muito acostumada a se julgar o tempo todo. Tem medo de errar, ou então de não ser considerada perfeita. Todo esse perfeccionismo é bom em certo nível, mas elevado apenas te leva à frustração. Você não precisa ser uma filha perfeita, uma aluna perfeita e uma pessoa perfeita. Você pode sentir raiva, isso não quer dizer que está perdendo o controle, apenas que está vivendo e viver bem não quer dizer não ter problemas, mas encontrar soluções.

— Muitas vezes eu só queria ser normal. Tão comum que as pessoas olhariam para mim e não veriam nada de diferente.

— Por quê?

— Porque eu sinto que estou em um buraco e que é muito difícil ver a luz lá de cima. Tudo adquiriu um teor tão difícil que eu a todo momento me questiono o que eu estou fazendo da minha vida, ou o motivo de eu me deixar afetar tanto por coisas que sequer estão em meu controle.

Carina apenas me olha e fica anotando coisas naquela sua folha. Há momentos que eu gostaria muito de pedir para ela me mostrar o que tanto escreve, mas sei que isso vem da minha necessidade constante de sentir que estou no controle.

— O significado de normalidade é muito amplo, Estela. Já conversamos sobre isso, você não é anormal por ter ansiedade. Todos nós possuímos graus diferentes de ansiedade. É algo que veio conosco através da evolução.

Balanço a cabeça, me sentindo mais tranquila com o tom calmo da voz de Carina, mas então me lembro de outra coisa, entre tantas, que está me incomodando.

— Ontem, assim que voltei para aula, Ramon começou a falar sobre as duplas de um trabalho e eu fiquei justamente com um garoto que eu detesto. Isso meio que foi um gatilho para eu não me sentir muito bem. Como se fosse um sinal de que é muito cedo ainda para voltar, quem sabe em outro momento...

— Se formos esperar o momento certo para tudo, Estela, iremos ver a vida passar diante de nossos olhos. O momento certo é aquele em que você decide. Não está cedo demais para você retornar, assim como não está errado você não gostar do seu colega, apenas não use esse motivo para continuar em casa sentindo pena de si mesma. Todos os dias temos que fazer algo assustador, encare esse trabalho como um desafio. Se conseguir trabalhar lado a lado com o garoto que não gosta, então poderá fazer qualquer coisa. Comece a ver os obstáculos que surgem como uma oportunidade.

— Encarar Alex Martinelli como uma oportunidade? Eu confio muito em você, Carina, mas realmente conhece esse garoto? Ele é a personificação de tudo o que eu mais detesto no mundo, sem contar aquela mania de falar como se as pessoas se importassem de fato com o que ele tem a dizer, ou melhor, seu exército de fãs bebe cada palavra que diz, mas eu apenas tenho que me controlar para não vomitar.

— Na vida, temos que fazer coisas que não gostamos. Acha certo perder a chance de tirar seu tão sonhado dez com o professor que mais quer impressionar pelo simples fato de que detesta sua dupla? Se eu bem me lembro, esse Alex é ótimo em Literatura, assim como você.

E aí está algo que eu realmente não posso negar.

— Você tem razão.

— E você é capaz de fazer o que quiser, nunca se esqueça disso.

Se qualquer outra pessoa me falasse isso, eu diria que é apenas uma frase motivacional de merda, mas Carina acredita em mim, ela é o tipo de pessoa que manda mensagem me incentivando e não só porque eu sou sua paciente, mas porque se importa e às vezes tudo o que precisamos é de alguém que se importe o suficiente para te incentivar a encontrar sua melhor versão.

Cada vez que saio do consultório de Carina, eu sinto que consigo conquistar o mundo e que os obstáculos não são tão intransponíveis quanto meus medos me fazem acreditar.

É como se a cada sessão, ela conseguisse me convencer um pouquinho mais de que eu não estou tão à margem do mundo como me sinto, mesmo que agora eu esteja indo para a faculdade quando minha vontade era estar a caminho de casa.

Talvez essa seja a primeira vez em meses que estou longe da segurança da minha casa por tanto tempo, mas não vou conseguir ir em casa e chegar no início das aulas, então estou andando pelas ruas lotadas, aspirando o vento frio de quase inverno que faz com que meu rosto pinique.

Essa sensação é boa, eu me sinto viva, mesmo quando tenho que passar por um grupo de estudantes de ensino médio fazendo algazarra. Não sei explicar bem o motivo, mas aglomeração de pessoas e barulhos faz com que meu coração acelere e as palmas das minhas mãos comecem a suar.

Carina diz que essa é uma reação natural de quem está passando por quadros ansiosos, mas ainda que ela me mande lembretes dessas coisas, às vezes sinto que nada mais está tão fácil quanto já foi.

Minha melhor amiga costuma dizer que eu sempre estou preocupada com alguma coisa, organizando algo, ou simplesmente planejando tanto que a vida sequer será capaz de me surpreender. Britany me dizia isso antes do transtorno de ansiedade e agora me apoia muito para que eu supere essa fase ruim, mas não posso deixar de pensar que ela tinha razão. Eu penso muito. Sobre tudo. O tempo todo.

Em alguns momentos, eu penso tanto que minha cabeça chega a doer, ou então não consigo dormir à noite porque meu cérebro se recusa a desligar. Fico pensando em coisas que poderiam acontecer, coisas que aconteceram e que eu gostaria muito de poder mudar e as possibilidades catastróficas que algumas pessoas chamam de pensamentos intrusivos, pensamentos que eu não quero de jeito nenhum, mas que, ainda assim, aparecem para me tirar a paz.

A maioria das pessoas tem pensamentos intrusivos em alguns momentos da vida. É tipo você passar por uma ponte e se imaginar se jogando dali. Uma pessoa sem ansiedade apenas descartaria o pensamento, vida que segue, mas um ansioso fica pensando sem parar no "e se". E se eu perdesse o controle e realmente fizesse uma besteira?

Ter ansiedade é sempre se sentir no limite de tudo. Eu choro mais do que antes, sinto como se qualquer vento mais forte fosse capaz de me derrubar. As críticas parecem mais dolorosas, os sentimentos mais confusos e ao mesmo tempo, estranhos. É como se eu tivesse que me policiar para perceber que ainda estou no controle de tudo. E, Deus, muitas vezes isso cansa e eu me pergunto por que cargas d'água eu tenho que viver desse jeito, ou o motivo de justo eu ter um parafuso a menos.

Eu sei que pensar tanto não resolve nenhum dos meus problemas, muito menos desativar as redes sociais e fugir do mundo que antes fazia parte do meu cotidiano por um acontecimento tão bobo.

Espero que, da mesma forma que eu estou entrando na faculdade pelo segundo dia seguido, eu também consiga voltar a trabalhar no que amo, mesmo que agora a simples menção do *Pink-Romance* me deixe com as palmas das mãos suadas.

Chego mais cedo por conta da terapia e resolvo ir para a biblioteca. Sinto-me um pouco animada de entrar no ambiente acolhedor e familiar. O cheiro de papel e tinta sempre é reconfortante.

Ando entre as fileiras de livros do departamento de Literatura lentamente, passando a mão pelas lombadas, vendo as diferentes linhas de gramáticas e os autores favoritos de cada professor.

Esse passeio simples me lembra do quanto eu amo Letras e do quanto os livros me fazem feliz, apesar de nos últimos dois meses, eu também não ter lido nada por conta... não quero pensar nisso, não hoje que tudo parece estar dando mais certo do que ontem.

Entro em outro corredor familiar e procuro pelos livros que o professor Ramon pediu para o trabalho, decidida a seguir os conselhos de Carina.

Encontro *Dom Casmurro*, um exemplar bastante velho e empoeirado, bem ao lado de uma nova edição. Escolho o mais velho, gosto de livros que tenham uma história e esse até mesmo tem a lista de quem já o leu nos últimos anos.

Sorrindo, começo a procurar por *Senhora* e logo percebo que a faculdade não dispõe de tantos exemplares assim porque estou vendo apenas um na prateleira mais alta. Fico na ponta dos pés, não querendo ter que ir pedir a escada para a bibliotecária.

Bem no instante em que meus dedos tocam a lombada verde, uma mão passa por cima de minha cabeça e o pega.

Viro-me, prestes a agradecer a quem quer que tenha pego o livro, mas então vejo que se trata de Alex e que, pelo sorriso debochado, ele não pegou o livro para mim, mas para si mesmo.

5

Pink-Romance

Olhar para o livro que preciso logo à minha frente, entre os dedos longos de Alex Martinelli, desperta em mim o desejo de simplesmente dar um passo e arrancá-lo de suas mãos.

— Nem pense nisso — ele diz, como se estivesse ciente da natureza dos meus pensamentos. — Essa belezinha será toda minha pelos próximos quinze dias.

— Eu vi primeiro — afirmo e cruzo os braços, me encostando na estante atrás de mim. — É errado se aproveitar do fato de ser mais alto para ficar com livro.

— Errado? Eu também tenho que ler esse livro e que diferença fará para você, Estela? Basta colocar algo no Twitter e em menos de uma semana, terá dez edições diferentes desse livro. Não seja birrenta, isso é feio, ainda mais para uma *booktuber.*

Eu sei que o argumento de Alex está certo. Eu realmente poderia apenas comentar sobre o que preciso ler e receberia o livro das editoras em troca de apenas mencioná-los em minhas redes sociais. É assim que funciona o mundo das permutas, mas eu não posso mais fazer isso, não apenas porque abandonei meu canal, mas porque eu perdi minha reputação.

Ter a noção disso machuca e me preocupa ao mesmo tempo. Eu sei que é apenas um livro e que se fosse em outros tempos, poderia comprá-lo, mas na atual situação financeira da minha família, e sem minha contribuição, não posso ter certos luxos. Será que as pessoas só têm noção da vida simples que levam, com problemas comuns, depois que tudo muda?

Olho para as prateleiras ao meu redor, ainda sentindo aquele sentimento de pertencimento, e penso se algum dia terei coragem de voltar a ser a Estela do Pink-Romance, uma *booktuber* reconhecida e respeitada por suas boas avaliações e paixão por romances com finais felizes.

Pensar no meu trabalho também me lembra de que quando comecei, não tinha nenhum livro e que muitas vezes esperava Britany terminar de ler algum livro para que eu também pudesse aproveitar, porque apesar de a minha família ter mais condições antes, ainda assim não dava para me dar tantos livros quanto eu queria, então minha prima e eu fazíamos listas e comprávamos o que a outra não podia ter.

Olho mais uma vez para o livro nas mãos de Alex e decido que não irei brigar. Eu sei que o vi primeiro, mas esperar para ler não é uma novidade para mim e ainda quero conservar aquele sentimento bom da terapia de que posso fazer qualquer coisa. Brigar me faz ficar ansiosa, com raiva e eu não quero ter de lidar com esse tipo de sentimento hoje, na verdade só quero tentar aproveitar a aula como antes.

— Quando você terminar de ler, me avisa que eu pego o livro.

Alex arregala os olhos, provavelmente estava pronto para brigar, mas apenas dou de ombros e sigo o caminho até o balcão da biblioteca, decidida a ler *Dom Casmurro* primeiro, mesmo que a história que mais tenha me chamado a atenção seja a outra.

Eu escuto o barulho de conversas antes mesmo de chegar e assim que meu pé cruza a entrada, vejo as pessoas aglomeradas nas mesas, em pé perto da papelaria e dos locais destinados ao Xerox. São tantas pessoas que eu fico estática, as vozes fazem com que meu coração fique acelerado.

Sinto meu estômago revirar. Tento dizer a mim mesma que são apenas pessoas conversando e que não existe nada de ameaçador nisso, mesmo que eu tenha me desacostumado a esse ambiente, ficando sempre em casa e me sentindo segura ao lado da minha mãe.

Sei o quanto é ridículo uma garota de dezenove anos sentir a necessidade de estar próxima da mãe, mas é como se mamãe fosse a minha segurança, aquela pessoa que me garante que tudo vai ficar bem. Até mesmo o perfume dela me acalma.

Carina diz que não há nada de errado eu ter uma pessoa que faça com que me sinta segura e que é muito certo ter alguém que saiba lidar com minhas crises de pânico, mas que ainda assim, devo tentar as coisas por mim mesma.

Engulo em seco e assim que paro de olhar para meus próprios pés, vejo alguém com volumosos cabelos rosa acenar para mim com os dois braços. Sorrio diante do jeito nada discreto da minha melhor amiga.

Aperto a alça da mochila no ombro e ando até ela, me sentindo um pouco melhor por ter alguém nesse local cheio de desconhecidos. Na minha cabeça, sempre preciso saber que há alguém capaz de me ajudar se eu passar mal, por mais esquisito que isso possa parecer.

— Pensei que nunca iria se lembrar que tinha uma amiga e prima — Britany diz de um jeito dramático, me abraçando apertado.

— Sinto muito — digo e me sento ao seu lado quando desvencilhamos o abraço. — Estou fazendo as coisas aos poucos, sabe.

— Eu sei. Estou feliz que você esteja voltando, sinto sua falta aqui. Quero ter uma companhia diferente para matar aula.

— Acho que se eu estudasse química, também iria querer matar aula.

Britany estreita os olhos e então começa a rir.

— Meu Deus, a Estela fez uma piada comigo! Só vou aceitar porque nos últimos tempos, você até andou perdendo seu sarcasmo.

Sorrio também. É bom saber que eu ainda tenho partes de mim que não mudaram.

— Agora me conta direito aquela história que me disse por mensagem mais cedo. É sério que vai ter que fazer um trabalho com o Alex gosto...

Britany para de falar diante do meu olhar zangado. Para minha total vergonha, ela tem uma queda por esses caras do YouTube que gostam de mostrar a barriga tanquinho na Internet e filmarem seus dias muito "interessantes" ao irem para academia e tomarem suplemento. Na verdade, a paixão dela é Guilhermo, ou *GuiTube*, melhor amigo do Alex e famoso por ter um dos maiores canais de games do Brasil.

— Foi o que eu te disse. O professor Ramon está se achando muito engraçado por ter nos colocado juntos, mas eu acho que devo responsabilizá-lo se por acaso acabar agredindo Alex durante essa porcaria de trabalho.

— Uau. — Britany apoia os cotovelos na mesa, parecendo muito animada com toda essa história. — Você está criticando o Ramon, sua paixão unilateral desde o primeiro dia de aula?

A simples menção à minha paixão não correspondida e secreta pelo professor Ramon faz com que minhas bochechas ardam.

Britany é a única que sabe do meu segredo vergonhoso e meio que gosta de zoar comigo por isso.

— Não é porque eu tenho uma quedinha por ele que isso significa que sou uma dessas garotas que abstraem os defeitos dos homens — resmungo e começo a acompanhar os arranhões da mesa com a ponta do dedo indicador.

— Não entendo sua mania de ter um *crush* por caras que nunca vão te notar. Lembra daquele garoto que era do terceiro ano enquanto ainda estávamos no nono? Todos os dias você ficava olhando para a nuca dele na fila da cantina. E agora tem Ramon, um quarentão que nunca iria te olhar duas vezes.

Suspiro e continuo olhando para a mesa. Essa é mais uma das esquisitices que compõem Estela Freitas, mas o que posso fazer se a maioria dos garotos da minha idade são babacas? E não estou apenas me referindo a Alex e seu ego do tamanho do Everest, mas, sim, a garotos no geral. Eles se importam demais com os carros que possuem, a aparência que cultivam e em ter a garota mais bonita ao lado e eu não consigo me sentir atraída pela futilidade da minha geração.

E o meu desejo de obter a nota máxima é porque durante toda a minha vida escolar, não me contentei com apenas a média, quero ser a melhor naquilo que me proponho a aprender. Foi assim com meu canal no YouTube.

Eu comecei apenas com uma câmera velha e um tripé improvisado em uma cadeira de madeira. Tinha dezesseis anos e já sabia que queria trabalhar com livros românticos, meu gênero favorito desde sempre.

O nome *Pink-Romance* surgiu disso, desse meu amor por livros românticos e considerados cor-de-rosa. E deu muito certo por dois anos, nos quais eu me divertia repassando dicas, fazendo sorteios, criando quadros e lendo todos os livros que mais amo.

Isso até a situação financeira da minha família piorar e eu, em minha tentativa de contribuir mais em casa, me ver no centro de um furacão, com meu nome na lama...

— Você está fazendo aquela expressão mais uma vez — Britany diz e me olha de um jeito preocupado, como se eu fosse mais uma vez um balão prestes a estourar. — Quer conversar sobre o que está te incomodando?

Querer conversar sobre isso é uma espécie de mantra que ela e mamãe usam quando percebem que eu estou imersa em pensamentos, cedendo para a ansiedade e mergulhando no passado, ou vivendo com excesso de futuro.

Muitas vezes eu edito o que está me incomodando. Não posso dizer a minha mãe que estou nervosa porque tenho medo de que papai seja assaltado enquanto trabalha, ou que estou completamente apavorada com a possibilidade de não ter dinheiro para fazer a rematrícula da faculdade em julho porque apesar de ter bolsa de estudos, a rematrícula é cobrada com o ajuste semestral, sem falar na possibilidade de ir mal em alguma matéria e perder a bolsa da disciplina.

Ainda existe aquele pensamento assustador, no qual eu me pergunto o que estou fazendo com minha vida e se esse meu não saber é algum indício de que minha sanidade não está tão intacta quanto penso. Será que não saber o que fazer da vida é exclusivo das pessoas ansiosas, ou todo mundo se sente perdido mesmo?

Sacudo a cabeça e volto a atenção para minha prima e seus cabelos tão rosas quanto um algodão doce.

— Estava pensando no meu canal no YouTube. Lembrando de quando eu comecei e nem sabia editar os vídeos. Você era minha assistente, lembra?

— Lembro — Britany também sorri. — Estávamos viciadas naquela série do YouTube baseada em *Orgulho e Preconceito* e eu resolvi assumir o papel de Charlote e você ser a Lizzie Bennet, só que dos livros e não do humor ácido, mesmo que às vezes seu sarcasmo seja um pouco difícil de entender.

— Era tudo tão mais fácil, não é? Eu falava de livros porque amava, não tinha preocupação com nada além de produzir um bom conteúdo e agora eu perdi tudo o que conquistei por uma besteira...

— Estela, sei que eu já te disse isso um milhão de vezes, mas não acho que aquele incidente envolvendo o...

— Tenho que ir para aula — eu a interrompo e me levanto. — Vovó sempre diz que não podemos lamentar pelo leite derramado e ela meio que tem razão. Se eu voltar com o *Pink-Romance,* serei motivo de piada e não posso lidar com isso, a faculdade e com o fato de ter transtorno de ansiedade e ter que fazer terapia quinzenalmente e a cada três meses, frequentar a psiquiatra e ainda manter isso em segredo de todo mundo porque tenho medo do julgamento dos outros.

Outro dos sintomas de ansiedade é falar demais e ficar sem ar e eu me sento um pouco assim, como se cuspir todos os meus medos no refeitório lotado drenasse minha energia.

— Sinto muito, Estela.

Forço um sorriso, não querendo dizer a ela que ultimamente eu só sei sentir *muito.*

6

Problemas

As aulas do dia não me animam. Filosofia e Prática Pedagógica não são as melhores disciplinas do mundo e meu interesse em fazer parte da grande parcela dos estudantes de Letras e me tornar professora é zero. Quero trabalhar com livros, amo livros, mesmo que agora esse sonho esteja um pouquinho mais distante.

Pelo menos hoje, Alex não se sentou ao meu lado. Está no fundo da sala, fingindo que está prestando atenção na aula de Filosofia, quando claramente está dividido entre cochilar de forma discreta ou gravar *stories* para seu exército de fãs ardorosas.

Eu faço anotações sobre tudo, me sentindo um pouco melhor do que antes. Menos estranha e mais como eu era antigamente nas aulas que eu não gostava: anotava tudo para conseguir manter a média porque minha tendência é ficar pensando em qualquer coisa, menos no professor que está aqui na frente.

Tudo bem, Roger não é qualquer professor. Ele é o único gay assumido do corpo docente. Usa roupas rosas bem legais e tênis do Mickey Mouse e é um professor seguro e gentil, mesmo que a disciplina dele este semestre não ajude muito. É claro que alguns assuntos filosóficos são interessantes, tipo a tal modernidade líquida, mas filosofia da educação não me agrada em nada. A sala de aula não é algo que me atrai.

Na hora do intervalo, eu até vou ao banheiro e converso por mensagem com Britany e sinto orgulho de mim mesma ao voltar e estar pronta para assistir a segunda aula mais entediante do mundo todo: Prática Pedagógica.

A professora Valquíria é negra, de longos cabelos cacheados e usa um batom vermelho vibrante, seu corpo é cheio de curvas e sua voz se projeta de uma forma que sequer dá chance para o grupinho das fofocas continuarem a cacarejar lá atrás. Eu não cheguei a ter nenhuma aula com ela esse semestre e quando seus olhos escuros como jabuticabas me localizam, ela sorri de uma forma tranquila, como se estivesse ressaltando que tudo está bem.

Conforme ela fala sobre Paulo Freire, um cara bem legal, responsável por uma educação ensinada com amor, eu vejo que meio que julguei antes e que talvez essa aula não seja a mais entediante do mundo e eu possa absorver coisas interessantes, mesmo não tendo interesse em educação.

O que mais me chama a atenção é a forma como a professora nos faz valorizar a palavra amorosidade e conforme ela exemplifica tudo, eu entendo um pouco mais sobre mim mesma.

Foi com a amorosidade da Carina, ao acreditar em mim, que estou aqui hoje e foi com a amorosidade da minha família e melhor amiga que, mesmo eu acreditando ser impossível, estou fazendo as atividades normais do cotidiano.

Quando a aula acaba, saio dela com o coração aquecido do mesmo jeito que em uma sessão de terapia e nem o fato de o ônibus estar um pouco cheio na minha volta para casa me aborrece porque, por sorte, sento-me mais na frente e em um banco de lugar único bem próximo ao cobrador. É como se as coisas começassem a dar certo para mim.

Desço na rua de casa e quase corro até o portão, pronta para contar para todo mundo como meu dia foi mais fácil e como estou com esperança de que tudo fique bem, mas assim que abro a porta da frente, vejo minha família reunida na mesa da sala e ao focar a atenção em papai, percebo que ele está com o braço imobilizado.

O sorriso murcha em meu rosto e meu coração dá um pulo, será que o que eu mais temia aconteceu?

— Oi, Estela. — Mamãe força um sorriso assim que me vê, mas eu percebo que não é um daqueles sorrisos que chegam até os olhos.

— O que aconteceu? — questiono e me aproximo de papai. — Você foi assaltado, não é?

— Calma, querida — diz minha mãe e me puxa para sentar na cadeira ao seu lado. — Está tudo bem, respire fundo.

Faço o que ela diz, me sentindo completamente ridícula por estar tendo essa reação.

— Eu só bati o carro, meu amor — papai fala e estica a mão que não está imobilizada, pegando a minha. — Não quisemos contar para você para não a assustar na aula, mas eu estou ótimo. Só fraturei o braço.

Balanço a cabeça e respiro fundo. Eu tenho que parar de deixar minha imaginação fértil me dominar.

— O que houve? — questiono e olho para meu irmão, percebendo que ele também parece preocupado.

— O pneu furou e eu perdi o controle do carro e acabei batendo em uma árvore, parece até coisa de filme.

Meu pai sempre gosta de simplificar as coisas fazendo piada, mas consigo perceber que não está muito bem.

— E o carro? — Felipe pergunta, recebendo um olhar feio de mamãe como advertência.

— Estragou toda a lateral — meu pai fala com um suspiro, desanimado. — Não sei quando vou poder voltar a trabalhar.

— Vai ficar tudo bem, querido — minha mãe o assegura, sempre otimista. — Minhas vendas estão ótimas e o Felipe me ajuda muito com as entregas.

Meu irmão confirma, mas percebo que o sorriso que dá não é de quem está tão seguro assim. Sei que coisas ruins não têm um tempo certo para acontecer, mas com nossa situação financeira atual, meu pai ficar sem a renda extra é bem preocupante.

Meus pais se esforçam para garantir a mim e ao Felipe que está tudo bem e que papai ter se machucado e batido o carro foi apenas algo que não estava no planejamento do mês.

Eu admiro muito a força dos dois porque mamãe ficou o tempo todo durante o jantar nos assegurando de que tudo estava bem e meu pai confirmava cada palavra dela. Não sei se Felipe conseguiu acreditar na encenação dos dois, mas eu não.

É por isso que estou me virando de um lado para o outro na cama, sem conseguir parar de pensar que agora as coisas irão ficar ainda mais complicadas. No momento em que me sento na cama, pronta para ir até a cozinha buscar um copo de leite com mel, escuto uma fungada, seguida de um choro.

Vi mamãe chorar poucas vezes na vida, mas ainda assim consigo perceber que é seu choro que ouço. O mais silenciosa possível, saio do quarto e assim que chego ao corredor, percebo que a luz do quarto dos meus pais, do outro lado, está acesa.

Aproximo-me discretamente da porta e vejo que Felipe teve a mesma ideia que eu, pois está sentado no chão, usando um daqueles seus pijamas meio infantis com desenhos de carros. Às vezes esqueço que apesar de ser grande, meu irmão só tem quatorze anos.

Ele coloca o dedo indicador em cima dos lábios, um sinal clássico para fazer silêncio. Sento-me do outro lado da porta, ainda ouvindo as fungadas de choro da minha mãe.

— Sinto muito por isso, querida. — Ouço papai dizer, a voz dele também está esquisita, como se estivesse chorando. — Sei que eu ter batido o carro piorou ainda mais nossa situação.

— Para com isso, Jorge. Você não tem culpa pelo pneu ter furado. Ainda bem que não se machucou ainda mais, nem estava com o passageiro.

— Amália, nosso carro ficou muito estragado. O conserto vai custar praticamente dez mil reais. Não sei o que vamos fazer agora. Eu não consigo emprego nenhum, até desisti de procurar por um na minha área, fora que temos a escola do Felipe para pagar e logo a rematrícula da Estela. E se não conseguirmos dar conta?

— Posso ir à escola do Felipe. Ele é um ótimo jogador de futebol, pode ganhar uma bolsa de estudos através do esporte. A diretora é ótima e nossos filhos sempre estudaram lá. A rematrícula da Estela ainda está distante, não quero preocupá-la com isso, ainda mais agora que está conseguindo voltar para a faculdade.

— Vai dar tudo certo, não é?

— Claro que vai.

Eles ficam em silêncio e eu e Felipe nos olhamos. Sinto um pouco de vergonha do meu irmão. Eu deveria ser mais forte, agir mais como uma irmã mais velha e não ser a filha que não deve ser preocupada porque não anda bem da cabeça.

— Não fica pensando nisso — Felipe cochicha, parecendo sem jeito ao tocar as costas da minha mão com as pontas dos dedos. — Você sabe que eles querem o melhor e se preocupam que você possa voltar a ter aquelas crises de pânico de novo. É só por isso que não querem te preocupar.

— Eu sei — minto e engulo em seco. — Vai dar tudo certo.

Meu irmão concorda e em silêncio voltamos para nossos quartos. Assim que entro no meu, pego meu notebook, decidida a fazer alguma coisa, qualquer coisa, para ajudar. Não quero ser a filha que não pode lidar com as preocupações, mas, sim, ser aquela com quem eles sabem que podem contar.

7

Queijo girl

Minha cabeça lateja e eu tenho que me esforçar muito para não ficar pensando que a dor significa mais do que já é, principalmente porque eu sinto meu peito doer de um jeito que já é bem característico de quando eu estou nervosa. Sei que preciso apenas respirar e esvaziar a mente. Na verdade, eu sei tanta teoria sobre a ansiedade que na maior parte das vezes, me sinto muito estúpida por não conseguir colocar tudo em prática. O desespero sempre dá um branco em minha cabeça.

Nem ficar abraçada a Colin, meu gato laranja um pouco obeso e com uma personalidade meio mal-humorada, ajuda a aplacar o sentimento ruim que se instala em meu peito, mesmo através da porta fechada, consigo ouvir os sussurros de meus pais. Mamãe nunca foi muito boa nesse negócio de falar baixo e isso meio que sempre foi motivo de piada entre a gente.

Lembrar disso me faz pensar em uma época na qual nossa família não tinha grandes preocupações e papai tinha um bom emprego. As coisas agora estão tão complicadas que eles mais fingem sorrisos para me tranquilizar do que sorriem de verdade.

É por esse sentimento de culpa que não sai de dentro de mim que fico acordada durante boa parte da madrugada, mexendo em meu notebook e afastando Colin de cima do teclado. Meu gato tem uma tendência esquisita de deitar em cima dos livros que leio, ou de qualquer outra coisa que eu esteja fazendo.

Adormeço por poucas horas quando o dia já está amanhecendo, mas não é aquele tipo de sono que faz a gente descansar, porque me sinto muito mais cansada quando acordo e começo a me vestir. É como se meus olhos estivessem cheios de areia de tanto que pinicam, mas hoje não posso me dar ao luxo de dormir um pouco mais.

Olhar para minha bicicleta completamente empoeirada e em um canto da garagem me faz questionar pela milionésima vez a quantidade de coisas que a ansiedade me tirou. Sempre amei andar de bicicleta, mas depois das crises de pânico, fica um pouco difícil o simples fato de sair de casa. É como se minha cabeça fosse minha maior inimiga, sempre me mostrando possibilidade ruins, mandando sinais de perigo para meu corpo que faz com que as palmas das minhas mãos estejam sempre suadas.

— Você tem certeza? — A voz preocupada de Felipe logo atrás de mim faz com que eu pare de olhar para minha bicicleta azul e volte minha atenção para ele.

— Tenho. Não posso gastar os passes de ônibus e preciso fazer a ação social da minha bolsa de estudos do semestre. Não posso mais perder as coisas da faculdade, Felipe.

Meu irmão balança a cabeça, mas percebo que ele está mais preocupado do que deixa transparecer. Felipe é como mamãe e suas expressões não conseguem esconder de verdade o que está sentindo.

— Confia em mim, irmãozinho — peço e bagunço os cabelos dele, tão enrolados quanto os meus. — Eu já estou bem de novo, não sou mais uma bomba relógio que vocês têm que impedir que exploda.

— Eu nunca pensei isso de você, Estela.

— Eu sei.

Não querendo mais continuar com essa conversa, pego um pano e começo a tirar a poeira da minha bicicleta, admirando a estrutura antiga com cestinha de vime e rodas brancas, com o acréscimo de aros grossos e azuis e um guidão prata com apoios marrom. Essa bicicleta foi presente dos meus pais quando eu tinha dezesseis anos, algo *vintage* do jeito que amo.

— Estou indo — falo a Felipe, após terminar de limpar minha bicicleta e me certificar de que os cadarços dos meus tênis estão bem amarrados. — Chego logo depois das quatro.

Antes que meu irmão diga alguma coisa, pedalo para fora da garagem, me sentindo péssima por estar mentindo, mas também sabendo que é uma dessas mentiras necessárias.

Faz muito tempo que eu não venho ao shopping e pedalar pelas ruas mais movimentadas da cidade, mesmo tão cedo, me deixa com medo, mas estou decidida a não ser vencida, mas, sim, a vencer.

Não sei se mamãe iria apoiar essa minha ideia, mas ela saiu antes de eu acordar e meu pai estava dormindo, provavelmente também ficou a noite toda acordado. Então foi fácil inventar uma mentira para meu irmão caçula e vir até aqui.

É claro que a ansiedade toma conta de mim no instante em que deixo minha bicicleta no estacionamento e subo no elevador, mas faço o que Carina me ensinou: questionar os pensamentos ruins e fazer respiração diafragmática.

Quando chego a praça de alimentação, sinto que estou um pouco mais calma, mesmo que meu estômago esteja dando cambalhotas. Ajuda o fato de que eu não comi nada, portanto não tenho muito o que vomitar se acontecer o pior.

Aproximo-me da lanchonete e penso no anuncio que li de madrugada, enquanto procurava por empregos temporários. O dessa casa de frango frito foi o melhor que consegui encontrar e que tem um horário bom o bastante para que eu possa voltar para casa e me preparar para ir a faculdade.

Comuniquei-me com a responsável na mesma hora e, por mais tarde que fosse, a proprietária me respondeu e disse que eu poderia vir no primeiro horário para assumir meu turno. Pelo que entendi, esses empregos vivem disponíveis porque as pessoas têm um pouco de vergonha e porque devem encontrar algo melhor.

— Bom dia — falo assim que chego ao balcão, percebendo que o estabelecimento ainda está fechado e que alguns funcionários estão organizando o lugar.

— Estamos fechados — diz uma garota baixinha usando um boné amarelo chamativo e com uma expressão cansada.

— Eu sei — digo. — Vim porque conversei com Dona Elvira e ela me pediu para vir no primeiro horário.

Assim que termino de falar, vejo uma mulher de cabelos loiros amarelados se aproximar. Ela está usando um vestido verde e muitos colares disformes, sem contar nos anéis brilhantes que enfeitam suas mãos.

— Essa será nossa nova mascote! — A mulher tem a voz surpreendentemente gentil, até mesmo suave. — Seja bem-vinda A casa do frango, Estela!

— A senhora está ligada que isso aqui não é uma casa, né não? — pergunta a moça de boné amarelo.

— Não seja estrega prazeres, Larissa — Dona Elvira diz e faz um gesto para que eu entre. — Venha que eu quero te apresentar seu novo trabalho.

— Que Deus tenha piedade dessa garota! — Ouço Larissa dizer assim que sigo a proprietária.

Por um lado é bom porque ninguém vai ver meu rosto, então não preciso ficar envergonhada, mesmo me sentindo dessa forma desde o momento em que fui apresentada a meu "local" de trabalho, ou o correto seria roupa de trabalho?

Mas, ao mesmo tempo em que o anonimato é reconfortante, sinto que irei morrer sufocada. E tudo bem que estamos no outono e a temperatura está consideravelmente mais baixa, mas ainda assim sinto como se estivesse dentro de um forno.

Digo a mim mesma que chegar a esse extremo é preciso para ajudar minha família, mas não consigo evitar sentir as lágrimas pinicarem meus olhos, estou com tanta fome que parece que meu estômago virou um buraco negro e eu não sei dançar e ficar dançando no corredor do shopping lotado bem no horário de pico é a coisa mais ridícula que eu já fiz na minha vida. Estou até mesmo me questionando se eu realmente sou tímida, ou talvez apenas tenha um senso de ridículo bem exagerado.

Seja o que for, continuo dançando, dentro da minha fantasia de queijo, o mais novo lançamento da Casa do Frango, e fico entregando panfletos para as pessoas e prometendo cupons de desconto e cartões fidelidades. Quem vai comer frango quando tem o *Burguer King* bem ao lado?

Fico jogando o peso de um pé para o outro, ciente de que essa minha fantasia é a fantasia de mutante de frango com queijo mais ridícula do mundo. Pés de galinha e tronco de queijo. Acho que cheguei ao fundo do poço e não sei se posso escalar até a saída, não morrendo de fome, sede e calor. É quase como se eu fosse uma daquelas pessoas que gostam de atividades extremas, tipo no deserto e tal. A diferença é que não estou no Saara, mas na Casa do Frango.

Sei que tenho que ficar agradecida porque esse é um trabalho informal que paga o suficiente para que eu consiga juntar algum dinheiro e contribuir em casa, não posso mais contar com o YouTube, minhas visualizações caíram desde que eu decidi abandonar a internet depois daquele *probleminha* que fez com que minha reputação acabasse no lixo.

Tento me animar ao dizer a mim mesma que falta pouco para isso acabar e eu poder voltar para casa e fingir que estava em algum trabalho voluntário, também acrescento o fato de que eu estou lidando bem com a ansiedade...

Aquele ali é Alex Martinelli e GuiTube?

Droga! Viro-me de costas, mas então lembro que estou fantasiada e que meu traseiro de frango chama muito mais a atenção do que minha cara de queijo. Respiro fundo e volto ao normal, saltitante em minha dancinha da vergonha eterna.

É hilário ver como as garotas olham para eles e ficam todas sorridentes e mexendo nos cabelos, como se eles fossem estrelas de cinema ou algo assim. Para mim, Alex é apenas uma babaca.

Estico a mão para entregar panfletos a eles e ficar mais perto de ir embora. Dona Elvira disse que meu trabalho só estaria acabado quando eu entregasse tudo e que não adiantaria jogar no lixo como o último funcionário porque ela descobriria. Não passou pela minha cabeça ser desonesta, apenas que eu iria morrer sufocada.

Percebo que Alex, o mais próximo de mim, está segurando um copo de Milk-shake e abaixo a mão. Não quero ter que ouvir algo engraçadinho dele. Sei lá, esse garoto faz bem o tipo de quem zoaria uma pobre mutante de queijo com galinha.

GuiTube ignora o panfleto que estendo e continua caminhando, mas Alex para na minha frente e o pega.

— Cara, deve estar muito ruim aí, né? — diz e se abaixa um pouco, olhando bem para meu rosto.

Fico tão nervosa que quase saio correndo, mas lembro de que ele não sabe que sou eu.

— Sei que isso é difícil — ele continua falando, em uma voz que não conheço, uma voz bem gentil na verdade. — Mas nunca esqueça de que todo trabalho vale a pena. Toma.

E, para meu total espanto, ele me entrega seu milk-shake, que ainda está com o canudo envolto em plástico.

— Continue trabalhando bem.

Observo, embasbacada, enquanto ele volta a caminhar. Poderia ser maldosa e dizer que ele fez isso para aparecer, mas o exército de fãs ardorosas está agora atrás do melhor amigo dele.

Olho para a bebida gelada e perco o resto de dignidade que me resta ao colocar os panfletos que ainda preciso distribuir em cima da mesa e abrir o canudo, começando a tomar o milk-shake, sentindo o sorvete gelado aplacar minha sede. É meu sabor favorito: Baunilha com pedaços de biscoito.

Ainda não acredito que o ponto alto do meu dia foi não morrer de sede graças a Alex Martinelli.

8
Machado de Assis, me perdoe

Sinto-me culpada por mentir para todo mundo, não que nos últimos tempos eu não tenha feito isso, mas a evolução de uma mentira sobre como eu me sinto para uma sobre onde eu estava das dez da manhã às quatro da tarde é um pouco mais grave.

Então me senti na obrigação de contar para alguém o que eu estava fazendo e essa pessoa era minha melhor amiga.

— Você está trabalhando naquela lanchonete de frango horrorosa e ainda por cima vestida de mutante? — Britany pergunta assim que conto a ela, logo depois de eu terminar meu primeiro turno e receber uma linda nota de cinquenta reais.

— Grita um pouco mais alto, acho que aquelas pessoas que estão pintando a unha de preto ali naquela mesa do canto não ouviram.

— Como se os veteranos de teatro fossem se importar com você. Eles estão lutando muito para trazer a moda *Emo* de volta — diz com desdém e aponta para uma das poucas mesas ocupadas do refeitório da faculdade.

— Olha, eu sei que você é vegetariana e ativista em prol da causa dos animais e eu acho muito válido e me sinto um pouco culpada quando como um hambúrguer gostoso, mas eu preciso de dinheiro para ajudar em casa. As coisas estão bem complicadas.

— Eu sei. Ouvi o tio Jorge pedindo dinheiro emprestado para o meu pai hoje.

Quase derrubo meu copo de suco de melancia. Meu pai? Ele simplesmente odeia pedir dinheiro emprestado para os outros, ainda mais para quem é da família, mesmo que tenhamos uma família grande, barulhenta e bem unida.

— Ele bateu o carro ontem — murmuro e respiro fundo. — É por isso que tenho que continuar nesse emprego. Preciso ajudar em casa e pagar a rematrícula.

— Você poderia ajudar mais se voltasse para o...

— Não irei voltar para a internet. Eu sei que meus pais pensam que eu só parei de gravar por conta das crises de pânico e que você também acredita nisso, mas tem aquela outra coisa. Não posso voltar, não se eu quiser manter o mínimo de sanidade. Certas coisas ficam para sempre, ainda mais quando vazadas.

— Quem vê assim você teve alguns *nudes* vazados e não...

— Britany, você só precisa me ajudar dizendo que estou em época de voluntariado por causa da bolsa. Não quero que ninguém saiba desse meu emprego.

Percebo que ela quer dizer mais alguma coisa, mas ainda assim permanece em silêncio. Agradeço por isso em pensamento. Tenho que lidar com um problema de cada vez e no momento, todos os meus seriam resolvidos com dinheiro, coisa que claramente eu não tenho.

Passou menos de uma semana desde que eu resolvi retomar minha vida, mas se alguém me dissesse que eu passaria um final de semana vestida de mutante de frango e lendo Dom Casmurro, eu iria olhar para pessoa e perguntar o que ela andava usando para estar tão loucona.

Mas, apesar do calor insuportável dentro da fantasia horrorosa, foi assim que eu passei meu sábado e domingo e meus pais sequer desconfiaram do meu trabalho temporário, estavam mais ocupados fazendo contas e ficando surpreendidos por eu sair de casa sozinha e de bicicleta.

Não é como se todo o meu medo tivesse passado, longe disso. Em muitas horas do meu dia, penso que simplesmente não irei aguentar. Tenho vontade de chorar e voltar para casa. A vida é mais segura em casa, mas Carina me disse que segurança nunca fez as pessoas evoluírem e talvez ela tenha um pouco de razão.

Acho que é por isso que eu estou colocando o endereço de Alex Martinelli em meu celular e me preparando para pedalar até o bairro chique onde ele mora. Trabalhar fantasiada e dançar da forma mais vergonhosa possível não é nada perto de ter de fazer um trabalho com aquele pateta, mesmo que tenha sido ele o responsável por fazer o único ato de gentileza que recebi nos meus poucos dias de emprego.

Alex, filho de satã: venha até minha casa para começarmos a fazer o trabalho. Eu já li Dom Casmurro e você, como uma traça de biblioteca, já deve ter lido também. Te espero às três.

Estela: só vou poder ir depois das cinco.

Alex, filho de satã: que seja.

Graças a nossa breve troca de mensagens, tive que avisar minha mãe de que chegarei ainda mais tarde, como se já não fosse apavorante o suficiente pedalar pelas ruas lotadas durante o dia, agora por causa do meu colega megalomaníaco, tenho que fazer isso em um domingo à noite quando todos os mendigos do meu bairro resolvem beber um pouco mais e sair perseguindo as garotas que surgem no caminho.

Por sorte, eu terminei de ler Dom Casmurro mais cedo, no meu intervalo de quinze minutos entre a uma e meia e as duas da tarde. Não leio mais tanto quanto antes, mas estou feliz de pelo menos estar conseguindo fazer as coisas da faculdade.

O bairro de Alex é ridiculamente iluminado e bem arborizado. Até dá uma sensação de calma pedalar pelas ruas bonitinhas e limpas. É claro que toda essa paz acaba quando paro em frente à casa dele e o encontro sentado em uma cadeira no jardim, em meio a dois coqueiros, ou alguma árvore da mesma família.

É tudo tão chique que eu desço da bicicleta e verifico minha roupa. Sei que meus cabelos estão suados e bagunçados, mas pelo menos passei desodorante e lavei o rosto quando sai do Shopping.

— Pode deixar sua bicicleta ali na garagem — ele diz e aponta para a lateral da casa, onde a porta da garagem está aberta.

Faço o que ele diz, percebendo que a casa é muito grande e bonita, com flores vermelhas e gramado verde. Parece uma daquelas mansões que vivem aparecendo na televisão.

— Acho melhor fazermos o trabalho no meu quarto — Alex fala e abre uma porta que fica próxima a seu carro estacionado, de um amarelo bem chamativo, diga-se de passagem.

Eu o sigo, mas antes de entrar olho para meu tênis encardido e então para o chão limpo.

— Não precisa tirar o tênis — ele resmunga de um jeito impaciente.

Ignoro o comentário e tiro meu tênis velho, deixando-o ao lado da porta. Alex resmunga mais alguma coisa, mas eu apenas o acompanho pela casa bem decorada e que cheira a desinfetante de limão.

Subimos um lance de escadas e então ele abre a primeira porta do corredor e dá um passo para o lado, fazendo um gesto para que eu entre.

Fico mais uma vez surpreendida. O quarto dele tem móveis escuros e uma boa iluminação com uma janela que pega toda a lateral de uma parede, sem contar uma escrivaninha grande em formato de L com um computador de última geração. Na metade do quarto, fica a cama, um pouco mais baixa que o normal, mas enorme e cheia de travesseiros. Tudo é muito masculino e de bom gosto.

— Pode se sentar ali. — Ele aponta para a cama e senta na cadeira em frente à mesa.

Um pouco sem jeito, eu me sento na cama e coloco minha mochila ao meu lado, pegando o exemplar de Dom Casmurro e meu velho caderno de anotações, no qual antes eu também fazia os roteiros do meu canal.

— Por onde começamos? — pergunto e rabisco quadrados em uma das folhas amareladas do caderno.

— Pensei que quando viesse, estaria com um daqueles seus fichários ridículos e com todo o trabalho esquematizado.

Mordo o lábio. Realmente sou esse tipo de garota, mas não tive tanto tempo assim para pensar em algo além de ler o livro e me preocupar com todos os pensamentos ruins que povoam minha cabeça e mais os problemas da minha casa.

— Desculpa — digo e não consigo esconder o quão exausta eu estou, acho que é até por isso que eu não estou respondendo tão bem às provocações dele. — Eu ainda não consegui voltar ao ritmo de antes.

Alex para de olhar para a tela do computador, onde estava abrindo um arquivo do Word, e me olha, arregalando os olhos por trás das lentes finas de seus óculos. Será que até em casa, ele não pode perder a pose de garoto esnobe?

— Talvez seja melhor você ter voltado mais calma. Eu estava até pensando quais as maneiras politicamente corretas de lidar com a sua mania de ser controladora.

— Nossa, Alex, será que não consegue ficar nem dez minutos ao meu lado sem ficar exaltando minhas qualidades?

Ele revira os olhos desdenhando do fato de eu ter alguma qualidade. Eu também poderia duvidar de ele ser capaz de agir como um ser humano, mas ele falou palavras gentis para minha versão de frango mutante e me deu um milk-shake, claro que se Alex soubesse que era eu, teria jogado a bebida na minha cabeça só para eu ficar mais ligada.

— Eu pensei que poderíamos fazer nosso trabalho baseado em uma teoria — ele fala, ignorando minhas palavras. — Conversei com umas amigas que já fizeram essa disciplina e elas me contaram que Ramon gosta muito quando colocamos nossa própria interpretação a respeito da narrativa do autor.

Assim que ele termina de falar, eu percebo duas coisas: a primeira é que ele realmente sabe usar bem as palavras e a segunda é que Alex vai tão bem nas disciplinas do Ramon porque sempre sabe o que o professor quer graças a seus "contatinhos".

— Então quer dizer que você só tira notas altas porque cola? E agora está me dizendo que pretende fazer o mesmo? Não com meu nome e minha bolsa de estudos em risco!

Alex para de olhar para a tela do computador e volta sua atenção para mim. Vejo o momento em que suas bochechas ficam ruborizadas e percebo o estralar de seus dedos quando cerra os punhos apoiados na cadeira.

— Eu sei que você me odeia, Estela, mas agora passou dos limites.

— Você...

— Eu disse que tenho amigas que já fizeram a disciplina e me explicaram sobre esse trabalho, não que eu pego os artigos feitos por outras pessoas e coloco meu nome. Isso é plágio e eu sou capaz de usar minha própria cabeça. Apesar de você achar que eu sou cria de satã, ainda assim sou inteligente o suficiente para estar na faculdade.

Fico sem saber o que dizer. Tudo bem, talvez eu realmente tenha exagerado ao pensar tão mal dele, mas Alex não fica muito atrás quando começa a fazer suposições sobre mim, ainda mais quando não hesitou em dizer que eu estive presa e não de atestado médico, ou então que eu deveria ter um canal de maquiagens e não um literário.

— Sinto muito por ter ferido seus sentimentos, Alex. Será que agora podemos fazer o trabalho? Quero voltar cedo para casa.

Ele me lança mais um olhar carregado de raiva e então volta sua atenção para o computador.

— Eu escrevi dois tópicos sobre uma teoria que podemos desenvolver melhor se concordar.

— Pode dizer — peço e faço anotações, porque não consigo ficar sem anotar nada quando se trata da faculdade.

— A primeira é que poderíamos desenvolver a teoria de que Bentinho e Escobar sentiam uma forte atração sexual um pelo outro e que o ciúme doentio que sentia de Capitu e do melhor amigo nada mais era do que o reflexo desse sentimento que ele mantinha incubado. Como se as ações que ele contava como sendo de Capitu fossem a forma de ele exprimir todo esse desejo. Eu sei que temos que encontrar trechos que argumentem isso.

Anoto tudo o que ele diz e analiso as palavras. Penso que Machado de Assis não deixou isso muito claro em seu livro. Na verdade, essa obra é tão complicada que eu queria poder falar com Machado e dizer que ele já fez muitas pessoas brigarem só por não ter esclarecido essa porcaria de traição.

— E se fossemos pelo caminho de que Machado de Assis e José de Alencar meio que viveram um triângulo amoroso com a Georgiana? Suspeitam que Mario Alencar era filho de Machado de Assis.

— Muita gente especula isso, mas aí estaríamos saindo de um possível adultério ficcional para outro que poderia ou não ter acontecido na vida real. Não acho que tudo sobre o que os escritores escrevem seja real. Prefiro que a gente vá por um caminho novo.

— E o que sugere?

— Minha segunda teoria seria questionar a sanidade de Bentinho. Sei lá, meio que dizer que ele estava sofrendo de esquizofrenia, porque os pensamentos dele são meio malucos sabe... quer dizer, quem consegue ser tão paranoico? Como o fato de a Capitu chorar no enterro...

Paro de ouvir o que ele está dizendo, meu ritmo cardíaco acelerando conforme assimilo as palavras de Alex. Esquizofrenia, aquela doença que me apavora e que faz com que meu estômago comece a doer. Alguém paranoico, será que eu sou paranoica? Eu fico pensando a todo momento que eu coloco os pés na rua que pode acontecer algo de muito ruim. Será que todo esse tempo eu estive enganando a mim mesma? E se essa for apenas a ponta do iceberg e eu estiver com pé já no tapete de entrada no manicômio?

Inclino-me e apoio as mãos nos joelhos, derrubando o caderno e ouvindo o barulho da caneta deslizando pelo chão. Meu corpo todo treme e tenho a sensação que estou parecendo muito com um daqueles pinscher da minha vizinha.

— Estela. Ei, Estela!

Alex estala os dedos em frente ao meu rosto e eu olho para ele, percebendo que aproximou mais sua cadeira de mim e está me olhando de um jeito preocupado.

— Você está bem?

É uma pergunta simples, eu a ouço o tempo todo quando minha mãe percebe em meu corpo o sinal de ansiedade, mas vinda de alguém que é quase um estranho tem um efeito meio contraditório que faz com que eu sinta as lágrimas pinicarem meus olhos. Eu queria tanto ser normal e supérflua como Alex que só se importa com visualizações e se exibir no Instagram.

Sinto um nó em minha garganta por prender o choro e isso faz com que minha respiração seja mais ruidosa. Por que eu tenho de ser assim? Garanto que ninguém nunca chorou, ou surtou, pelo medo insano de estar perdendo a sanidade.

— Estela?

A voz dele está mais suave, sem aquele sarcasmo que é sempre dirigido a mim.

— Só... só preciso ir ao banheiro. Onde fica?

— Ali naquela porta.

Balanço a cabeça e corro na direção indicada, fechando a porta e me encostando na madeira fria, deslizando até o chão e abraçando os joelhos. Não consigo mais segurar as lágrimas. É uma mistura de medo e uma necessidade absurda de ter os braços da minha mãe ao meu redor, como se eu ainda fosse aquela garotinha de tranças indo para o primeiro dia de aula no pré-escolar.

Carina diz que eu tenho que esperar as crises passarem, aceitar o fato de que eu tenho transtorno de ansiedade e nunca, jamais, me esquecer de questionar meus pensamentos e praticar a respiração. É muito difícil respirar chorando e tentando não fazer barulho.

Devagar encho meus pulmões de ar até sentir que estou preenchida e então expiro contando até cinco. Concentro-me na contagem como foi ensinado e então olho para o banheiro tentando visualizar tudo com clareza, mesmo que na maior parte do tempo a ansiedade faça minha visão ficar turva.

Certo. A decoração é masculina e bonita tanto quanto a do quarto. Shampoo e sabonete próximo de um chuveiro prata e grande. Deve ser bom tomar banho aqui. Ah, há também uma banheira, Alex gosta de luxo.

Eu me acalmo conforme respiro do jeito correto e tiro o foco dos meus medos. Ainda não estou completamente bem quando me levanto e ligo a torneira.

Tento pensar na água fria tocando meus punhos, me esquivando do pensamento que me provocou a crise de ansiedade. É um medo, eu já fui em profissionais da saúde mental que atestaram que minha sanidade está correta. Não vou sair por aí nua e gritando pela rua, ou atacar alguém com um garfo ou algo assim.

Lavo meu rosto e sinto a água fria aplacar o calor de minhas bochechas. Pego a toalha felpuda e sinto a maciez do tecido contra minha pele. Por fim, ainda trêmula, mas me sentindo melhor, saio do banheiro e vejo Alex sentado na cama, lendo algo em meu caderno de anotações.

— Está melhor? — ele questiona, ainda fuçando em minhas anotações.

— Sim. Meus rins voltaram a doer. Foi só isso.

— Nossa, deve ser bem ruim, não é?

— Um pouco. Acho que vou ter que ir pra casa agora. Você pode me enviar suas ideias por e-mail e eu te mostro as minhas, assim já temos algo em que trabalhar na próxima vez.

— Tá bom.

Algo no rosto de Alex me diz que ele não acreditou na minha história de crise renal, mas prefiro não pensar nisso. Tenho que lidar com um problema de cada vez e felizmente o que meu colega megalomaníaco pensa de mim é o que está no final da minha lista de prioridades.

— Estou indo então.

Pego meu caderno das mãos dele e minha mochila, saindo com rapidez do quarto. Passo ao lado de uma mulher elegante no corredor que me olha como se eu fosse doida, mas não me importo, continuo andando rápido e só paro para calçar meu tênis e pegar minha bicicleta.

É sempre assim quando eu tenho uma crise. Abandono o que estou fazendo só para voltar para o lugar onde me sinto segura.

9

Fernando Seixas, devemos ser amigos?

O fato de voltar para casa pedalando faz com que eu me acalme e até mesmo dá ênfase na teoria de Carina de que para um ansioso, a melhor coisa é exercício físico.

Meu cansaço é tanto que chego em casa, tomo um banho e me jogo na cama com Colin em cima da minha barriga, nós dois aproveitando o final de domingo da maneira mais preguiçosa possível, isso até eu perceber que é quase semana de provas na faculdade e eu sequer aprendi todo o conteúdo que perdi no meu tempo afastada.

Isso e o fato de que não poderei mentir pela segunda semana seguida que estou fazendo trabalho voluntário porque meus pais sabem que é só uma semana por semestre. Tenho certeza de que minha mãe teria um surto se soubesse que eu ando trabalhando fantasiada de frango quando deveria estar apenas estudando.

Por um momento, chego a pensar que a melhor forma de conseguir ajudar minha família é voltando a trabalhar com mídias sociais, mas ao mesmo tempo, ainda me sinto exausta com todo o estresse dos últimos meses e com o fato de que eu virei uma párea da internet completamente sem querer.

Britany diz que todos já se esqueceram daquela confusão envolvendo meu nome, mas não é apenas isso. Claro que perder minha reputação conta muito, mas também há aquele fato de que tudo são likes e compartilhamentos e visualizações. Chega um ponto que todo o prazer de produzir conteúdo acaba virando uma atualização infinita para ver se está gerando o retorno esperado. Era como se meus amados romances românticos tivessem perdido a graça porque eu estava sempre bitolada em estar em alta no YouTube, ou então em resenhar os livros pedidos pelas editoras e autores a tempo de estar tudo online nas pré-vendas e lançamentos.

É claro que era divertido ser sempre convidada para os eventos, ou então ser a mediadora de encontros de leitores, sinto muita falta disso, mas como posso voltar quando minha cabeça ainda está essa bagunça? Em alguns dias, eu penso tanto que sinto que meu cérebro seria capaz de explodir, ou então estou conversando com alguém, mas de repente sinto aquela dor de estômago horrorosa, ou então dor de barriga e meu coração acelera tanto que parece querer saltar do peito. Não quero passar outra vergonha e ser assunto no Twitter entre os blogueiros e booktubers.

Colin, o gato e não o Bridgerton como é meu sonho secreto, parece entender que preciso ser reconfortada e começa a ronronar e a se esfregar em mim, o que faz com que eu ria e me lembre de que esse gato laranja e obeso era a estrela do meu canal, com seu jeitinho intrometido de estar sempre passando em frente a câmera, ou então subindo em meu pescoço e se sentando em cima das pilhas de livros que compunham meu cenário.

— Você também sente falta da nossa rotina de antes, não é? — pergunto a ele e coço embaixo do seu queixo. — Será que um dia eu vou ter coragem de voltar, Colin? Não quero que voltem a me acusar, ou então destruir tudo que eu conquistei com comentários ruins. Ao mesmo tempo que as palavras confortam, também podem destruir alguém.

Colin me olha com seus grandes olhos verdes, como se me entendesse, e isso me faz rir. Estranho o som da minha própria risada porque não ando rindo muito nos últimos tempos, a não ser que risos forçados contem para alguma coisa além de dar um pouco de veracidade a minhas mentiras.

Ainda estou pensando sobre os poucos motivos que tenho para sorrir quando meu celular toca. Nem me incomodo em ver quem está ligando porque somente minha melhor amiga ainda liga para as pessoas ao invés de usar aplicativos de mensagens como todo mundo.

— Britany, eu não vou ir à inauguração daquele restaurante vegano, não que eu tenha alguma coisa contra veganos, acho eles incríveis, mas eu gosto de carne sabe...

— Estela, eu não me importo nem um pouco com seu paladar.

A voz sarcástica, muito mais grossa e rude do que a da minha prima, faz com que eu me sente, deixando Colin revoltado pelo susto e ele crava as garras em meu punho, o que faz com que eu grite.

— Eu sei que me odeia, mas precisa gritar desse jeito? Eu preciso dos meus ouvidos para trabalhar. Já pensou em, sei lá, trabalhar quebrando aquelas taças de cristais que os mágicos gostam de usar nos shows?

— O que você quer, Alex? — pergunto de forma impaciente, olhando para os arranhões em meu braço e depois para meu gato lunático.

— Você deixou sua caneta aqui em casa. Aquela em formato de cacto.

— Amanhã você me devolve.

— Eu também preciso falar com você.

— Pensei que tivéssemos combinado de falarmos dos próximos passos do trabalho por e-mail.

— Não é sobre isso.

— Então não vejo sobre o que temos para conversar.

— Já falaram que você é um pé no saco?

— Você não se esforça para fazer com que eu me esqueça.

Ouço o suspiro irritado dele e não posso deixar de imitar o gesto. Ele deve estar bem desocupado para me ligar em um domingo à noite, ainda mais quando faz menos de duas horas que eu deixei a casa dele.

— Preciso muito falar com você. É sério. Me passa seu endereço que eu vou até aí.

— Você está gravando alguma pegadinha para o seu canal e quer me usar de algum jeito muito ridículo e que vai me envergonhar?

— Não. É sem câmeras, eu juro.

— Isso é muito estranho.

— Estela...

— Tá bom. Vou te passar o endereço do parquinho perto de casa. Não esqueça da minha caneta e eu juro por Deus que se for uma brincadeira idiota e não realmente algo sério, eu vou te chutar e em uma parte bem sensível do corpo masculino.

— Jesus, Estela. Eu juro pelo meu canal no YouTube e meu Instagram que é algo que te interessa.

— Tá.

Desligo e, contra a vontade, envio a localização para ele. Será que Alex tem alguma doença grave e quer contar para mim, que só sinto repulsa por ele, para que eu faça o trabalho do jeito que quer? Por que se não for isso, o que mais teríamos para conversar?

Meus pais ficam surpresos quando eu digo que vou sair por alguns minutos. Acho que eles não estão mais acostumados a me ver agir como uma garota normal de dezenove anos.

— Sabe, querida — papai se dirige a minha mãe enquanto me vê amarrando o tênis —, acho que nossa Estela finalmente está se recuperando.

Minha mãe nos lança um daqueles seus sorrisos radiantes que deixam seus olhos castanhos com ruguinhas ao redor. Acho o sorriso dela um dos mais bonitos do mundo e vê-la desse jeito por minha causa quase faz valer a pena esconder que muitas vezes me sinto na estaca zero.

— Um pequeno passo de cada vez, meu amor — ela diz e sorri para mim. — É bom sempre comemorarmos suas pequenas vitórias, que para nós, são gigantes.

Balanço a cabeça e saio de casa sorrindo, sentindo um nó na garganta. Às vezes, eu quero tanto ficar bem e ser normal de novo que chega a doer.

Não demoro a chegar a pracinha e me surpreendo um pouco ao ver que Alex já chegou e está sentado em um dos balanços, esfregando a ponta do All Star na areia.

— Desembucha, Martinelli — falo e me sento no balanço ao lado do seu.

Alex gira as correntes do balanço até parar de frente para mim. Percebo que ele está sem os óculos e com os cabelos bem bagunçados, nada daquela juba loira milimetricamente penteada para parecer descolada.

— Eu estou tentando dizer o que preciso sem vomitar — ele fala diante do meu olhar nada amistoso.

— É uma pegadinha?

Olho ao redor, esperando encontrar o GuiTube ou qualquer outro dos amigos idiotas dele, mas apenas os garotos do bairro jogam futebol no campinho atrás da gente.

— Não é uma pegadinha, na verdade é uma oportunidade perfeita para nós dois.

Franzo as sobrancelhas e faço um gesto para que ele desembuche de uma vez. Odeio o suspense desnecessário que algumas pessoas fazem.

— Namora comigo, Estela?

— O quê? — Guincho como um animal selvagem e me levanto, colocando as mãos na cintura. — Você gosta de mim, ou algo assim? Que nojo, Alex!

— Você é a garota mais esquisita que eu conheço e não, eu desgosto de você, esquisitona.

— Então...

Alex se levanta e se aproxima de mim, dou alguns passos para trás, tentando evitá-lo, mas ele acaba conseguindo me segurar pelos ombros.

— É um namoro fake, Estela.

— Tá, mas...

Tento me esforçar para me livrar dele, mas não consigo, Alex continua me olhando como se estivesse prestes a me dar a solução para todos os meus problemas. Ele até olha para os lados para ver se não tem ninguém prestando atenção nele, como se as pessoas não tivessem algo melhor para fazer.

— Eu soube de uma fonte segura — ele sussurra e sua respiração toca meu rosto, o que faz com que eu tente me afastar, sem sucesso é claro. — Alguém muito confiável, que a *Frescolé,* aquela marca de refrigerante muito famosa, vai abrir um concurso especial no mês de junho. Casais concorrendo a uma viagem para Fernando de Noronha e a quinhentos mil reais.

— Tá e daí?

— Daí que eu quero ganhar esse concurso. Vai gerar muita visibilidade para mim e dinheiro é sempre bem-vindo. E ninguém melhor do que a garota que me odeia para ser minha namorada falsa. Não corro o risco de você fazer algo estúpido, como se apaixonar por mim.

— Você se acha muito, não é?

— Se fizéssemos isso, você teria mais fama e ganharia duzentos e cinquenta mil reais, metade do prêmio, e claro que a viagem mais legal de todos os tempos.

— Ninguém acreditaria...

— Eu tenho um plano, Estela. Eu sou ótimo em me promover e quero comprar meu próprio apartamento. Esse concurso veio na hora perfeita.

Fico olhando para o rosto dele, esperando que comece a rir e a dizer que está se divertindo em me enganar, mas Alex continua sério.

— O que garante que a gente ganhe?

— Meus seguidores e os seus.

— Eu não estou mais na internet e geral sabe que eu te odeio.

— As pessoas ficam com quem odeiam, Estela.

Fico em silêncio, olhando para ele e pensando no dinheiro que disse antes. duzentos e cinquenta mil reais seria o suficiente para papai pagar o conserto do carro e a gente viver fora do aperto, mas...

— Não é errado você saber desse concurso antes de ele ser anunciado e ainda por cima ser tão confiante a ponto de achar que vai ganhar e me convidar para toda essa sujeira?

Alex me olha e sorri de um jeito debochado, finalmente soltando meus ombros e cruzando os braços.

— Eu nunca apareci em público com uma namorada. Você é uma garota esquisita e comum e isso faria as garotas pirarem no sonho de namorarem um cara como eu. E não, não é ilegal saber do concurso antes porque se eu sei, outras pessoas também sabem. O que iremos fazer é anunciar o namoro quase um mês antes do concurso e então participaremos de forma inocente e iremos ganhar. Aí depois da viagem, dividimos o dinheiro e eu deixo que termine comigo e fique com os louros — ele diz tudo isso com um ar tão confiante que chega a me dar nojo, sem falar que toda essa história de concurso e de ele ficar me chamando de esquisita é bem revoltante.

— Vale dinheiro mesmo?

— Sim.

É impossível, mas estou acreditando nesse calhorda e pensando em ganhar dinheiro enganando todo mundo, digamos que meu trabalho como frango mutante nunca me daria duzentos e cinquenta mil reais, a não ser que eu trabalhasse tipo até depois dos cem anos.

— E se a gente não ganhar? — questiono, sentindo meu coração martelar minhas costelas.

— Terminaremos um tempo depois e vida que segue. Você ainda vai ganhar mais seguidores.

— Eu não quero mais seguidores. Não vou voltar para a internet.

— Estela, podemos ganhar muito dinheiro e uma viagem.

— Viajar com você seria um inferno.

— E fingir que eu estou apaixonado por você também, mas veja se eu estou pensando no ato em si ao invés do dinheiro?

— Pensei que você ganhasse muito bem com seu canal de sucesso e publicidades.

— E ganho, mas nos últimos tempos, meus ganhos de inscritos não vêm aumentando e anunciar um namoro e participar desse concurso pode me colocar em alta novamente.

— Mas aí só você será beneficiado e eu só serei se a gente ganhar o tal concurso, o que não é garantido.

Deus, não acredito que estou em uma pracinha negociando com Alex Martinelli e ainda por cima, pensando muito em aceitar uma proposta a troco de dinheiro. Quem eu virei? O tal Fernando Seixas que a Aurélia ama e odeia em *Senhora?* Sei disso porque estou lendo um exemplar que a mãe da Britany tinha perdido em casa, já que alguém surrupiou a minha vez na biblioteca.

— Cinquenta mil reais — Alex diz, fazendo com que eu voltasse a prestar atenção em nossa conversa. — Se a gente perder o concurso, coisa que eu acho que não vamos, eu irei te dar cinquenta mil reais como recompensa por ter tentado.

Começo a roer a unha do polegar, mal acreditando na proposta que ele está me fazendo.

— Sabe que pode escolher qualquer garota, não é?

— Eu sei, Estela, mas alguma delas pode ter esperança, coisa que eu tenho certeza que nunca virá de você. Pensei nisso quando saiu da minha casa. Você é o tipo de garota que nunca daria com a língua nos dentes, ou jogaria nosso acordo para os tabloides de subcelebridades. A gente se odeia e isso é ótimo nesse caso.

— O que eu teria que fazer? — O questionamento sai de minha boca antes que eu possa impedir. Dinheiro está sendo meio que meu ponto fraco nisso tudo.

— Aparecer comigo em público e de mãos dadas, fingir que namoramos, entende?

— Eu nunca namorei.

Alex arregala os olhos e parece prestes a debochar, mas então pensa melhor.

— Iremos tirar fotos de casal e você vai aparecer nas minhas redes sociais e sair comigo algumas vezes. Nada que te impeça de continuar com sua vida de sempre.

Olho para meus pés. Cinquenta mil reais se não der certo e duzentos e cinquenta mil se conseguirmos. De qualquer forma, esse dinheiro ajudaria minha família e tudo o que eu teria que fazer seria fingir um namoro. Isso é muito errado em tantos níveis, mas ainda assim...

— Eu realmente te odeio, Alex — falo e fecho os olhos, estendendo a mão. — Mas eu preciso de dinheiro.

— Eu realmente acho você a maior esquisitona, Estela, mas preciso continuar na mídia — ele diz e segura minha mão. — Temos um acordo?

— Irei fazer um contrato e iremos assinar e então teremos um acordo — digo, ainda segurando os dedos dele entre os meus.

— Feito. Amanhã às nove horas, me encontre aqui e traga o contrato.

— Por quê?

— Iremos começar com o plano, namoradinha.

Ele pisca e sai andando com as mãos nos bolsos.

— Ah, Estela? — Alex se vira e sorri de um jeito mais contido. — Não preciso pedir segredo, não é?

Faço um gesto afirmativo e me jogo no balanço. Acabei de perder a última coisa que uma garota jamais deveria: a dignidade.

Contrato de Namoro

Alex Martinelli e Estela Freitas concordam em namorar pelo período necessário para participarem do referido concurso: *Casal Frescolé.*

Estela Freitas se compromete em colaborar para o sucesso do plano, associando sua imagem à de Alex Martinelli.

Alex Martinelli se compromete a pagar a quantia de R$50.000 à Estela Freitas caso percam o já citado concurso.

Ambos concordam em dividir de forma igualitária o prêmio de R$500.000 caso ganhem.

Desta forma, fica registrado o presente contrato:

____________________ ____________________

Alex Martinelli Estela Freitas

Maio de 2022.

10

Uma linda mulher, ou quase isso

É somente depois que eu chego em casa e começo a elaborar a porcaria do contrato de namoro falso que o peso do que estou prestes a fazer me esmaga. Primeiro porque irei me juntar ao cara que mais odeio no mundo para juntos fraudarmos um concurso de uma das maiores marcas de bebidas do país. Em um piscar de olhos, eles conseguiriam dez advogados e talvez até o FBI.

Em segundo lugar, minha família jamais acreditaria nesse negócio de eu estar namorando, muito menos a Britany que é capaz de farejar minhas mentiras a dez quilômetros de distância. E não é como se todos fossem eremitas e não usassem a internet, ainda mais porque Felipe, para meu total desgosto, gosta dos vídeos de Alex, então imagina se meu irmão caçula acreditaria que logo eu estaria namorando com seu ídolo?

Em terceiro lugar, temos a faculdade. Quem acreditaria no campus que eu, Estela Freitas, nerd de carteirinha, fã de livros românticos e esquisita em tempo integral, namoraria Alex Martinelli, ídolo das novinhas, o tanquinho mais seguido da internet e o cara que todas querem pegar por sei lá, só respirar?

Eu deixei as cifras que Alex jogou em cima de mim tirarem minha razão. E se a gente for processado? Eu não tenho mais reputação alguma para perder, mas também não tenho como pagar advogado nenhum para me defender e aqueles da defensoria pública não iriam deixar de ajudar a população que realmente precisa e que não tentou fraudar um concurso de internet.

E é claro que todas as possibilidades catastróficas ficam rondando por minha cabeça, me deixando apavorada e fazem com que eu caminhe pelo quarto e irrite tanto Colin que ele arranha a porta e vai se refugiar no quarto de Felipe, indo dormir em cima de um monte de cuecas e meias sujas.

Quando o dia amanhece, eu entro embaixo do chuveiro e sinto como se tivesse corrido uma maratona e não apenas pensado até sentir que meu cérebro poderia explodir, em algum momento da minha noite insone, eu percebi que irei ganhar cinquenta mil reais de qualquer forma, então isso quer dizer que mesmo correndo o risco de ser presa, ainda poderei ajudar em casa e pagar minha rematrícula.

Não estou exatamente triste por abandonar meu recém-adquiro emprego de frango mutante. A cada vez que o shopping ficava lotado e uma multidão começava a passar por mim, eu meio que sentia que minha hora havia chegado porque nos filmes, as pessoas fantasiadas são sempre o alvo mais fácil dos malucos que andam por aí.

Após imprimir o contrato e enviar a localização da minha casa para meu parceiro de fraude, sento à mesa de café da manhã e observo minha família. Papai parece abatido e desanimado com o braço imobilizado e sendo auxiliado por minha mãe para poder comer.

Felipe está com cara de sono, como se a segunda-feira fosse o pior dia da semana, coisa que de fato é.

Olhando para eles dessa forma, faz valer a pena correr o risco apenas para que não fiquem tão preocupados com tudo o tempo todo. Eles já fizeram tanto por mim que está na hora de eu retribuir, mesmo que eu tenha a certeza de que meu pai e minha mãe jamais aprovariam minha forma de conseguir dinheiro. Nem eu mesma aprovo.

Exatamente às nove horas da manhã, Alex estaciona o carro em frente à minha casa. Sem dar muitas explicações, apenas digo a todos que irei até a biblioteca com um colega para terminarmos um trabalho. Mais uma vez, vejo meus pais me olharem como se eu estivesse fazendo algo digno de muito orgulho e não apenas contando mais mentiras.

Estou me sentindo muito culpada quando chego ao carro extravagante de Alex, um Audi amarelo berrante de apenas dois lugares e que mostra o quão bem ele gasta o dinheiro que ganha.

Assim que ele destrava a porta do carona, eu entro e coloco o contrato que fiz ontem em seu colo, puxando o cinto de segurança porque não confio muito em Alex para nada.

— Bom dia, namorada. Devemos ser cordiais um com o outro, minha Estrelinha?

— Você é brega, Martinelli.

Alex me lança um daqueles seus olhares de puro nojo e lê o contrato, estreitando tanto os olhos que por um segundo, penso que vai encostar a folha no nariz.

— Pegue meu óculos ali no porta luvas, por favor, namorada.

Mesmo achando ridículo a forma como ele me chama de "namorada", faço o que ele pede e lhe entrego um estojo marrom. Acho que ele realmente tem problema de visão e não usa óculos apenas pelo estilo.

Olho para fora e percebo que Felipe está espiando através da janela da sala. Meu primeiro instinto é me abaixar, mas então percebo que não vai adiantar muito porque em breve, ele vai saber que eu estou namorando com Alex. Sinto meu estômago revirar com a possibilidade de contar uma grande mentira a minha família e a todo mundo.

— Se por acaso a gente for processado por fraude, você vai dividir o advogado comigo? — questiono, ainda olhando para minha casa.

— A gente não vai ser processado, sua paranoica.

Volto minha atenção para Alex bem no instante em que ele está assinando o contrato e ainda por cima usando a minha caneta em formato de cacto.

— Sua vez.

Ele me passa a folha e a caneta e eu hesito por uns dois segundos, até que me lembro de que de qualquer forma irei sair ganhando. Isso é motivação o suficiente para que eu assine.

— Agora vamos dar início ao nosso plano — Alex fala e pega o contrato, dobrando-o com cuidado e guardando no porta-luvas.

— Como vai ser? — pergunto bem no momento em que ele liga o carro e manobra para sair da minha rua.

— Primeiro vamos dar um jeito em você.

— O que quer dizer com isso?

— Espere e verá.

Eu não presto atenção ao local onde Alex está me levando porque estou imersa em pensamentos e como ele não sabe da minha tendência a me perder na minha própria cabeça, não pode fazer a clássica pergunta que minha mãe e minha prima sempre têm na ponta da língua: está se sentindo ansiosa?

Somente olho ao redor quando ele estaciona em frente a um enorme prédio de fachada branca e vários detalhes em rosa e dourado. Qualquer garota sabe da existência desse lugar, mas nem todas têm o privilégio de serem frequentadoras.

— O que vamos fazer aqui? — pergunto a ele e aponto para o maior centro de estética e beleza da cidade.

— Darmos um jeito em você — Alex responde sem rodeios, já abrindo a porta do carro. — Achou mesmo que eu te apresentaria como minha namorada com esse cabelo?

Ele aponta para meus cabelos, um monte de cachos bagunçados presos no alto da minha cabeça e um rabo de cavalo desleixado, como se a minha aparência lhe causasse calafrios.

— O que tem de errado com meu cabelo? Quem você pensa que é para ser mais uma das pessoas estúpidas que me manda fazer alisamento?

Os questionamentos disparam de minha boca e o assustam, mas não me importo com isso, não quando tudo o que eu quero é dar um soco na cara dele.

— Quem falou em alisar seu cabelo, está maluca, Estela?

— Mas...

— Eu estava me referindo a cor. Está uma cor muito esquisita e eu me recuso a aparecer do seu lado com esse cabelo cor de abóbora que passou do ponto. Agora levanta essa sua bunda daí que temos horário marcado.

Cruzo os braços e me recuso a sair do lugar.

— Eu não tenho dinheiro para pagar qualquer coisa nesse lugar — explico sem olhar para ele, sentindo que esse plano está tão ridículo quanto a cor do meu cabelo.

— Eu vou pagar.

— Eu não quero que desconte isso dos meus cinquenta mil!

Alex dá um suspiro irritado e toca as costas da minha mão. O gesto inesperado faz com que eu preste atenção no que tem a dizer.

— Não será descontado. Eu não vou mandar você alisar seus cabelos. Eu apenas quero que fique linda para as porcarias das fotos, Estela. Você já assinou o contrato, então para de complicar tudo.

— Sinto muito, fiquei nervosa.

— Eu percebi.

Alex me olha como se eu fosse doida e sai do carro, eu o imito e paro completamente sem jeito ao lado dele.

— Você vai gostar do Leonirdo.

Isso é tudo o que ele diz antes de começar a andar em direção à porta. Eu o sigo, quase tropeçando em meus próprios pés.

No geral, não costumo ser tímida, mas assim que entramos, sinto cheiro de lavanda e perfume caro e não demora para que lindas garotas nos cerquem e verifiquem meu horário enquanto conversam com Alex como se fossem velhos amigos.

Fico parada ao lado dele, vendo nosso reflexo nos inúmeros espelhos dispostos pelo local. Eu pareço esquisita e pálida ao lado dele, todo alto e bem vestido. Um simples olhar para meu tênis velho e meu jeans desbotado mostra que se Alex não estivesse ao meu lado, provavelmente essas moças não estariam me oferecendo tanta coisa para comer.

— Deixem-me vê-la.

A voz suave é o suficiente para que o burburinho cesse e um homem alto e usando um blazer rosa surja. Os cabelos dele são de um tom de loiro platinado e suas sobrancelhas são mais escuras, ainda assim se harmonizam com seu rosto bonito. Ele sorri para Alex e então seus olhos param em mim. O sorriso dele desaparece e eu sinto como se meu estômago despencasse até meus pés.

— É essa a felizarda? — ele se dirige a Alex, mas seus olhos ainda estão me avaliando como se eu fosse um daqueles manequins dispostos nas lojas de departamento.

— Essa é a minha Estrela — Alex diz e se aproxima um pouco mais de mim, mas sem me tocar de verdade. — Espero contar com a sua discrição, Léo.

— É claro, meu doce. Sua garota estará em ótimas mãos. Vamos, meu bem?

Demoro alguns segundos para entender que ele está se referindo a mim.

— E... eu?

— Mas é claro.

E dessa forma ele faz um sinal para que eu o siga. Olho para Alex, completamente intimidada, mas ele já está indo para o outro lado do salão e só me resta seguir o cabeleireiro muito alto e que cheira a um perfume tão bom quanto o do ambiente.

Antes que eu me sente na cadeira, uma moça de longos cabelos crespos me entrega um roupão de seda rosa e pede para que eu o coloque por cima da minha roupa. No geral, os salões aonde vou apenas colocam um toalha em meus ombros.

Assim que me sento na cadeira macia em frente a um espelho com várias luzes bonitas enfeitando as bordas, Leonirdo, ou Léo como todos parecem chamá-lo, se posiciona atrás de mim e solta meus cabelos. Acompanho o olhar dele através do espelho e ele parece tão decepcionado que eu até sinto vontade de me desculpar.

— Seus cabelos são lindos — ele diz de um jeito gentil. — Mas você não parece estar dando tanta atenção a eles, coitadinhos.

— Estive sem tempo — justifico baixinho.

— Vamos mudar isso, meu docinho — Léo diz e então sorri. — Pelo que eu pude notar, você gosta de ser ruiva, não é?

— Sim. Eu só não andei retocando muito a raiz.

— Vamos dar um jeito nisso. Você sairá daqui tão linda que deixará aquele rapaz maravilhoso sem palavras.

Tenho que me controlar muito para não fazer uma careta quando ele se refere a Alex como maravilhoso, ainda assim forço um sorriso e fico em silêncio enquanto o vejo chamar a moça de cabelos bonitos de antes e outra mulher que não havia visto ainda.

Com a ajuda dele, elas começam a trabalhar em meu cabelo. Não faço a mínima ideia do que estão fazendo, mas decido confiar porque Léo realmente parece saber o que está fazendo.

Logo duas moças se juntam a eles e me pedem licença. Assim que deixo, uma tira meu tênis e a outra a pegar minhas mãos. Sinto-me estranha com tanta gente mexendo em mim ao mesmo tempo, quase como se eu fosse uma boneca.

— Você tem tanta sorte — a moça que está pintando minhas unhas de um tom suave de verde diz.

— Por quê?

— Por estar com Alex. Ele é um menino tão doce. Ele sempre vem aqui cortar o cabelo, mas jamais trouxe uma garota. Achei tão fofo ele ligando para marcar um horário pra você.

Sem saber muito o que dizer, apenas sorrio e deixo que continuem o tal tratamento de beleza. Assim que elas terminam de fazer minhas unhas, Léo me conduz até um lavatório.

As mãos dele são suaves em meu couro cabeludo e eu até me sinto mais relaxada e menos nervosa.

— Tenho certeza de que irá amar esse tom de ruivo, Estrela.

— Pode me chamar de Estela.

Ouço o riso dele e não demora para que ele me conduza novamente para a cadeira, onde ele e a assistente seca e a puxa meu cabelo para todas as direções. Estou curiosa para saber o que inventaram, mas eu estou de costas para o espelho.

— Vamos à maquiagem, garotas — Léo diz assim que desligam os secadores.

Arregalo os olhos, achando que estão exagerando, mas eles não parecem preocupados com minhas expressões e apenas me pedem para relaxar e me recostar na cadeira. Faço isso, sentindo coisas sendo passadas em minha pele e pincéis correndo por todas as direções. Alex deve estar se sentindo muito bem por mandar que eles façam de mim sua modelo ideal.

— Está pronta!

Assim que Léo fala, eu abro os olhos e o vejo girar minha cadeira em direção ao espelho. Pisco algumas vezes, tentando ver o resultado do que eles fizeram na garota refletida no espelho.

Meus cabelos ainda estão crespos, mas completamente modelados e sem arrepiados. O tom de ruivo é acobreado e não tão laranja quanto antes e parece combinar melhor com o meu tom claro de pele.

As olheiras que estão sempre presentes nos últimos tempos sumiram e deram lugar a uma pele com aspecto mais saudável, inclusive estou usando muito pouca maquiagem. Meus olhos estão com um tom de sombra clara e um delineado marrom que parece combinar com meus cabelos e minha boca está com um batom suave e rosa. Eu pareço saudável e bonita. Tenho que fazer um grande esforço para engolir o nó em minha garganta porque eu pareço a Estela de antes e eu sinto falta de mim mesma quando me olho no espelho e não tenho ânimo para me arrumar.

— O que achou? — Léo questiona.

— Ela está linda.

É enquanto eu penso no que responder que Alex o diz por mim, parando ao lado da minha cadeira.

Léo bate palmas, parecendo esfuziante de alegria.

— Tira uma foto nossa — Alex pede para uma das moças.

Retiro o roupão e me levanto da cadeira, parando ao lado dele e percebendo que ele cortou um pouco os cabelos, mas manteve o estilo de sempre.

— Não vão se aproximar? — a moça pergunta.

Alex sorri e se aproxima mais de mim, passando um braço ao redor da minha cintura. Eu olho para ele e bem nesse momento um flash dispara.

— Vocês ficaram tão fofos! — A moça, que se chama flora, parece encantada ao devolver o celular de Alex. — A Estela é tão pequena ao lado do Alex. Parece uma fada.

Sorrio para ela, completamente envergonhada.

— Jesus, ela cora — Léo diz e sorri. — Tão difícil ver uma garota tímida hoje em dia, ainda mais com Alex que parece tão extrovertido. Onde encontrou essa fada?

— Ela estuda comigo — Alex responde e sorri como se estivesse concordando com eles.

— Ah, um romance de faculdade. Isso é tão lindo.

Léo parece deliciado ao nos olhar e eu me sinto um pouco sem graça porque não consigo ver toda essa beleza na gente que eles estão ressaltando e até me sinto um pouco melhor quando Flora entrega meu tênis e eu posso me desvencilhar do braço de Alex, que parece se dar conta do meu desconforto e começa a se despedir de todos.

Eu me despeço com um aceno e agradeço a todos enquanto sigo Alex para fora do salão, cuidando para não tropeçar nos chinelos de borracha que estou usando. O lugar é tão chique que até chinelo personalizado as clientes ganham.

— Eu sempre achei que você falasse pelos cotovelos, Estela — Alex diz assim que entramos no carro.

— Muitas pessoas me assustam.

Alex me olha como se eu tivesse dito que tenho dois pés esquerdos, mas não demora a desviar o olhar e ligar o carro.

— Vá se acostumando a isso, meu bem.

As palavras dele quase soam como um mau presságio.

11

Preciso mesmo?

Ainda estou admirando meu reflexo no espelho retrovisor quando ouço o toque do meu celular e acabo pulando de susto. Tento abrir o zíper da bolsa, mas minhas unhas estão molhadas e tenho que decidir entre mantê-las ou atender quem quer que seja.

— Deixa que eu faço isso, paguei uma fortuna para você parecer apresentável.

E assim, com a delicadeza de um elefante, Alex pega o celular em minha bolsa e desliza o dedo pela tela, o aproximando do meu ouvido.

— Onde você está, Estela? — A voz estridente, e claramente em pânico da minha mãe, se faz audível no carro.

— Hã...

— Diz alguma coisa — Alex sibila de um jeito impaciente.

— Estou na biblioteca, fazendo aquele trabalho com meu colega. Eu te falei antes de sair, mãe.

— Já são duas da tarde, Estela. Você saiu de casa às nove da manhã e sequer me deu notícias. Pensei que tivesse acontecido alguma coisa.

Engulo em seco, completamente nervosa. Minha mãe é bem inteligente para saber que um trabalho não demora tanto assim e eu não posso dizer a ela que me vendi ao capitalismo e agora estou ficando gata para fraudar um concurso.

— Desculpa, mamãe. Eu me encontrei com algumas amigas também e como faz tempo que não saio para me divertir, resolvi aproveitar. Acho até que irei direto para a faculdade hoje. Sinto muito por ter ficado preocupada.

— Tudo bem, Estela. Eu fico muito feliz de ver que você está retomando sua vida. Qualquer coisa me ligue, querida.

Encerro a ligação me sentindo bem culpada por mentir. Será que em algum momento serei sufocada por minha teia de mentiras?

— Qual é o próximo passo? — pergunto a Alex enquanto continuo encarando a tela desligada do meu celular.

— Quero que reative suas redes sociais.

Devagar olho para ele, sentindo como se meu sangue congelasse nas veias.

— Eu não vou fazer isso — digo tão baixo que penso que ele não é capaz de ouvir.

— Assinamos um contrato, Estela. Você tem que voltar para a internet para isso dar certo.

— Posso criar novos perfis e...

— Você é famosa. Precisamos dos seus seguidores também.

— Eles me odeiam.

Alex arregala os olhos e passa a mão nos cabelos, parecendo prestes a explodir. Posso dizer isso pela maneira como suas bochechas estão coradas e ele está crispando os lábios.

— Como é que é? — A pergunta é feita em um tom de voz baixo e ácido.

— Eu acabei com a minha carreira — digo entredentes.

Alex respira fundo e então estica os braços, me segurando pelos ombros.

— O que você está dizendo, sua maluca?

Sabe aquela sensação de estar sempre vivendo no limite, como se o copo já estivesse cheio e apenas uma gota fosse o suficiente para tudo transbordar? É dessa forma que me sinto com o olhar de Alex em mim e suas palavras pairando no espaço pequeno do carro.

Eu sou maluca? Na maior parte do tempo fico pensando que sim, na outra parte que resta, fico temendo que logo eu me torne. Agora se eu somar todas as questões que ficam diariamente pipocando em minha cabeça com as outras que me levaram ao limite, sinto como se fosse uma fraude completa.

Ignorando Alex, afasto seus braços de meus ombros e pego meu celular na bolsa, ignorando as unhas recém-pintadas e desbloqueando a tela e achando o contato da minha melhor amiga.

Britt, você acha que eu estou melhorando mesmo, ou estou sendo uma fraude completa?

Assim que envio essa mensagem, encontro o contato da minha psicóloga e fico olhando para a foto dela na tela. Carina é a única pessoa que pode me dar a resposta que preciso. Eu sei que estar em um carro com Alex Martinelli, ouvindo resmungos sobre como eu estou colocando tudo a perder não é exatamente o local ideal para isso, mas eu apenas preciso que alguém me certifique que eu não sou tão maluca quanto penso.

Carina, você acha mesmo que eu estou melhorando? Sinto muito por estar perguntando isso fora do nosso horário, mas não consigo evitar essa sensação de que eu sou uma fraude completa.

— Você vai me ignorar agora, Estela?

A voz zangada de Alex faz com que eu desvie o olhar da tela do celular e foque em seu rosto.

— Eu não posso voltar para a internet, Alex. Eu sou a porcaria de uma fraude, entende? Se eu fizer isso, irei apenas continuar sendo odiada pelos comentários. Não tem como eu continuar de onde parei. Perdi tudo. Provavelmente eu me perdi de mim.

Ele parece prestes a falar algo, mas nesse momento meu celular vibra e eu faço um gesto para que ele fique quieto.

Carina: É claro que você está melhorando, Estela. Está a cada dia mais forte. Seu processo psicoterapêutico está evoluindo. Lembra do que combinamos? Quando surgirem esses pensamentos, foque em outra coisa. Esquivar, certo? Você é forte e não uma fraude. Até semana que vem! ♥

Não demora nem trinta segundos para a resposta da minha melhor amiga chegar também.

Britany: Cê tá de brincadeira, Estelita? É claro que tu tá melhorando, mulher! Está cada dia mais forte, consigo até ver seu humor ácido de novo. Continue em frente sempre.

As palavras da minha prima me fazem sorrir e as de minha psicóloga a de ter esperança. Eu sei que tudo é complicado e que na maior parte do tempo eu ajudo tudo a ficar ainda mais complicado, mas não é fácil estar dentro da minha cabeça. Em alguns momentos, eu sinto como se meus pensamentos fossem capazes de me sufocar.

— Estela, será que dá para você parar de me ignorar e resolver me ouvir? Quero que reative suas redes sociais. Precisamos que as pessoas fiquem curiosas sobre você. Temos que dar pistas sobre nosso namoro. É assim que ficaremos em alta e ganharemos popularidade para vencer esse concurso.

Respiro fundo, exatamente do jeito que Carina me ensinou repetidas vezes e resolvo que apesar de estar com um medo danado de contar, preciso fazer com que Alex entenda o porquê de eu ter me afastado de tudo, pois só desse jeito irá parar de me pedir para voltar as redes sociais. Não preciso contar que minha cabeça tem um bug, só a parte que envolve minha imagem sendo destruída mesmo.

— Não é tão simples quanto pensa, Alex — falo e olho para a rua. Ele estacionou o carro em frente ao shopping assim que minha mãe ligou e olhar o movimento ajuda meu coração a não bater de forma tão desenfreada.

— O que quer dizer?

— Que eu tenho uma imagem suja na rede. Você não sabe porque está em outro nicho da internet, mas eu pertenço ao meio literário com blogueiros, booktubers instagramers, editoras, leitores e todo tipo de aficionado por livros. Esse era meu universo e apesar de tudo, eu ainda sou apaixonada por ele, mas não quer dizer que eu possa voltar, mesmo que seja para a gente ganhar um bom dinheiro. Na verdade, acho que se eu der as caras de novo, provavelmente irão te xingar também.

— Eu não entendo, Estela. Como assim? Você sempre foi famosa nesse meio como alguém com uma opinião ativa sobre tudo, alguém que tem fãs e credibilidade.

— Aí é que está, Alex. Eu não tenho mais fãs ou credibilidade. Eu tive que desativar minhas redes sociais por estar sendo bombardeada com comentários ruins me chamando de vendida e hipócrita e tantos outros xingamentos. O problema é que eu sou culpada pelo que me aconteceu. Se eu não tivesse sido gananciosa, nada disso teria acontecido.

Falar sobre o momento em que tudo desmoronou me faz chorar sem ao menos perceber e quando vejo, já sinto o gosto salgado em minha boca.

— Você pode parar de rodear e me contar o problema?

O pedido dele é feito com tanta gentileza que eu respiro fundo, seco o rosto na manga da camiseta e decido contar justamente para meu inimigo da faculdade um segredo que apenas minha família sabe.

— Ano passado, meu pai perdeu o emprego e ficamos em uma situação financeira muito ruim — falo, sentindo como se o caroço em minha garganta estivesse um pouco menor. — Para ajudar em casa, eu comecei a aceitar resenhar livros em meu canal, coisas que não tinham muito a ver comigo, mas que me ajudavam financeiramente. Eu fiz uma tabela de preços e os autores e editoras interessados poderiam escolher o pacote que mais convinha. Nos primeiros meses, tudo deu certo, mas então um autor famoso me procurou e queria que eu divulgasse e resenhasse o livro dele de forma gratuita e eu me recusei e mandei minha tabela de preços. Foi aí que toda a confusão aconteceu. Ele divulgou a conversa e a tabela no Twitter e como tem muitos fãs, essas pessoas começaram a me atacar e com eles, meu próprio público. Diziam que eu estava fazendo tudo por dinheiro e que meu canal não era mais o PinkRomance, mas, sim, o MoneyRomance e que eles não poderiam mais confiar na minha opinião porque quem pagasse mais, garantia espaço. Chegou um momento que as críticas estavam tão pesadas que eu optei por sair das redes sociais e desativar os comentários dos últimos vídeos no YouTube e desde então, não tive mais coragem de dar as caras na Internet.

Termino de contar sem ar nenhum, sentindo como se falar sobre isso tivesse drenado toda a minha energia. É doloroso saber que um trabalho de anos acabou de uma forma tão ridícula.

— Estela.

Ao som da voz de Alex, levanto a cabeça e o pego me olhando de um jeito sério, sem o olhar de deboche de sempre.

— O quê?

— Trabalhar na internet é estar envolvido em polêmicas que a gente sequer sabe como começou. Eu sei como se sente e sei o quão horrível é passar por tudo isso, mas não foi errado você cobrar. Estela, você construiu um público e trabalhou muito para chegar até aqui, então está certa por cobrar pela divulgação e esse autor foi apenas infantil e ridículo por usar isso contra você. As pessoas amam livros, mas o amor não enche barriga. Apesar de todos acharem que a gente que está na internet tem uma vida perfeita, precisamos, sim, cobrar se alguém quiser se divulgar para nosso público. Está mais do que na hora de você dar a volta por cima e retornar.

As palavras dele são ditas em um tom tão gentil que pela primeira vez em quase dois anos, Alex Martinelli me desarma completamente.

— E — ele prossegue e me entrega um pacotinho de lenços — eu não estou dizendo isso apenas porque o plano inclui você estar nas redes sociais, mas porque entendo seu medo e acho injusto abandonar um trabalho de anos por causa de um babaca que acha que o mundo precisa apoiar tudo o que faz de mão beijada.

— Acha que ainda tem alguém que gosta do meu trabalho? — questiono baixinho, enquanto seco meu rosto e percebo que provavelmente joguei o dinheiro que ele pagou na maquiagem no lixo.

— As pessoas esquecem as polêmicas bem rápido. Tudo na internet é passageiro e por isso que precisamos estar sempre em alta se quisermos continuar trabalhando nessa era digital. Então não perca mais seu tempo e reative suas redes. Não dê explicações, só volte e ligue o foda-se para quem não te acrescenta em nada.

Olho para meu celular e então para Alex e por mais medo que eu tenha, sinto que ele está certo, assim como Britany, Carina e minha família que sempre bateram na tecla de que eu não poderia perder meu trabalho por estar envolvida em uma polêmica.

É claro que tenho medo de ser xingada e chamada de vendida, mas ao mesmo tempo, eu amo os livros e é injusto deixar esse amor se perder por algo que sequer estava no meu controle.

Com os dedos trêmulos, desbloqueio a tela do meu celular e acesso o Instagram, ativando novamente minha conta. Faço o mesmo com minhas outras redes sociais. Pela primeira vez em muito tempo, me sinto forte, como se eu estivesse trilhando o caminho para superar tudo de ruim que me aconteceu nos últimos tempos.

Sorrio, um sorriso em meio as lágrimas, e olho para Alex, mostrando a tela do meu celular.

— Boa, namorada!

Ele levanta a mão e damos um *high five*.

— Será que agora você pode se ajeitar um pouco? Está parecendo muito uma Ogrinha e eu não quero aparecer do seu lado desse jeito, mesmo que seja para gente almoçar.

O sorriso some do meu rosto. Droga! Por alguns minutos, esqueci que eu estava falando com a futilidade em pessoa.

12

Parceiros do crime

A vantagem de provavelmente a maquiagem ter custado mais do que o tênis que estou usando é que o fato de eu ter chorado não foi o suficiente para que ficasse arruinada. Então bastou uma passadinha de lenço embaixo dos olhos e aqui estou eu, prestes a entrar no shopping lotado ao lado de Alex, que não parece nem um pouco incomodado com a quantidade de pessoas, diferente de mim que fico pensando nos infinitos lugares pequenos e confortáveis disponíveis pela cidade onde o silêncio é capaz de reinar.

— Acha uma boa ideia almoçarmos no shopping? — questiono assim que ele estaciona na parte subterrânea e andamos em direção à porta automática que leva até as escadas.

— Temos que aparecer juntos, minha linda namorada.

Dou um pulo quando ele aperta minha bochecha e afasto sua mão do meu rosto com um tapa.

— Temos que nos habituar ao toque um do outro. Supostamente somos jovens apaixonados.

Não consigo conter a careta de nojo e Alex ri como se eu fosse engraçada.

— Você ao menos já namorou alguém, garota?

O questionamento é feito enquanto andamos em direção a escada rolante.

— Hã... não. Eu não namorei e te falei isso ontem — respondo sem olhá-lo e já colocando o primeiro pé na escada.

Bem nesse momento, Alex me puxa pela mão e eu rapidamente viro em sua direção, por pouco não me desequilibrando.

— Está maluco?

A resposta dele é se aproximar mais de mim e me mostrar a tela do seu celular para que eu veja um stories dele segurando minha mão. A lateral do meu corpo e boa parte do meu cabelo fica visível, assim como minha fitinha laranja do senhor do Bonfim e minhas unhas pintadas de verde. Tenho que admitir que ficou uma foto legal.

— Primeira pista — Alex fala enquanto publica o stories. — Certeza de que as *Alexanáticas* ficarão muito curiosas para saber quem é a garota misteriosa.

— Alex o quê?

— É o nome do meu fã clube.

Guardo para mim o comentário ácido e apenas o sigo pelo shopping lotado em direção a praça de alimentação, o conhecido caminho que percorri na última semana enquanto derretia dentro daquela fantasia ridícula. O lado bom é que pude colocar o dinheiro que ganhei dentro de uma calça da minha mãe. Ela ficou muito feliz pensando que havia esquecido o dinheiro no bolso e isso a ajudou a comprar mais ingredientes para suas marmitas. O sorriso dela fez tudo valer a pena e saber que foi graças ao meu esforço de vencer o medo valeu mais ainda.

— O que vai querer comer? — Alex pergunta assim que chegamos à praça de alimentação, que está bem menos lotada do que eu temia.

Olho ao redor, o cheiro de comida fazendo minha barriga roncar de um jeito tão esquisito que faz com que Alex me olhe.

— Credo, faz quanto tempo que não alimenta essa sua lombriga?

Não respondo e abro minha bolsa, pegando minha carteira e a abrindo, percebendo que tenho somente meu passe do ônibus e alguns cupons fiscais da época em que jantava na faculdade. No bolsinho menor, há três moedas de um real e duas de cinco centavos.

— Não estou com fome — falo, ainda olhando para minha carteira, tentando ignorar o cheiro de comida. — Preciso perder uns quilos.

Guardo a carteira na bolsa e dou um passo à frente, batendo minha testa no peito de Alex.

— Escolha o que quer almoçar — ele diz de um jeito quase gentil, colocando o dedo indicador em minha testa e me fazendo dar um passo para trás.

— Não...

— Eu vou pagar. Durante todo o tempo que esse nosso namoro durar, eu vou pagar pelo sua comida e o que tiver que gastar e não, não irei descontar do dinheiro que irei dividir com você no final.

Engulo em seco, sentindo mais uma vez aquele enorme caroço em minha garganta. Droga! A cada minuto que passa, revelo um pouco mais da minha situação para Alex e não sei se gosto disso.

— Você não vai chorar de novo, não é?

Balanço a cabeça tentando engolir o choro, ultimamente ando chorando tanto e por tudo que chega a ser ridículo.

— Só vou aceitar hoje — falo mais baixo, olhando para o lugar onde vendem meu hambúrguer favorito. — Vou te pagar um almoço da próxima vez.

— Se você se sente melhor dessa forma.

Sorrio, completamente sem graça, e aponto para a lanchonete aonde sempre ia com Britany, antes de eu ficar com um medo danado de multidões e locais barulhentos. É um pequeno milagre que hoje não esteja assim. A única vantagem da minha fantasia de frango mutante era que ninguém conseguia ver o quão apavorada eu estava dentro dela.

— Eu gosto desse lanche — falo baixinho.

— É o meu favorito também.

Sigo Alex até a lanchonete e faço meu pedido, optando pelo hambúrguer mais barato e uma Coca-Cola pequena. Sou maluca por refrigerante, apesar de saber que não é um dos melhores hábitos.

Assim que pegamos nossa senha, nos sentamos em uma mesa de frente para uma enorme vidraça que mostra o lado arborizado da cidade. Alex se distrai mexendo no celular e eu fico olhando para tudo, me sentindo surpreendentemente bem por estar fazendo algo tão comum.

As pessoas acham que quem sofre de transtorno de ansiedade opta por se esconder do mundo e ficar em casa. Na verdade, gostamos de sair e ver os amigos e sentimos falta disso, mas é difícil sair quando você fica temendo que a próxima crise venha, ou tentando adivinhar em qual momento irá passar tão mal que será quase como se estivesse com sintomas de pressão baixa.

Muitas vezes, a ansiedade e seus sintomas são tão fortes que a única opção que temos é ficar em um lugar seguro para não nos arriscarmos. Foram incontáveis as vezes em que me arrumei para sair e na hora fiquei com uma sensação horrível de que algo muito ruim iria acontecer e preferi ficar em casa. Sempre choro quando o medo me vence, mas na última semana não ando tendo opção além de fazer as coisas com medo mesmo.

— Eu te falei que isso despertaria a curiosidade das pessoas.

Olho para Alex e ele está sorrindo quando me entrega seu celular. Na tela, estão várias mensagens, em sua maioria de garotas, perguntando quem é a menina da foto e se ele está namorando.

Fico olhando para as mensagens enquanto ele se levanta para pegar nossos pedidos.

@SenhoritaMartinelli: Amore, quem é essa garota? Você está namorando? Não pode fazer isso com a gente!

@MadudoAlex: Alexxxxxx quem é essa menina? Não acredito que está namorando! Ela tem que ser muito boa com você, ou irá se ver comigo.

@SenhoraAMartinelli: Quem é a vadia?

Arregalo os olhos com a intensidade de todas essas garotas. Como assim me chamando de vadia? Dá para ver se alguém é vadia só pela mão? Junto desses directs há mais um monte e duvido muito que Alex seja capaz de ler e responder um terço sequer de todas essas mensagens.

— O que foi?

Alex coloca nosso almoço na mesa e eu lhe devolvo o celular, vendo mais dezenas de mensagens surgirem.

— Suas fãs estão realmente curiosas — comento enquanto começo a desembrulhar meu hambúrguer.

— Eu te falei que bastava uma pequena pista para virarmos assunto.

Concordo com um aceno, me concentrando para comer. Não ando comendo muito, sempre fico com a sensação de estômago embrulhado, por isso não consigo evitar sorrir ao dar a primeira mordida.

Fico ouvindo Alex tagarelar sobre o quanto "nosso namoro" vai ajudar em nossos respectivos trabalhos. Ele não parece ser o tipo de pessoa que se incomoda por estar monopolizando a conversa e eu estou mais preocupada em comer do que argumentar.

— Você está ouvindo o que estou dizendo, Estela? — ele pergunta bem no momento em que estou dando uma generosa mordida em meu almoço.

Faço um gesto com a mão indicando que sim.

— Então, assim que você terminar de comer como um boi, vamos nos encontrar com o Guilhermo para que ele tire fotos nossas que irão vazar. Foi por isso que insisti para que você ficasse mais... apresentável.

Assim que ele se refere ao melhor amigo e a fotos, acabo ficando embuchada. Primeiro porque meu refrigerante era tão pequeno que já acabou e segundo porque ele acabou de deixar bem claro que mais uma pessoa sabe do nosso plano.

Dou alguns tapas em meu peito na tentativa de fazer a comida descer, mas acaba não dando muito certo. Alex, completamente desgostoso por minha falta de elegância, estica seu copo e coloca o canudo do refrigerante em minha boca.

— Pensei... pensei que era para mantermos isso em segredo — falo com voz esganiçada depois de conseguir me recuperar.

Alex volta a tomar sua bebida como se eu ter babado em seu canudo não fosse nada de mais.

— Precisava de alguém para tirar fotos nossas e o Gui é de confiança.

— Se você pode ter um parceiro de confiança, eu também posso!

— Quanto menos pessoas souberem do nosso plano...

— Acho injusto que eu não tenha em quem confiar no meio de tudo isso.

— Você pode confiar em mim.

Não consigo conter o riso de deboche. Confiar nele?

— Não tenho nenhum motivo para te achar confiável, Alex.

Ele me encara com desdém e eu retribuo o olhar e o resultado disso? Menos de cinco minutos depois, estou enviando uma mensagem a Britany.

Com certeza formamos o quarteto mais estranho de todo o shopping.

Uma garota de cabelos rosas, chamativos e presos no alto da cabeça, sem contar com o vestido cheio de desenhos de emojis e coturnos transparentes com meias rosa neon.

Um garoto com óculos de grossas armações azul-marinho e cabelos crespos e arrumados que está muito dividido entre encarar a tela do celular de última geração e a minha amiga.

Outro garoto, dessa vez perfeitamente arrumado, com cabelos bagunçados que está, sem vergonha alguma, passando algo nos lábios para deixá-los mais *apetitosos* para seus stories.

Eu. Com meu cabelo novo, maquiagem cara e roupa velha, com certeza parecendo bem deslocada.

Britany não demorou a responder minha mensagem e vir nos encontrar no shopping e menos de um minuto depois, GuiTube se juntou a nós. Agora estou olhando para todos enquanto Alex termina de besuntar os lábios com algo que cheira a coco ao mesmo tempo em que explica o quão genial e audacioso seu plano é.

— Você está querendo me dizer que a Estela, que simplesmente te odeia, é a garota perfeita para ganhar esse concurso, que sequer foi divulgado, com você? — Britany questiona quando ele termina de falar e, levando em consideração o tempo que demorou, minha amiga até que se segurou bastante.

— Sim. A Estela jamais se apaixonaria por ele e colocaria tudo a perder ficando revoltada e revelando para o mundo o que fizeram — Gui afirma, apoiando os cotovelos na mesa. — Tenho que concordar que é ridículo quando você ouve pela primeira vez, mas depois de pensar melhor, pode até ser uma ideia genial.

— Claro que não vai ser tão genial se a gente for processado e eu sequer puder conseguir um advogado da defensoria pública porque eles vão estar mais preocupados com as pessoas que precisam de verdade e não comigo que me juntei a futilidade em pessoa para conseguir dinheiro fácil — falo sem olhar para ninguém em específico, concentrada em tentar tomar a última gotinha do meu copo de refrigerante com o canudo.

Somente quando percebo que ninguém disse nada é que levanto a cabeça e vejo Guilhermo e Alex, sentados na minha frente, me olhando como se eu fosse uma completa maluca e ao olhar para o lado, vejo que minha prima está se esforçando muito para não rir.

— Estela tem essa enorme tendência a se preocupar com o que nem mesmo aconteceu. — Minha prima tenta justificar meu longo discurso para os garotos que ainda me olham como se eu tivesse acabado de revelar algo bem tenebroso.

— Ela é completamente lunática — Alex afirma e olha para o melhor amigo. — Eu já te disse inúmeras vezes que essa garota nunca está para brincadeira. Por isso nosso plano vai dar certo.

— E o que esse plano tem em relação com a Estela bem mais arrumada? — Britany questiona, olhando para meus cabelos recém-tingidos e meu rosto besuntado de maquiagem cara.

— Ela tem que ficar apresentável para as fotos — Alex fala e, irritado com minha atitude de tentar tomar a gota de refrigerante, me entrega seu copo pela metade. — Guilhermo é bom com fotografias e pode preparar o cenário perfeito para fingir que fomos pegos no flagra.

— Você ainda não está surtando com tudo isso? — Britany me pergunta, sua voz pontuada com um tom gentil de quem sabe como minha cabeça funciona.

— Fiquei a noite toda acordada e pensando, mas agora já assinamos um contrato e de qualquer forma, eu vou ganhar dinheiro e você sabe o quanto estamos precisando de dinheiro lá em casa. Hoje eu tive até que aceitar Alex pagando meu almoço.

— E levando em consideração que você o acha detestável, deve ter sido bem difícil, não é?

Britany faz um carinho em minha cabeça, como se eu fosse um filhotinho, e eu só posso concordar enquanto tomo o refrigerante de Alex porque já aceitei o hambúrguer antes mesmo.

— Você sabe que eu estou aqui, não é? — Alex questiona de um jeito ofendido.

— Como eu poderia esquecer? — retruco.

Britany e Guilhermo começam a rir e eu e Alex fazemos uma careta um para o outro.

— Tem certeza de que ela vai ficar de boca fechada? — ele pergunta em seguida.

— Eu sei guardar segredos — Britany afirma antes que eu possa me manifestar. — Irei ajudar no que puder e se você machucar minha prima da maneira que for, eu irei te bater de um jeito bem doloroso porque tenho até uma medalha de ouro em judô.

— Mas não foi naquele campeonato do bairro e...

— Não deixa de ser uma medalha de ouro, Estela!

— Vocês vão ficar discutindo até quando? — Guilhermo pergunta de um jeito entediado. — A faculdade fica do outro lado da cidade e nem vai mais dar tempo de tirarmos as fotos hoje porque a luz boa já se foi.

Ficamos em silêncio e eu confiro as horas em meu celular, percebendo que já são quase cinco horas. O dia praticamente voou.

— Não acredito que gastei em maquiagem para nada — Alex resmunga de um jeito grosseiro.

— Eu posso refazer a maquiagem, seu grande bebê chorão — resmungo também, levantando e puxando Britany comigo.

— Espero que sim porque suas olheiras estavam pavorosas mais cedo — Alex prossegue e se levanta também. — Não esqueça dos cabelos também, namorada.

— Eu realmente detesto você, Alex.

Paro bem na frente dele e cutuco seu peito com o dedo indicador.

— Posso afirmar o mesmo, Estela. Ah, querida, hoje ainda andaremos separados na faculdade, mas a partir de amanhã as coisas irão mudar. Passarei as próximas coordenadas do plano para seu celular. Até logo, namorada.

Com um aceno e um sorriso de desdém, Alex se afasta e eu tenho que me controlar para não dizer alguns palavrões.

— Amanhã você pode me ajudar a tirar as fotos? — Guilhermo pergunta a Britany, me surpreendendo. — Vai ser bom eu não ficar sozinho no meio dos leões.

— Claro! Ajudo, sim — Britany responde, sorrindo tanto que seus olhos chegam a se enrugar um pouquinho.

Guilhermo sorri também e Britany me cutuca assim que eles se afastam.

— Esse plano é insano, mas obrigada, Estela, por me fazer ficar perto do garoto dos meus sonhos!

Ela está praticamente quicando de felicidade e dando um beijo estralado em minha bochecha. A única vantagem em toda essa confusão é que agora tenho minha melhor amiga ao meu lado para me apoiar.

13

Paparazzi

Britany demora exatos cinco minutos, após estarmos sozinhas, para começar a me interrogar e isso se deve muito ao fato de que durante esses cinco minutos tivemos que correr do shopping ao ponto de ônibus e ela estava sem fôlego para perguntar e correr ao mesmo tempo. Agora que estamos no ônibus vazio e sentadas no último banco, não tenho mais como protelar.

A verdade é que não pensei exatamente em como contaria para alguém sobre ter aceitado participar desse plano maluco, mesmo que a pessoa em questão me conheça a vida toda, sem contar com aquele tempo em que estávamos na barriga das nossas mães e os quinze dias em que Britany nasceu antes de mim.

— Não tem muito o que te contar — digo, sem jeito, olhando para a janela. — Alex disse todos os detalhes. Quando ele sugeriu isso, pensei que estivesse brincando e se fosse em qualquer outra situação, eu jamais aceitaria, mas o que pegou mesmo foi o fato de que eu tenho chance de ganhar duzentos e cinquenta mil. Já pensou o quanto esse dinheiro ajudaria lá em casa? Aí também pensei no caso de a gente perder e ele concordou que se isso acontecer, eu sairei com cinquenta mil. De qualquer forma, posso ajudar em casa e tirar um pouco do peso dos ombros dos meus pais.

Assim que termino de falar, Britany segura minha mão e eu olho para ela, me sentindo completamente patética por me vender dessa forma.

— Ei, eu estou com você, Estelita. É uma oportunidade excelente para você e ainda por cima, te ajudou a voltar para as redes sociais. Fiquei tão feliz quando vi seus perfis ativos. Imagino que você deva estar apavorada, mas ainda assim está enfrentando seus medos e eu estou muito orgulhosa.

— Eu também me senti um pouco melhor ao ver que apesar de parecer muito difícil, ainda consigo fazer as coisas que me assustam.

Estou tão feliz por estar fazendo as coisas que me dão medo que tiro uma foto com Britany, nós duas sorrindo no fundo do ônibus com os cabelos bagunçados de tanto sacolejarmos durante o trajeto. Essa foto é a primeira que eu publico em meu Instagram depois de meses afastada. Na legenda, coloco apenas um coração e um sol. Às vezes basta um dia de sol e um pouco de coragem para que a vida ganhe cor de novo.

Na faculdade, Alex ainda age como o babaca de sempre, cercado por seu grupo de fãs ardorosas e a todo momento livre, gravando stories como se não houvesse amanhã. Fico um pouco receosa em relação ao que as coisas irão se tornar quando nosso namoro se tornar público. Essas garotas que o idolatram não estão para brincadeira.

Consigo me concentrar melhor nas aulas e fazer minhas anotações de sempre, até mesmo participo da discussão em grupo que o professor Ramon organiza, por sorte não fico no mesmo grupo que certas pessoas. Quase parece que o professor quer se redimir da sua pegadinha do trabalho em grupo.

Meu novo cabelo e a maquiagem bonita não causa tanto impacto na faculdade, mas assim que chego em casa, depois de conseguir uma carona com Britany e uma amiga sua da faculdade, minha família me olha como se eu tivesse passado por um transformação gigantesca e não ficado somente com a bunda na cadeira de um salão caro.

— Você está tão bonita, filha — meu pai diz assim que eu coloco a bolsa em cima do sofá, lugar onde ele está sentado ajudando Felipe com as embalagens de marmitas, o que não deve ser muito fácil com um braço machucado.

— Está parecendo como era antigamente — Felipe acrescenta, depois de voltar sua atenção para o jogo que está passando na televisão.

— Andou indo para o salão depois do trabalho em grupo? — Dessa vez é minha mãe que pergunta, se aproximando de mim e acariciando meus cabelos. — Ficou muito bonita.

— Poderia ter usado o dinheiro em outras coisas — Felipe resmunga de um jeito meio acusador.

— Hã, eu saí com algumas colegas de faculdade e ganhei um sorteio. Não gastei com o cabelo, não tenho dinheiro.

As mentiras se atropelam em minha boca e minha mãe me olha de um jeito diferente, quase como se estivesse triste.

— Você ainda pode gastar seu dinheiro se arrumando, Estela. Não tem nada de errado nisso. Estou feliz que esteja saindo com suas amigas e se cuidando de novo.

— Mãe, se eu tivesse mais dinheiro, daria aqui em casa.

Meus pais se olham e acho que minhas palavras pioram um pouco a situação, até mesmo Felipe, que me criticou há alguns minutos, parece chateado.

— As coisas irão melhorar, querida — papai diz de um jeito otimista, pegando minha mão. — Não se preocupe tanto conosco. Quero que se divirta bastante na faculdade. Você merece dias mais felizes depois de tudo o que passou. Não quero que se preocupe com nada, está bem?

Assinto, sentindo um nó em minha garganta. Não quero parecer uma chorona na frente deles, então apenas digo que já jantei com Britany e vou para meu quarto. Sempre que eu fico nervosa, perco a fome e não tem como eu me sentir bem sabendo da nossa situação.

Na verdade, essa conversa serviu apenas para eu ter mais certeza de que apesar de errado, preciso do dinheiro que esse namoro de mentira com Alex irá me trazer.

Assim que me sento em minha cama, meu celular apita sem parar. Surpreendo-me ao ver que fui posta em um novo grupo.

Alex, filho de satã criou o grupo "Plano Infalível".
Alex, filho de satã adicionou você.
Alex, filho de satã adicionou Britany.
Alex, filho de satã adicionou Guilhermo.

Olho para a tela do meu celular sem conseguir acreditar que o idiota do Alex foi capaz de criar um grupo com esse título. Como ele conseguiu o número da minha prima?

Estela Freitas: Está louco, Alex?! Não vê aquelas reportagens no jornal nas quais mostram os grupos dos políticos como prova na polícia Federal? E se isso, de alguma forma, vaza e serve como prova contra a gente? O Guilhermo e a Britany ainda vão ser acusados de serem cumplices. Quero nem saber, vai pagar advogado para todo mundo, seu maluco!

Alex, filho de satã: Quem está doidona é você, namorada! Que imaginação fértil que você tem. Precisamos conversar sobre nossos planos e quem insistiu em trazer a Britany para o plano foi você e não, não vamos precisar de advogado. Dá para deixar essa maluquice de polícia federal de lado?

Britany: Então você pediu meu número naquela hora no corredor para me colocar nesse grupo @Guilhermo?

Guilhermo: Sim. Para que pensou que era?
Britany: Nada...

Estela Freitas: Nenhum de vocês está preocupado com a possibilidade da gente se ferrar?
Alex, filho de satã: Não.
Guilhermo: Nenhum pouco.
Britany: Estelita, não queima a cabeça com isso não.
Estela Freitas: Ai, Meu Deus! Vocês são todos uns inconsequentes, né?
Alex, Filho de satã: Estela, cala a boca! Temos que combinar sobre amanhã.
Estela Freitas: O que tem amanhã?

Guilhermo: As fotos. Acho melhor fazermos cedo para começarmos essa parte do plano logo.

Britany: Estou dentro! Só dizerem a hora e o lugar.

Estela Freitas: Já assinei aquele contrato mesmo...

Alex, Filho de satã: Vamos nos encontrar às oito horas da manhã em frente ao museu de história.

Estela Freitas: Está doido? O que vamos fazer lá?

Alex, filho de satã: Tirar as fotos, sua chata!

Britany: Certo. Amanhã estou lá.

Guilhermo: Chego um pouco mais cedo para conferir se a área vai estar limpa.

Alex, filho de satã: feito! Até amanhã, Galera.

Alex, filho de satã: Pelo amor de Deus, se arruma bem, Estela. Nada daquele chumaço que você usa em cima da cabeça e esconda as olheiras.

Estela Freitas: Você é o maior babaca do mundo.

Alex, filho de satã: Amorzinho, eu sou realista. Você é bonita, mas só de maquiagem.

Estela Freitas: E você quando fecha a boca é um poeta.

Guilhermo: Vocês sabem daquela teoria de quem se odeia muito no fundo...

Alex, filho de satã: Minha bunda essa teoria.

Britany: É lindo ver a forma como o Alex e a Estela sempre mantêm o nível.

Estela Freitas: Como vou manter o nível com quem diz que eu só fico bonita de maquiagem? Eu nem falo nada a respeito do quão ridículo é o fato de ele fazer luzes nos cabelos.

Alex, filho de satã: eu nunca fiz nada além de cortar meus cabelos. Toda essa beleza é natural, meu bem.

Estela Freitas: por favor, né? Não esqueça de pelo menos pentear os cabelos amanhã, esse teu visual de acabei de sair da cama é tão ridículo quanto você falando.

Guilhermo: Boa noite, gente. Se eu continuar aqui lendo os xingamentos de vocês não vou dormir hoje.

Britany: Tem razão. Mal aí, Estela, mas vou dormir.

Estela Freitas: Eu também vou. Passei tempo demais com o Alex, quase sinto a idiotice dele chegando até mim.

Alex, filho de satã: Você é ofensiva demais, Freitas!

Estela Freitas: E você não tem nem resposta, Martinelli. Há!

Levantar as seis da manhã para me arrumar é algo que me lembra o tempo do ensino médio, mas é claro que naquela época eu não tinha que fazer babyliss no meus cachos rebeldes e nem passar um quilo de corretivo nas olheiras e me maquiar. É quase um milagre eu não ter borrado meu olho devido a estar bocejando o todo momento.

Todos ainda estão dormindo quando saio de casa e eu deixo um bilhete colado em minha porta avisando que vou sair com Britany, o que não é uma mentira completa porque encontro minha prima na esquina de casa, ela parecendo plena com os cabelo rosa soltos e de jeans e camiseta, nada das suas produções cheias de estilo. Provavelmente até minha prima não tem ânimo para se arrumar logo cedo.

— Nossa, fazia um século que eu não te via usando vestido. Está linda, Estela.

Sorrio para ela e aliso a saia rodada do meu vestido. É uma peça simples, verde-escuro com pequenos bordados branco na cintura e na barra da saia. O decote é quadrado e as mangas chegam até a altura do cotovelo. Estou usando minha sapatilhas simples de tiras e que são brilhantes, quase como aqueles sapatinhos de boneca.

— Pensei em me arrumar de uma forma que cale a boca daquele babaca do Alex — falo, dando uma voltinha. — Acertei?

— Definitivamente verde é a sua cor. Deixa seu cabelo ainda mais lindo.

Sorrio, feliz de estar me sentindo bonita. É quase como se eu fosse a velha Estela, a que sempre usava vestidos rodados e gravava vídeos dos melhores romances românticos.

Não consigo evitar ficar um pouco nostálgica durante o caminho, pegamos o primeiro ônibus do dia e a maioria das pessoas está com sono demais para ficar tagarelando, isso inclui minha prima que usa meu ombro como travesseiro e só acorda para a vida quando eu a sacudo, indicando nossa parada.

Britany ainda está coçando os olhos quando descemos em frente ao museu e encontramos Alex e Guilhermo. Não deixo de notar a forma como minha prima fica mais ereta quando vê o garoto com uma bolsa gigante pendurada no ombro.

— Nossa, Estela! — Alex exclama assim que me vê, me puxando para perto pelo punho. — Está gata. Se fosse uma princesa, com certeza seria a Mérida da Disney.

— Você é brega, Martinelli.

Minha resposta é uma tentativa de não sorrir com o elogio dele porque simplesmente não aceito ficar lisonjeada com algo vindo de Alex.

— Você também está Ok — digo uns segundos depois, olhando para o jeans simples dele e a camiseta cinza com alguns desenhos do PAC-MAN. Os cabelos também estão mais arrumados.

— Vocês estão lindos, maravilhosos — diz Guilhermo, se aproximando da gente. — Será que podemos fazer essas fotos de uma vez.

Eu e Alex concordamos e Guilhermo entrega sua mochila à Britany, pegando uma câmera esquisita e bem grande, muito parecida com a que os paparazzi usam nos filmes.

— Credo, cara, você ainda é o maior nerd — Alex comenta, rindo.

Guilhermo o ignora e começa a mexer na câmera. Britany olha para ele extasiada, como a boa tiete de youtuber que é.

— Eu quero que vocês fiquem ali.

Olhamos para onde ele aponta e percebemos que é uma das entradas de carga e descarga do museu, que ainda está fechado. É um local simples com paredes amareladas e chão asfaltado.

— Esse é um bom lugar? — questiono, enquanto sigo Alex para o local indicado.

— Queremos fazer de conta que vocês foram flagrados se agarrando — Guilhermo responde, ainda olhando para o visor da câmera.

— Eca!

— Fico lisonjeado, Estela — Alex resmunga. — Aqui está bom?

Estamos exatamente no meio. Nem muito próximos da porta e nem muito perto da entrada. Guilhermo e Britany ficam na calçada de cima e a gente se posiciona bem na descida. Entendo o que ele quis dizer antes, fica quase como se eles estivessem nos espionando.

Britany se debruça no murinho que separa a entrada dos caminhões da calçada e logo Guilhermo está ao seu lado. Ele testa a câmera algumas vezes e então olha pra gente, parecendo emburrado.

— Vocês vão fingir que estão se pegando, ou não? — pergunta de um jeito mal-humorado.

— Pelo amor de Deus, agarra a Estela, Alex! — grita Britany, tão discreta quanto a cor de seus cabelos.

Sinto o rubor colorir meu rosto diante das instruções, Alex também parece sem jeito ao se aproximar de mim. Eu me recosto melhor na parede de cimento e ele envolve minha cintura em um aperto frouxo.

— Aproximem-se mais — Guilhermo pede.

Alex dá um passo à frente e pisa em meu pé.

— Sinto muito — ele diz rápido.

— Vocês parecem que estão com nojo um do outro — Britany diz e eu quase faço uma careta para ela. — Tem que agir como namorados.

— Como a gente vai fazer isso? — pergunto baixinho para Alex.

— Confia em mim?

— Nem um pouquinho.

Ele sorri e então me puxa, invertendo nossas posições e se encostando na parede. Arregalo os olhos, mas Alex me ignora e segura minha cintura, deixando meu corpo colado no seu. Não tenho alternativa a não ser ficar na ponta dos pés e olhar para o rosto de Alex.

O olhar dele para mim é intenso e eu sinto minhas bochechas ficando mais coradas. Nunca me olharam dessa forma. Na verdade, minha experiência em namoro é nula, a não ser que minhas paixões unilaterais sirvam para alguma coisa.

— Isso! — Britany comemora, batendo palmas. — Agora façam outra posição.

Ainda colado em mim, Alex me ergue e me encosta na parede, aproximando-se mais. Fico sem saber o que fazer quando os cabelos dele tocam meu rosto e ele apoia seu queixo em meu ombro. Ele tem cheiro de canela e sabonete.

— Abrace o Alex de volta, Estela — Guilhermo pede.

Completamente sem jeito, passo meus braços ao redor dos ombros largos de Alex. A respiração dele em mim faz cócegas e eu não contenho o riso.

Alex se afasta e me olha de um jeito interrogativo.

— Estou nervosa — justifico, ainda com os braços em seus ombros.

— Beija a Estela — Guilhermo pede, com toda a calma do mundo.

— O quê?! — perguntamos ao mesmo tempo.

— Ninguém vai acreditar se não tiver beijo — ele retruca, parecendo ser especialista em romances fakes.

— Ferrou — Britany diz.

E eu sei o motivo de ela falar isso. Minha prima me conhece bem o suficiente para saber de cada um dos meus segredinhos vergonhosos.

Sei que se fosse em qualquer outra situação, eu jamais diria ao Alex o que vou dizer, mas é isso ou deixá-lo tomar algo de mim que não estou lá muito disposta a oferecer.

Aproximo-me mais dele, até que minha boca esteja próxima de sua orelha.

— Alex, eu nunca beijei e eu não quero fazer isso pela primeira vez com você. Espero também que não saia contando para todo mundo.

Quando me afasto, Alex não me olha com aquelas suas expressões de escárnio, mas de surpresa. Ele até mesmo sorri, como se mal pudesse acreditar em todas as esquisitices que anda descobrindo sobre mim.

— Não vou contar — ele sussurra.

— Andem logo com isso! — Guilhermo insiste.

Alex pisca para mim e se aproxima mais, eu tento dar um passo para trás, mas já estou encostada na parede. Fico em pânico conforme o rosto dele se aproxima, mas em vez de me beijar, ele coloca seu polegar no cantinho da minha boca.

De repente fico muito consciente do corpo dele colado ao meu e minha pele se arrepia diante do seu toque. Percebo que a mão do Alex também treme de encontro ao meu rosto e engulo em seco pela milionésima vez.

O peito dele encostado no meu faz com que meu corpo fique ainda mais quente e meu sutiã é fino, assim como o tecido do vestido, e me sinto um pouco esquisita pela maneira como meus mamilos parecem mais sensíveis nessa posição.

Lambo os lábios e a ponta da minha língua acaba encostando no dedo dele e sinto a respiração de Alex ficar mais ruidosa. Com muita vergonha e não entendendo as reações do meu próprio corpo, fecho os olhos.

Sinto o rosto de Alex ficar mais próximo do meu e prendo a respiração quando seus lábios cobrem o próprio dedo e um pedacinho da minha boca.

A curiosidade supera a vergonha e eu abro os olhos, assim como ele, e meu coração dispara tão forte que eu tento me afastar, mas não consigo por estar apoiada na parede.

— Ótimo! Acho que já temos fotos o suficiente.

Alex se afasta de mim e eu respiro fundo algumas vezes, sentindo como se meu coração fosse explodir de tão acelerado que está. Será que estou tendo uma crise de ansiedade? Droga, de todos os lugares do mundo, este é o pior para isso acontecer.

Lentamente, sigo Alex em direção à calçada. Meu rosto todo está pinicando e Britany me olha de um jeito preocupado assim que paro ao seu lado.

— Vou editar as fotos e enviar para os perfis de subcelebridades do Instagram usando uma conta falsa — Guilhermo fala, já guardando sua câmera.

— Então a gente se encontra mais tarde — Alex diz com a cara enfiada na tela do celular. — Acho que vai ser melhor se eu for te buscar na sua casa, Estela. Vamos começar a chegar juntos na faculdade.

— Tudo bem.

— Te aviso quando estiver chegando.

Concordo e Alex e Guilhermo se afastam. Respiro de uma forma mais ruidosa, tentando encher meus pulmões de ar.

— Aquilo foi intenso — Britany comenta.

— Ele não me beijou de verdade.

— De onde eu estava pareceu que foi um beijo.

— Ele beijou minha bochecha...

— Pobre Estelita. Acho que nunca ficou tão próxima de um garoto antes, não é?

Não respondo e a puxo comigo em direção ao ponto de ônibus.

Espero que não morra de insuficiência respiratória ou ataque cardíaco antes de ver a cor do dinheiro.

14

Nate

Leva menos de duas horas para que Guilhermo nos envie as fotos editadas através do grupo que Alex criou no dia anterior. Eu já estou em meu quarto, usando uma roupa velha e lendo o livro que preciso para o seminário, quando sou surpreendida com as imagens.

Fico boquiaberta conforme as fotos carregam e eu vejo o resultado do que fizemos de manhã. Eu e Alex realmente parecemos estar nos agarrando de forma furtiva. Não aparece nada que indique nossa localização e é como se estivéssemos doidos um pelo outro.

Guilhermo conseguiu capturar Alex me olhando, me empurrando contra a parede e até me beijando. Se eu não estivesse lá, quase poderia acreditar que estávamos mesmo fazendo o que as fotos mostram porque tudo acabou sendo uma questão de ângulo.

Alex, filho de satã: as fotos ficaram maneiras. Até parece que eu estou namorando com a Estela.

Estela Freitas: Ainda bem que só PARECE.

Alex, filho de satã: Sabe aquele ditado, né? Quem desdenha...

Estela Freitas: É porque sabe exatamente o produto que está à venda.

Alex, filho de satã: você é má, Estela, mesmo assim te busco às seis horas.

Guilhermo: Gente, vou enviar agora essas fotos para os perfis de fofocas. Vamos ver quanto tempo leva até surgir o rebuliço.

Britany: Ai. Meu. Deus! Minha prima vai ficar famosa.

Estela Freitas: Que Deus me ajude!

Eu tentei não ficar completamente bitolada com o fato que estavam postando fotos minha com meu inimigo da faculdade e tornando nosso namoro público, mas digamos que quanto mais você tenta não pensar em alguma coisa, mais você pensa na tal coisa.

Então não consegui me concentrar nos trabalhos da faculdade que começaram a se acumular porque a vida universitária é assim: quando você se distrai, surgem resumos de todos os cantos para você fazer, artigos que precisam ser postados no site e mais uma infinidade de xerox que com certeza já deveria ser para ontem, mas alguma dessas coisas foi capaz de tirar meu foco? Não!

Exatamente ao meio-dia, vejo a primeira postagem em um Instagram de subcelebridades, o tal do @Fuxicando, que conta com mais de novecentos e sessenta mil seguidores. A foto que usaram para a fofoca foi aquela em que Alex fingiu me beijar e logo ao lado a que ele tirou no shopping ontem.

O digital influencer e youtuber @AlexMartinelli tem dado o que falar desde ontem ao aparecer com uma ruiva misteriosa. Na tarde desta segunda-feira, ele postou em seus stories uma foto com a desconhecida e hoje de manhã, recebemos anonimamente fotos do flagra dele e da tal garota aos beijos. O que o mundo quer saber é: quem roubou o coração do jovem galã?

Fico aliviada por ainda ser anônima, mas isso dura até que eu caia na besteira de abrir os comentários.

@LinaGui: Ontem no shopping eu o vi almoçando com essa garota. Ela é feia demais para ele.
@Teff71: Ruiva de farmácia com certeza ela é.
@Sol99: Felicidades ao casal.

Quase volto no tempo, quando os comentários ofensivos pipocavam em minhas redes, e por isso desisto de ler. Assim que meu feed carrega, vejo que outros portais de fofoca estão compartilhando as fotos e as notícias seguem o mesmo padrão da primeira com a foto do stories e uma sequência daquelas que o Guilhermo tirou hoje cedo. Em meio a tantas notícias iguais, uma chama minha atenção.

@fofocassubcelebridades: Não se fala em outra coisa a não ser no suposto namoro de @AlexMartinelli. Fotos de um encontro foram vazadas esta manhã e conseguimos descobrir com exclusividade quem é a ruiva misteriosa! Sim, pessoal, a garota que roubou o coração de um dos youtuber mais populares da atualidade é a Booktuber @EstelaFreitas. Fontes nos disseram que a garota tem dezenove anos e estuda na mesma faculdade que Alex. Em nossos stories, há mais momentos do flagra dos dois, incluindo eles almoçando juntos no shopping Central.

Termino de ler a notícia sentindo minha boca seca e assim que vejo os stories da página, percebo que alguém tirou fotos minhas e de Alex almoçando ontem. A imagem está meio ruim, mas dá para ver claramente ele me dando seu refrigerante e rindo de algo em seguida.

Quase jogo o celular longe quando as notificações aparecem. São de vários novos seguidores e comentários em minhas fotos.

@lelezinha78: Credo! Que garota mais feia e ridícula. Alex merecia coisa melhor.

@Martináticas: Ai, gente, não acredito que é essa a garota! Maior cara de nerd.

@Palomab: Essa não é aquela garota que se envolveu em uma polêmica com tabelas de preços há algum tempo? Com certeza quer usar o Alex para chegar ao topo novamente.

@AninhaSmith: Estela não está para brincadeiras. Voltou ontem para a internet e hoje já está pegando o nome da vez. Algumas garotas vão longe demais para conseguirem fama.

@MilaW: Que linda! Espero que faça o Alex muito feliz. São muito fofos ♥

Os comentários continuam saltando diante dos meus olhos. As pessoas não têm receio algum em me chamarem de feia, ou então de golpista. Dou uma olhada nos perfis e percebo que a maioria são de fãs do Alex me xingando e já postando fotos minhas me ofendendo. São poucas as pessoas que me parabenizam ou elogiam.

Vejo, diante dos meus olhos arregalados de pavor, ressurgir a polêmica da tabela de preços vazadas e muitas suposições sobre o motivo de eu ter voltado à internet.

Meu coração bate de forma acelerada e as palmas das minhas mãos começam a suar. Respiro fundo e desligo o celular. Talvez eu não consiga lidar com tudo isso.

Fico o tempo todo com a sensação esquisita de que algo muito ruim vai acontecer.

Arrumo-me para a faculdade de forma mecânica, apenas erguendo os cabelos em um rabo de cavalo alto e passando um pouquinho de pó compacto. Quando Alex estaciona na frente de casa, sinto como se fosse vomitar o que sequer comi.

Despeço-me da minha mãe e Felipe assim que passo pela sala e recebo um olhar esquisito de meu irmão como resposta. Estou com a cabeça tão cheia de possíveis problemas que decido tentar entendê-lo depois.

— Descobriram quem eu sou e não param de me xingar a todo momento. Tive que desligar o celular. Estou com medo, Alex. Na verdade, eu estou apavorada! — falo, atropelando as palavras enquanto me sento no banco do passageiro e enquanto brigo com o cinto de segurança que insiste em não sair do lugar.

— Estela... ei, Estela!

Paro de brigar com o cinto quando Alex afasta a minha mão e ele mesmo passa o cinto por cima de mim, o afivelando.

— Estela — ele fala comigo em um tom calmo —, está tudo bem. Não precisa ficar com medo, ou apavorada, ou surtar. Eu estou aqui e com você.

— E do que me adianta você, Alex? Sabia que estão sugerindo que eu estou te usando para que a treta em que me meti seja esquecida e eu ganhe novos seguidores? Estava nos seus planos eu ser atacada por seu exército de fãs ardorosas?

Alex morde o lábio e então sorri, aquele sorriso radiante que mostra nas fotos.

— Eu sabia que iriam surgir alguns comentários realmente ruins. Isso sempre acontece quando alguém que tem um público feminino de peso começa a namorar.

— Você não pensou em me preparar para isso? Ou sei lá, me avisar que as garotas bitoladas do mundo se uniriam e me classificariam como persona non grata? — digo com os punhos cerrados.

— Achei que soubesse.

— Eu realmente te odeio, Alex.

Ele parece querer falar alguma coisa, mas eu o ignoro e cruzo os braços, tentando respirar fundo e não surtar, como Alex, tão sutil quanto uma manada de elefantes, me disse ainda pouco: Surtada. Ah, se ele soubesse o quão surtada eu sou.

O caminho até a faculdade é silencioso, mas não consigo mais permanecer de boca fechada quando chegamos ao estacionamento.

— O que a gente faz agora? — questiono baixinho.

— Agimos como namorados.

— E se algumas das suas fãs resolverem me bater?

Alex dá um daqueles seus sorrisos de lado e se aproxima.

— Ninguém vai bater na minha garota comigo ao lado — diz e chega tão perto que eu prendo a respiração, pronta para dar um tapa nele, ou sei lá o quê.

Estou prestes a perguntar qual a maluquice que vai fazer quando a mão de Alex para em meus cabelos e ele desfaz meu rabo de cavalo com um puxão de leve.

— Você fica mais bonita com o cabelo solto — justifica e solta meu cinto de segurança.

Olho-me no espelho retrovisor e percebo minha juba volumosa e acobreada contornando meu rosto.

— Realmente acha isso bonito? — indago, tentando ajeitar meus cabelos.

— Sim. Agora vamos de uma vez.

Não contenho o revirar de olhos e ajeito a alça da bolsa no ombro, respirando fundo pela milionésima vez e saindo do carro.

Alex não demora para estar ao meu lado, a mochila preta pendurada no ombro.

— Mão — diz, estendendo o braço.

— Hã?

— Namorados andam de mãos dadas, sua boba.

E sem pedir qualquer permissão, Alex pega minha mão e entrelaça seus dedos nos meus, olhando para nossas mãos unidas em seguida. A minha quase some entre seus dedos longos.

— Deus, Estela, você está tremendo. Se acalma, não vou deixar nada acontecer. Confia um pouco em mim.

Não respondo. É engraçado como pedem calma, mas sequer têm noção do quão difícil é um pedido desses para pessoas como eu. Queremos a calma, queremos a paz. Só não conseguimos alcançá-la quando se deve.

— Pronta?

— Não.

— Então vamos assim mesmo.

Alex começa a andar e eu não tenho alternativa que não o acompanhar em direção a faculdade. Sinto como se meu coração estivesse martelando meus ouvidos e engulo em seco.

Não demora para chegarmos à entrada da faculdade.

Alex anda como se estivesse desfilando, seus dedos enroscados nos meus.

As pessoas nos olham como se fôssemos uma atração de circo, até mesmo param de falar e nos apontam. É algo extremamente desconfortável.

— Está todo mundo olhando para a gente — sibilo, segurando a mão dele com um pouco mais de força.

— Eu sei. Agora tenta não quebrar meus dedos e sorria, estamos namorando.

Não consigo deixar de apertar a mão dele e não consigo sorrir, estou apavorada demais para isso. Sequer sei como consigo continuar a andar ao lado dele com toda essa gente nos olhando desse jeito intimidador.

Meu estômago se revira mais do que no primeiro dia em que voltei para a faculdade e tudo o que mais quero é um lugar seguro e silencioso onde possa dizer a mim mesma que está tudo bem e que as coisas só parecem apavorantes, mas não são de fato, mas como posso fazer isso se estou bem ao lado da celebridade da faculdade, sendo a namorada dele e segurando sua mão? Você não pode fugir do furação quando se coloca no centro dele.

Ouço uma espécie de zumbido em meu ouvido e minha cabeça fica tão leve quanto um balão. Tento focar minha visão, mas tudo parece embaçado, quase ficando turvo. Meu sangue corre pelas veias de um jeito muito mais rápido do que o normal, sinto como se me faltasse oxigênio, ou tivesse um punho ao redor da minha garganta impedindo o ar de entrar.

— Alex — eu o chamo, praticamente miando em um fio de fôlego —, me tira daqui.

Não sei dizer se ele conseguiu me ouvir, mas sinto seu braço se estreitar ao redor da minha cintura e ele me puxar para um corredor lateral, longe de todo o acumulado de pessoas. Cambaleio ao lado dele, que me puxa para uma sala qualquer.

Solto a mão dele e me deixo cair em uma das cadeiras, encostando a testa no tampo da mesa fria.

— O que houve? Você está bem?

— Pressão baixa.

Mentira número noventa e nove da Estela Freitas. Não estou com pressão baixa, é uma crise de ansiedade que parece me aprisionar a cada segundo que passa.

— Levanta a cabeça, Estela.

Demoro alguns segundos para fazer o que ele pede, sentindo o zumbido em meu ouvido diminuir um pouco quando me endireito.

Com delicadeza, Alex me vira em sua direção e eu o vejo ainda meio embaçado.

— Aqui. Toma um pouco de água.

Ele coloca a garrafa d'água em minha mão, mas estou tremendo tanto que Alex tem que colocar sua mão em cima da minha e me ajudar a tomar alguns goles de água gelada. Isso parece me ajudar um pouco mais, sinto até mesmo minha visão se tornar mais clara.

— Você comeu alguma coisa hoje? — ele questiona, colocando a garrafa de água em cima da mesa.

Tento pensar em qual foi a última vez em que comi e só consigo lembrar do jantar no dia anterior.

— Esqueci.

— Quem esquece de comer? — Alex resmunga e abre sua mochila, tirando lá de dentro várias barras de cereal e as colocando em cima da mesa.

— Coma isso — diz de um jeito mandão, abrindo uma barrinha com embalagem marrom.

Faço o que ele pede e dou uma mordida na barra de cereal, sentindo gosto de chocolate. Concentro-me em mastigar e engolir e isso me ajuda mais um pouco. Sinto-me um pouco melhor quando termino de comer.

— Quer mais?

— Não.

— Você não pode esquecer de comer, Estela. Isso faz mal.

— Às vezes, eu só não sinto fome.

Na verdade eu até sinto, mas meu estômago dói tanto quando fico nervosa que comer se torna impossível, por isso que desde que comecei a ter crises ansiosas, perdi mais de sete quilos.

— Pronta para voltarmos?

A resposta correta seria não, mas sei que não posso mais protelar, então simplesmente balanço a cabeça e aceito a mão que ele me oferece. Tento dizer a mim mesma que a parte mais difícil já passou.

15

O restante do mundo

É claro que os maiores curiosos a respeito do namoro seriam nossos colegas de classe.

Sabe aqueles momentos constrangedores que sempre acontecem nos filmes quando a protagonista chega e todos param o que estão fazendo para olhar? É exatamente isso que acontece quando eu e Alex entramos na turma de Letras, terceiro semestre.

— O que está acontecendo, estamos no mundo invertido e eu não sei? — berra Eduarda assim que Alex e eu entramos na sala de mãos dadas.

— Vocês estão bêbados e resolveram se amar? — Karina diz, seus olhos esbugalhados, quase saltando das órbitas.

— Eu sempre disse que amor e ódio andam lado a lado — Brenda comenta daquele seu jeito calmo de sempre.

Alex não responde os questionamentos e praticamente me guincha até o final da sala, fazendo com que eu me sente ao seu lado. É a primeira vez, em um ano e meio, que eu não me sento na primeira carteira e me sinto mais reconfortada de não estar ao alcance dos olhares. Eles teriam que se esforçar demais para nos olharem deste lugar e nossos colegas gostam de fingir que são superiores as demais pessoas da população.

— Lembrei agora — Alex diz, sussurrando em meu ouvido, sua respiração tocando minha pele e me deixando arrepiada. — Vamos ter que fazer um daqueles posts no qual anunciamos o namoro para o mundo.

— As pessoas irão me xingar ainda mais se fizermos isso — sibilo, tentando não me afastar. É muito estranho estar tão próxima dele.

— Limita os comentários se isso te assusta tanto, Estela — ele diz, passando um braço ao redor de meus ombros. Fico dividida entre pensar que ele está me abraçando ou treinando um mata leão.

— Se você acha que isso vai funcionar...

Não demora para a professora de prática pedagógica chegar e Alex se desvencilhar de mim. Passo as duas aulas ministradas por ela fazendo anotações em meu caderno, mesmo que meu interesse por essa disciplina seja zero.

— Vem, temos que tirar fotos para a publicação e eu sei o lugar perfeito.

Sem entender patavinas do que o maluco do Alex quer dizer, apenas o sigo quando ele pega meu punho e me conduz para fora da sala. Dois corredores depois, estamos entrando na biblioteca.

— Você quer que a gente tire fotos aqui? — questiono enquanto ele anda rapidamente em direção ao corredor com livros de medicina veterinária.

— Somos um casal de namorados universitários, Estela — ele diz e se recosta em uma das estantes, me puxando para mais perto. — Sorria, namorada.

Alex passa um braço ao redor de minha cintura, me mantendo junto à lateral de seu corpo, em seguida pousa os lábios em minha bochecha. É quente e meu coração parece errar algumas batidas com seu toque. Vejo nosso reflexo na tela do celular dele e meus olhos estão arregalados.

— Não acho que essa expressão de peixinho dourado combine com você — ele diz contra a minha pele.

Sem alternativa, e tentando ignorar a forma estranha com a qual meu corpo reage a ele, forço um sorriso e bem nesse momento Alex tira a foto.

— Sua vez — fala e toca a própria bochecha com o dedo indicador.

— Quer que eu te beije aí?

— Anda logo, Estela.

Reviro os olhos e me aproximo, prendendo a respiração e pousando meus lábios na bochecha de Alex Martinelli. Sinto novamente aquele cheiro de canela e sabonete Dove. A pele dele é suave e eu fecho os olhos. Acho que tenho alergia a esse garoto porque cada vez que me aproximo dele, sinto como se meu corpo ficasse todo esquisito.

— Feito!

Eu me afasto dele e por pouco, não esbarro nos livros dispostos atrás de mim.

— Já enviei a foto para o seu celular. Acho bom fazermos essa postagem juntos.

Pego meu celular no bolso da calça e vejo a foto que ele mandou. Eu estou de olhos fechados e Alex está sorrindo, como se estivesse encantado com o beijo na bochecha que estou lhe dando.

Olho para ele e percebo que está digitando rapidamente no celular. Acho que, assim como eu, está acostumado a fazer esse tipo de coisa. Quase sinto saudade da época em que era ativa nas redes sociais. Sempre falando de livros, editoras e futuros lançamentos.

— Olha se ficou bom — Alex fala e me entrega seu celular.

Essa linda garota é a Estela, razão pela qual eu venho sorrindo muito nos últimos tempos. Ela é doce, gentil e tem a risada mais fofa do mundo, mesmo que às vezes seja um pouquinho irritante com sua mania de sabe tudo. Estela tem sido a minha Estrela. Obrigado por simplesmente ser você.

Leio duas vezes para me certificar de que estou lendo certo, também não consigo evitar o olhar de espanto que lanço para Alex.

— O que foi? — questiona, ao coçar a nuca.

— Acho que essa foi a coisa mais gentil que já escreveu sobre mim — respondo e lhe devolvo o celular. — Mesmo que seja mentira.

— Sua vez de contar uma bela mentira, meu bem.

Sem alternativa, ignoro as inúmeras notificações do Instagram e escrevo:

Alex consegue mexer comigo de um jeito que sequer saberia como explicar. Ele me irrita e me faz sorrir ao mesmo tempo, assim como me surpreende. Alex é um perfeito cavalheiro, se não fossem suas roupas modernas, poderia muito bem ter saído do meu romance de época favorito. Feliz primeiro dia, Alex! ♥

Releio o que acabei de escrever e entrego meu celular a Alex. Ele parece surpreso, mas ambos concordamos com nossos respectivos anúncios de namoro. Publico nossa foto um segundo depois dele.

Os comentários tanto em minha foto quanto na de Alex são uma mistura de surpresa com ódio e suspeitas de golpe. Ele me disse para não ler nada, limitar comentários e eu realmente deveria ter ouvido, mas é como se eu tivesse um bichinho masoquista me pinicando e me instigando a continuar.

É graças a isso que começo a entender o motivo de tantas garotas revoltadas: Alex é uma espécie de guru do amor da era moderna para elas. Ele dá conselhos amorosos, dicas de paquera e até mesmo faz alguns vídeos respondendo a dúvidas sobre relacionamentos.

No final da aula, saímos para os corredores lotados andando lado a lado. Eu ainda estou pensando sobre o quanto ele tem experiência com dezenove anos e eu, com a mesma idade, sequer beijei na boca.

O pensamento do quão esquisita eu sou surge no mesmo instante em que ele enrosca seus dedos nos meus. Olho para nossas mãos unidas e acabo parando de andar.

— O que foi?

Engulo em seco, pensando se realmente é uma boa ideia, mas é isso ou ficar com essa dúvida rodando por minha cabeça. O conselho que Carina sempre me dá nessas horas é de falar. Eu preciso aprender a verbalizar meus sentimentos para conseguir lidar com a ansiedade de uma forma saudável.

— Posso te fazer uma pergunta? — peço em voz baixa. — Eu sei que não somos amigos e que estamos nessa apenas pelo dinheiro, não me entenda errado, mas você parece saber mais disso do que eu.

— Fala, Estela.

Tento clarear os pensamentos e o puxo para um dos corredores em anexo ao principal, ainda segurando sua mão.

— Por que não riu de mim quando eu disse que ainda não tinha beijado? — pergunto sem conseguir olhar para ele.

— Por que eu riria?

— Por que simplesmente é esquisito alguém da minha idade não ter beijado?

Alex aperta meus dedos e isso faz com que eu o olhe. Por um momento, espero que ele esteja rindo, ou preparando algumas de suas muitas piadas, mas ele está sério.

— Cada pessoa tem um tempo para tudo, Estela — ele diz, sua voz em um tom gentil. — Então não é esquisito você não ter beijado. Apesar de você achar que eu sou o filho de satã, eu sei respeitar as escolhas das pessoas e não me interessa seus motivos. Eu posso não os entender, mas sei que essa escolha deve fazer sentido na sua cabeça.

Concordo e volto a andar, o puxando comigo. Nunca pensei que em poucas palavras, ele conseguiria afastar as dúvidas que povoam minha cabeça. Eu sempre tenho o problema de pensar demais sobre tudo. Na verdade, penso até que não tenha alternativa a não ser ficar encucada. Carina costuma chamar isso de pensamento repetitivo, eu já chamo de mais uma das esquisitices que me compõem.

Fazemos um caminho sem conversar e ouvindo música para casa. Nunca tivemos muito o que conversar, a não ser que discussões possam ser consideradas uma forma de conversa.

— Amanhã eu busco você novamente — ele diz ao estacionar o carro na frente de casa. — Tente não dar muita importância para os comentários, certo?

— Suas fãs pensam que eu te tirei delas, acho que tenho que tentar entender, não é?

— Muitas pessoas gostam de brigar pelo que sequer podem ter. Eu amo minhas fãs porque elas são o resultado do meu trabalho e sem elas eu não teria chegado até aqui, mas as vezes tenho o sentimento estranho de que elas me endeusam demais. Eu só sou um cara comum.

Balanço a cabeça, não sei muito o que dizer, eu sempre penso que Alex se acha bom demais para o mundo, mas às vezes ele realmente parece só um garoto de dezenove anos.

— Tchau, Alex.

Ele acena para mim e eu saio do carro, andando pelo curto trajeto até a porta de casa. Assim que entro na sala, encontro três pares de olhos me encarando de um jeito assustadoramente inquisidor.

— O que houve? — pergunto enquanto coloco a bolsa no sofá, cada movimento meu sendo acompanhado por meu pai, mãe e irmão mais novo. — Alguém se machucou de novo?

— Quero que me explique isso — fala meu pai de um jeito zangado que sequer parece com ele, me mostrando a tela do seu celular.

Aproximo-me dele, que está sentado em frente à mesa da sala, assim como os demais membros da família.

Não preciso chegar muito perto para ver a que ele está se referindo e me sinto um pouco tola por não ter pensado em como meus pais reagiriam a notícia do meu namoro.

Pensei que eles demorariam mais para saber e que até esse momento, eu já teria alguma história para contar.

— Como assim você está namorando com o Alex Martinelli? — Felipe pergunta, parecendo realmente assustado enquanto me mostra a tela do próprio celular, com uma foto de Alex beijando minha bochecha e eu sorrindo de olhos fechados. — Você meio que não o odiava?

— Não acha que deveria ter contado para a gente antes de colocar na internet, Estela? — papai questiona, sua voz grossa daquele jeito que sempre fica quando está zangado.

— A gente tem que apresentar a pessoa para os pais antes de sair namorando com elas, Estela — minha mãe diz, tão zangada quanto Felipe e papai.

Respiro fundo e tento organizar os pensamentos. Ninguém da minha idade apresenta namorado para a família, mas meus pais são antiquados de um jeito fofo, a não ser agora, que parecem realmente assustadores com esse tanto de pergunta.

— Foi... foi uma surpresa pra mim também — falo, ao me sentar perto de Felipe. — Vocês sabem que a gente estuda juntos, não é?

— O que eu sei que é você vivia dizendo que ele era fútil e insuportável — contrapõe minha mãe.

— Isso não quer dizer nada, mãe — tento justificar o que eu sei ser verdade. — A gente estava fazendo um trabalho juntos e de repente percebemos que gostamos um do outro e resolvemos namorar.

Acho que minhas palavras não soaram tão boas quanto em minha cabeça porque os três continuam me olhando de um jeito esquisito.

— Eu realmente estou feliz por você estar se recuperando, Estela — dessa vez é meu pai quem fala, parecendo um pouquinho mais calmo. — E eu sei que está na idade de namorar, mas me preocupa um pouco esse seu relacionamento quando está passando por esse momento difícil da sua vida, ainda mais porque as pessoas não estão sendo gentis com vocês.

— Na verdade — Felipe diz, coçando os cabelos —, eu estou com medo de que você fique se sentindo mal pela maneira como as pessoas estão te julgando.

— Estamos agindo como pais preocupados, eu sei — prossegue mamãe —, mas é que não queremos que ninguém te magoe, querida.

— Ninguém vai me magoar, mamãe. Eu estou bem. Alex é... é um garoto legal.

— Queremos conhecê-lo, Estela — Papai diz de um jeito durão. — Amanhã eu quero esse garoto aqui em casa. Se ele pode te buscar ali na frente, deve também entrar e conhecer sua família. Você é preciosa para nós e ele tem que saber disso.

Os três balançam a cabeça ao mesmo tempo e eu engulo em seco. Alex na minha casa?

— Tá... tá bom. — Tento forçar um sorriso. — Amanhã ele vai estar aqui.

Durante o jantar, todos ficam falando sobre como foi errado minha atitude de não contar sobre meu namoro. Felipe parece carrancudo, mas eu sei que no fundo ele, assim como o pai e a mãe, se preocupam comigo e não posso julgá-los por isso porque durante meus piores momentos, foram eles quem seguraram minha mão. Felipe até mesmo dormiu no chão do meu quarto quando eu tive medo de dormir sozinha.

É ao lembrar disso, quando já estou no meu quarto, que eu começo a chorar. É um choro de culpa por os estar enganando e porque eu sei que jamais aprovariam esse plano de namorar alguém por dinheiro, mesmo que a gente precise muito.

Estela Freitas: Alex, meus pais querem conhecer você. Eles não irão mudar de ideia, então eu disse que você viria aqui em casa amanhã à tarde. Sinto muito, mas minha família é meio antiquada;

Alex, filho de satã: Tudo bem. Eu vou. Como devo agir?

Estela Freitas: Seja educado e gentil. Eu sei que pode ser difícil, mas tente convencê-los de que isso é real e você realmente gosta de mim. Não quero magoá-los e isso vai acontecer se descobrirem que eu estou mentindo pra ganhar dinheiro.

Alex, filho de satã: Tudo bem. Vou agir como o namorado perfeito.

Estela Freitas: Obrigada.

Não confio em Alex e fico com um medo danado de ele colocar tudo a perder.

16

Encantador?

É uma das poucas noites em que não sofro de insônia, provavelmente devido ao cansaço, mas ainda assim minha mãe me tira cedo da cama porque ela é uma mulher determinada com um único objetivo: deixar a casa o mais brilhante possível para quando Alex vier nos visitar.

Não que nossa casa seja suja nem nada, as tarefas são todas dividas, mas hoje a neura dela com limpeza está um nível acima e até papai, cujo braço está imobilizado, está tirando o pó dos enfeites com a mão boa.

— Obrigado, Estela, por arranjar um namorado — ele fala para mim em tom de brincadeira enquanto eu amarro um lenço em volta dos meus cabelos em frente ao aparador da sala. — Tudo o que eu mais queria era ficar limpando desde cedo.

Não consigo evitar o riso, meu pai, apenas para zombar da situação, amarrou também um lenço rosa ao redor dos próprios cabelos.

— Vocês estão brincando ao invés de limparem? — mamãe pergunta ao passar pela sala segurando um balde. — Vai ficar muito bonito a casa toda suja quando o menino chegar. Felipe só se livrou da limpeza porque tem escola.

— Como ele é sortudo — papai murmura.

Prendo o riso. É quase como se estivéssemos nos dias bons de novo, todos brincando e sem tantas preocupações.

Ajudo mamãe a limpar a casa sorrindo, não porque gosto de limpar, mas porque é bom ver meus pais sorrindo e a gente brincando como antes, por um momento até mesmo esqueço dos dias cinzentos, principalmente quando todos comemos na sala macarrão instantâneo de copo. Sorrir de novo é bom. Quase faz parecer que tudo ficará bem.

— Estela, você não vai tomar banho e se arrumar? Vai receber o garoto cheirando à desinfetante?

A pergunta é feita por minha mãe horas mais tarde, quando a limpeza acabou e eu e papai estamos estirados no tapete, descansando da longa maratona a qual fomos impostos.

— Estou indo — murmuro de olhos fechados.

— Estela!

Sem alternativa, saio do tapete e vou até meu quarto, onde encontro minha mãe parada em frente ao meu guarda-roupa.

— Que tal usar essa roupa?

A roupa em questão é um vestido de algodão longo e vermelho com finas alcinhas reguláveis.

— Pode combinar com esse casaquinho.

Ela mostra um cardigã branco, meia estação, e aponta para um par de tênis brancos. Eu já usei essa roupa antes quando mediei um encontro entre uma escritora e os leitores em uma livraria.

— Não é meio exagerado? — questiono, ainda olhando para a roupa.

— Faz tanto tempo que você não usa, querida. Eu amo essa roupa.

Concordo para vê-la feliz. Minha mãe parece muito animada com esse meu namoro e isso é um pouco assustador.

Após um longo e relaxante banho, eu já estou vestindo a roupa escolhida e parada em frente ao espelho ajeitando meus cachos quando minha mãe surge em meu quarto. Ela fica ao lado da porta me observando com um sorriso, acho que provavelmente é porque eu estou usando maquiagem, coisa que não andava fazendo muito.

— Você está linda, querida.

Olho para ela, com os cabelos crespos como os meus molhados e emoldurando seu rosto bonito. Mamãe fica linda até usando jeans e camiseta branca, como agora.

— Não se esforce tanto, mãe — peço ao terminar de arrumar os cabelos.

— Eu quero que você seja feliz, Estela.

— Eu já sou.

Mamãe abre a boca, mas bem nesse momento a campainha toca e eu respiro fundo, alisando a saia longa do vestido.

— Não fique nervosa — ela pede.

Balanço a cabeça e olho para Colin, ele tem a péssima tendência de pular em cima das visitas.

— Comporte-se — digo ao gato de pelos laranjas que apenas pisca de maneira preguiçosa e volta a lamber as patas.

Sigo mamãe em direção à sala. Meu pai está sentado no sofá, também de banho tomado, e Felipe ainda está na escola, provavelmente no treino de futebol porque agora ganhou uma bolsa de estudos através do esporte.

Mamãe abre a porta e eu arregalo os olhos ao ver Alex. Ele está de cabelos penteados, não daquele jeito bagunçado, mas, sim, para o lado. O mais surpreendente é que está usando uma camisa branca, jeans preto sem rasgos e tênis. Quase dou risada diante da aparência de bom menino, mas fico mais surpresa ainda ao ver que ele tem um buquê de rosas vermelhas embaixo do braço.

— Oi, eu sou Alex — ele diz e acena para minha mãe, que parece tão surpresa quanto eu. — Trouxe para a senhora.

E, diante dos meus olhos arregalados, ele entrega as flores para minha mãe, que acaba corando como uma garotinha diante do gesto.

— Ah, puxa, não precisava — ela balbucia e dá um passo para o lado. — É muita gentileza sua. Entra, Alex.

Ele dá um daqueles seus sorrisos deslumbrantes para ela e entra e dá uma piscadinha para mim.

— Vou colocar as flores em um vaso.

Mamãe sai dando risinhos, apressada em direção à cozinha, e eu acabo rindo também, isso até olhar para meu pai e ver seu olhar zangado.

— Alex, esse é meu pai, Jorge — eu os apresento, tentando não deixar transparecer o nervosismo.

Alex estende a mão para meu pai, que ainda mantém a expressão séria. Acho que ele até mesmo dá um aperto de mão forte porque Alex faz uma expressão de dor.

— Quais suas intenções com a minha filha, rapaz? — ele pergunta, ainda apertando a mão dele, só a soltando quando Colin pula em seu colo e olha da mesma forma desconfiada para meu namorado.

— Pai! Não estamos no século...

— São as melhores possíveis, senhor.

Não consigo evitar e acabo engasgando, o que faz com que os dois me olhem de uma forma assustada.

— Você está bem? — Alex questiona e dá um tapinha em minhas costas.

Papai lhe lança um olhar enviesado e Alex rapidamente afasta a mão de mim, parecendo constrangido.

— Você está assustando o Alex, Jorge? — mamãe pergunta ao voltar da cozinha, fazendo uma expressão zangada para papai.

— Não, Amália eu só...

— Vamos tomar café. A mesa está posta.

Alex espera meu pai passar e dá um passo, mas acaba sendo interceptado por Colin, que, sem cerimônia alguma, se senta em cima do pé dele e faz menção de arranhar sua perna. Antes que meu gato lunático o ataque, eu o pego e o coloco novamente no sofá, o distraindo com sua bolinha de ervas.

Ouço Alex soltar a respiração e acabo rindo enquanto vamos para a cozinha, isso até ver a mesa que minha mãe arrumou para o café. Tem tanta coisa que parece mais que os amigos gulosos do Felipe estão vindo aqui e não que eu vou apresentar meu namorado de mentira para eles.

— Sentem-se — ela pede e faz com que meu pai se sente ao seu lado, ficando de frente para mim e Alex.

Mamãe começa a encher nossos copos com suco de laranja.

— Tem alguma coisa que não goste de comer, Alex? — ela pergunta ao lhe entregar o copo.

— Eu gosto de tudo, senhora.

Minha mãe sorri, parecendo encantada com ele. Não a julgo porque Alex tem mesmo esse efeito nas pessoas, eu também fiquei assim, até ele abrir a boca e eu perceber o quão babaca conseguia ser.

— Como conheceu, Estela? — meu pai pergunta, se servindo com bolo de milho.

— Estudamos juntos — Alex responde, mantendo as mãos no colo e a coluna bem ereta.

— Lembra que também nos conhecemos na faculdade, querido? Antes de eu resolver que não queria mais estudar?

Meu pai arregala os olhos diante das palavras de mamãe. Por um momento, julgo que está tendo um AVC, mas então ele torna a respirar, seu rosto muito vermelho.

— Quero que esteja em casa no máximo as dez e meia, Estela — papai diz, ainda com uma cara esquisita. — Nos finais de semana, no máximo a meia-noite e...

— Jorge, ela é maior de idade, querido.

— Estela sempre vai estar em casa no horário — Alex afirma, parecendo assustado também. — Nunca vai se atrasar.

— Certo, acho que agora podemos comer — meu pai fala, ainda parecendo desconfiado.

Minha mãe pega o prato de Alex e coloca bolo de milho, torta salgada, bolo de coco e sanduíche. Enche tanto o prato do garoto que fico com vontade de rir, mas Alex apenas sorri e a agradece.

— O que você faz além de estudar? — papai pergunta bem no momento em que Alex começa a comer.

— Sou youtuber — Alex diz e larga o bolo. — E trabalho com mídias sociais também.

— Então por que escolheu cursar Letras? — Dessa vez a curiosidade vem da minha mãe.

— Meu pai sempre insistiu que eu cursasse uma faculdade, então optei por uma com a qual me identificasse. Desde criança, sempre gostei muito de ler e escrever. Pretendo ser professor universitário no futuro, caso a carreira em que estou agora não dê certo. Não podemos contar com algo sem garantia, não é?

Eu e meus pais encaramos Alex, completamente boquiabertos. Eu nunca me perguntei o motivo de ele fazer faculdade, assim como jamais imaginei que ele pensasse no futuro. Para mim, o cérebro de Alex sempre foi do tamanho de um caroço de azeitona.

— O que seus pais fazem? — indaga meu pai, não dando nem tempo do coitado comer.

— Minha madrasta trabalha com causas sociais e meu pai é empresário — Alex responde, não parecendo tão à vontade.

— Que legal, querido — mamãe parece perceber que ele não ficou à vontade com a pergunta. — Agora coma.

Alex balança a cabeça e finalmente morde o bolo, arregalando os olhos em seguida.

— É muito bom! — diz como se fosse um garotinho de dez anos. — A senhora que faz?

— Sim, mas tenho certeza de que sua mãe também deve cozinhar para você.

Alex balança a cabeça em sinal negativo e volta a comer, parecendo deliciado com a comida da minha mãe. Não a julgo porque o que ela cozinha tem sempre esse efeito nas pessoas. Eu e papai costumamos dizer que ela tem mãos de fada.

Assim que terminamos de comer, faço com que Alex se levante. Se continuarmos em frente a meu pai, ele não irá parar de fazer perguntas e acho que já foram feitas perguntas o suficiente por uma vida.

— Temos que ir para a aula — digo e pego a mão de Alex, o puxando em direção à sala.

— Claro — mamãe sorri. — Ah, leve mais bolo, Alex, você gostou tanto.

No tempo que levo para pegar minha bolsa no quarto, minha mãe enche um pote de plástico com pedaços de bolo de milho e coco e o entrega para Alex, que a agradece com mais um daqueles seus sorrisos.

— Seu namorado é tão bonito, Estela — mamãe fala comigo, mas está olhando para ele. — Realmente encantador.

Esbugalho os olhos. Jamais pensaria colocar a palavra encantador relacionada a Alex Martinelli.

— Eu espero que ele seja bom para minha filha — papai resmunga, parecendo desgostoso.

— Eu vou ser, senhor.

A resposta de Alex apenas faz com que meu pai revire os olhos. Sei que na verdade, ele está com ciúmes porque nunca lidou com a situação de eu trazer alguém em casa. Sinto-me mais culpada ainda por estender essa mentira para a minha família e apenas trato de sair de casa, sendo seguida por meu namorado.

— Obrigada por ter sido gentil com meus pais — falo para ele assim que entramos em seu carro, enquanto estou afivelando o cinto.

— Eles são boas pessoas, realmente gostei deles. É bom saber que você tem uma família que se importa com você.

Alex me entrega o pote de bolos da minha mãe e puxa o cinto de segurança.

— Você não precisa ficar com isso se não quiser. — Aponto para o pote em meu colo.

— Está doida, Estela? Sua mãe me deu bolo e eu adorei. Sabe quando alguém fez bolo para mim?

— Hã, não?

— Nunca. A não ser que comprar em uma padaria sirva como exemplo. Não toque no meu bolo.

Acabo rindo da resposta dele. Mamãe ficaria ainda mais encantada se ouvisse essa resposta.

Com toda a revolução de limpeza da minha mãe e a apresentação de Alex à minha família, por um momento acabei esquecendo que ainda éramos assunto nas redes sociais.

A lembrança surge enquanto andamos lado a lado e entramos no campus da faculdade. Diversas garotas tentam disfarçar enquanto tiram fotos nossas. Posso apostar que até o final da noite, essas fotos estarão em páginas de fofoca.

— Você não se incomoda com isso? — pergunto a Alex, enquanto tento fingir que não me importo com toda a atenção que estamos recebendo por simplesmente estarmos caminhando.

— Às vezes, sim — ele diz e estende sua mão com a palma virada para mim. — Em alguns dias, me pergunto se mereço toda essa atenção, sabe?

— Provavelmente é porque elas gostam do seu trabalho — falo ao pegar em sua mão. — Acho que jamais poderia me acostumar com isso.

— Mas você tem um trabalho na internet também.

— Eu era só uma garota que falava sobre livros na internet. Falar sobre livros não torna ninguém celebridade, a não ser quando se envolve em polêmicas, que também foi meu caso.

— E quando essa garota pretende voltar a fazer o que gosta?

Paro de andar e olho para Alex, observando seu rosto e tentando ver se está brincando comigo, ele está sério e acaba sorrindo.

— Faz poucos dias que eu ativei minhas redes sociais. Costumo me comparar a um caracol, sempre lerda. Não acho que conseguiria fazer tudo como antes, pelo menos não agora, quando eu ainda estou me acostumando com a ideia.

— Acho que se eu passasse por uma cirurgia renal também iria querer fazer tudo devagar.

Mordo o lábio e concordo em silêncio. Ele, assim como todos, acredita na minha mentira. Será que a vida seria mais fácil se o problema que me impede não fosse na minha cabeça?

— Eu esqueci de te dizer — Alex diz quando voltamos a andar. — Mas vamos gravar um vídeo juntos.

— O quê?

— Provavelmente será um pedido de namoro. Vamos precisar da ajuda da Britany e do Gui.

— Precisamos mesmo disso? Achei que já tínhamos anunciado.

— Vídeos de namoro geram um bom *adsense.*

Não me contenho e reviro os olhos.

— Eu só sei falar de livros, Alex. Não sei fazer vídeos como os seus.

— Você só vai precisar dizer sim, Estela.

Provavelmente será este o problema.

17

Armações de amor

Sinto-me sufocada.

E não somente porque cheguei em casa e minha mãe estava radiante e falando que adorou Alex, nem mesmo pelos comentários maldosos que continuo recebendo, mas, sim, porque percebo que a semana de provas está cada vez mais próxima e eu estou atolada até o pescoço de coisas para fazer.

Esse meu namoro falso simplesmente me deixou mais atrasada do que antes. Como posso fazer prova se sequer aprendi o conteúdo? Eu nem mesmo li os resumos, isso sem levar em consideração os trabalhos que os professores continuam pedindo e que se acumulam em cima da minha escrivaninha.

Tenho a sensação apavorante de que não vou dar conta de nada do que preciso e não ajuda em nada eu lembrar que meu parceiro de trabalho do semestre está mais preocupado em criar uma cena toda com um pedido de namoro falso.

Estela Freitas: Britany, eu acho que não vou conseguir, sabe. Todos os trabalhos do semestre estão esperando por mim e tem mais a semana de provas e ainda aquele pedido ridículo de namoro que o Alex quer filmar. Lembra de quando eu surtei por não dar conta de nada? Estou me sentindo desse jeito agora. Não consigo prestar atenção nas coisas como deveria, me concentrar é uma tarefa impossível porque tem um milhão de coisas na minha cabeça. Eu só tenho vontade de deitar na minha cama e esquecer de todo esse esforço que tenho que fazer para voltar à minha vida de antes. Deveria ser tão difícil fazer o que eu sempre fiz? Eu sei que já está tarde e que provavelmente está dormindo, como as pessoas normais fazem, mas eu olhei minha agenda depois do jantar e eu já estava me sentindo péssima por conta das mentiras que venho contando e com todos aqueles comentários me chamando de megera golpista...

Eu me sinto perdida, Britany.

Não quero ser o tipo de pessoa que reclama de tudo e eu sei que existem crianças passando fome em algum lugar do mundo e outras se sujeitando a trabalho escravo e ganhando tipo um dólar por hora e perdendo a infância. Eu realmente me sinto culpada por todo mundo, ainda assim, sinto como se eu não fosse capaz de dar conta da minha vida de garota privilegiada. Estar lindando com essa porcaria de transtorno de ansiedade está fazendo com que eu me sinta culpada por só conseguir me concentrar em mim mesma e nesse meu egoísmo ridículo.

Tem horas que eu sinto que tudo está bem, mas tem outras que eu acho que só fico brincando de me enganar.

E mesmo que eu saiba que as outras pessoas têm problemas maiores que o meu (uma tática que a vovó tentou me dizer quando teve aqui e soube pelo que eu estava passando), ainda assim não consigo evitar ficar frustrada diante de tudo o que preciso, mas não consigo fazer.

Desculpa por esse texto gigante e por te dar tanto trabalho quando a gente deveria estar se divertindo.

Envio o texto gigantesco através do navegador, onde deixo aberto meu aplicativo de mensagens. Às vezes é bom deixar meus dedos percorrerem o teclado do meu laptop para fazer sair as frustrações que eu guardo dentro de mim. Carina me disse que seria uma boa eu manter um diário porque é ótimo para organizar os próprios sentimentos. Descartei essa ideia porque sempre estive focada em superar essa fase ruim e esquecer.

Britany, como sempre, não demora a me responder:

Britany: Estela, todos nós passamos por problemas e em diferentes aspectos da vida. Eu sei que a vovó tem as melhores intenções, mas não acho que se comparar a alguém possa ajudar. Todos nós estamos travando nossas próprias batalhas e tudo bem se desesperar.

Eu estou quase surtando diante da infinidade de coisas que eu preciso fazer. Sabia que a turma de Biomedicina colocou um armário no meio do corredor com algumas almofadas e ursos de pelúcia chamado cantinho do desespero? Vi na aula mais cedo e tudo porque a semana de provas está chegando. É difícil mesmo, mas não é impossível e eu sei que consegue.

Quanto ao Alex, Guilhermo me contou o que ele pretende fazer e eu vou ajudar. Não posso te contar muito porque você tem que realmente parecer surpresa. Talvez depois desse vídeo, os comentários ruins passem.

Agora toma um chá e vai respirando daquele jeito yoga de ser. Eu estou aqui, ok?

Sorrio diante das palavras da minha prima. Às vezes, tudo o que precisamos é um "estar aqui" seguido de um "eu entendo pelo que está passando". Empatia tem esse poder em corações ansiosos.

Já passa das dez da manhã quando Alex me envia uma mensagem pelo aplicativo. Eu estou em frente à minha escrivaninha, tentando decidir se termino de ler *Senhora*, ou se escrevo um resumo sobre a Lei de Diretrizes e Bases para Filosofia da educação.

Alex, filho de satã: Posso te buscar agora? Está tudo pronto para gravarmos o vídeo.

Estela Freitas: Tem tanta coisa da aula pra fazer...

Alex, filho de satã: eu sei. Podemos fazer juntos depois.

Estela Freitas: Tá bom. Levou sorte porque o pai não está em casa hahaha.

Alex, filho de satã: Traz bolo pra mim.

Estela Freitas: Vai sonhando, garoto.

Alex, filho de satã: Fique gata, Estrelinha.

Coloco o celular em cima da mesa e faço uma careta para a última mensagem dele. O conceito dele sobre ficar gata significa usar maquiagem e esconder cada defeitinho da minha cara e não posso julgá-lo porque estou parecendo pavorosa de pijama e sem pentear os cabelos.

Olho para meu jeans de cintura alta e a blusinha de alcinha verde em frente ao espelho e penso se é uma boa opção. Estou usando uma sandália caramelo com salto quadrado e meus cabelos estão bem volumosos e cacheados, totalmente ao natural.

Estou prestes a fazer uma escova e domar a juba quando ouço a buzina do carro de Alex. Sem muita alternativa, pego minha bolsa em cima da cama e vou até a cozinha, colando um bilhete na geladeira. Mamãe e papai saíram logo cedo para o médico e ainda não voltaram, então para evitar problemas, deixo um aviso de que saí.

Chaveio a porta e ando até o carro de Alex, ficando um pouco boquiaberta assim que entro.

Ele está usando uma camisa branca e suspensórios azul marinho, seus cabelos estão bagunçados daquele jeito que deixa um topete volumoso em cima e assim que me sento no banco do carona, percebo o jeans preto e o All Star da mesma cor.

— Acho que não me arrumei o suficiente — digo enquanto puxo o cinto de segurança.

— Você está bonita — ele diz e se aproxima de mim, colocando um braço no encosto do banco onde estou sentada e inclinando mais o tronco até que seu rosto esteja quase colado ao meu.

— O... o que está fazendo.

Alex não responde e então estende o braço, passando o polegar no canto do meu lábio.

— Seu batom estava borrado aqui.

Ele se afasta e eu acabo tossindo quando tento respirar. Meu coração parece completamente fora de ritmo e não sei dizer o motivo.

— Você tem que se acostumar quando eu chego perto de você, Estela — Alex diz enquanto liga o carro. — As pessoas podem achar estranho uma namorada agir desse jeito, não que não seja fofo, mas não é porque eu acho que os outros também irão.

— Sinto muito, vou tentar não ficar tão apavorada.

Alex acaba rindo e eu apenas permaneço em silêncio, isso até ele estacionar em frente a um hotel enorme bem no centro da cidade.

— O que viemos fazer aqui?

Alex não me responde e solta seu cinto de segurança, se aproximando e soltando o meu.

— É a surpresa — ele explica calmamente. — Mas antes disso, temos que treinar.

— Minha cara de espanto?

— Não. Isso.

Sem preparação alguma, ele se aproxima de mim tão rápido que eu tomo um susto, mas nem meu gritinho apavorado é capaz de afastá-lo.

— Quer... quer treinar o quê? — balbucio quando uma das mãos dele para em meu joelho.

— Proximidade — diz e seu nariz toca o meu. — Não arregale tanto os olhos e nem faça biquinho. Parece um daqueles peixinhos dourados.

Não digo nada porque estou concentrada em respirar porque é meio difícil fazer isso com o nariz de outra pessoa colado ao seu.

— Não respire tão rápido. Você está apaixonada por mim, lembra?

Sacudo a cabeça em sinal negativo e Alex apoia as mãos em meus ombros, seu nariz ainda pressionando o meu.

— Não lembra de que gosta de mim, ou...

— Eu não estou apaixonada por você — digo rápido.

— Eu sei, mas o resto do mundo precisa achar que sim.

Fecho os olhos e respiro mais devagar, não deixando mais minha respiração tão ruidosa. Digo a mim mesma que isso não tem nada de mais e que cinquenta mil reais, ou duzentos e cinquenta, valem muito para eu me preocupar com detalhes bobos como esse.

Abro os olhos e encontro os dele, cor de caramelo e intensamente focados nos meus.

— Acha que ainda se assusta se eu chegar perto? — A pergunta é feita baixinho.

— Ainda é assustador como um filme de terror, mas acho que consigo me acostumar a isso.

— E quanto a isso?

E do mesmo jeito rápido com o qual colou seu nariz ao meu, Alex me puxa contra si, fazendo meu queixo bater em seu ombro ao me envolver em um abraço completamente desajeitado.

— Não consigo me sentir nada confortável com você me abraçando desse jeito — admito, mantendo meus braços entre a gente e ainda apoiando o queixo em seu ombro. — E você?

— É porque isso sequer é um abraço de verdade, Estela — Alex retruca e se afasta, segurando meus punhos de um jeito delicado e colocando minhas mãos em seus ombros. — E agora?

Ele torna a me puxar para perto e eu sinto meu coração pular de um jeito que chega a me assustar.

Os dedos dele passeiam por minhas costas e param na altura da cintura e a cada toque dele, eu me sinto incendiar um pouco mais. Piora consideravelmente no instante em que sinto sua barba por fazer pinicar meu rosto e o pensamento de que queria que ele me beijasse é quase tão assustador quanto meu coração batendo descompensado.

Os dedos de Alex sobem por minhas costas e param em minha nuca, eu perco o fôlego quando seus lábios raspam em meu ombro, deixando minha pele arrepiada. Estou muito afetada por seu toque e quero me afastar, ao mesmo tempo, desejo que afaste minha camiseta e beije minha pele exposta porque o jeito como faz com que eu me sinta quente é bom.

Alex suspira de encontro a minha pele e eu estremeço em seus braços. Não quero que ele perceba que me afeta, mas também não quero me afastar quando gosto da forma como me toca.

Eu já li sobre isso nos livros e sei que ele está me deixando com tesão e isso é bem surpreendente porque só conseguia sentir ódio por Alex e não desejo. Eu não queria desejá-lo de jeito nenhum porque a última coisa que quero, é parecer minimamente com aquelas garotas que o seguem e beijam o chão que pisa.

— Ainda é esquisito. Na verdade, você é a última pessoa do mundo a quem eu pediria um abraço. — A confissão é feita em um fiapo de voz e com muito esforço para que eu não transpareça a forma como me senti com a proximidade. — Talvez seja por isso que nos tocarmos seja tão ruim.

— Provavelmente é por isso — ele concorda e se afasta, passando a mão nos cabelos. — Será que eu deveria ter escolhido alguém que ao menos gostasse de mim?

— Você me disse que não queria complicações depois...

— Tem razão. Acho melhor a gente ir e acabar com essa parte de uma vez. Espero que consiga fingir bem.

— É só eu lembrar do dinheiro que me sinto como uma verdadeira atriz de Hollywood.

— Você está senso sarcástica, não é?

— Pelo menos alguém entende isso...

Saímos do carro e andamos lado a lado até a recepção do luxuoso hotel. Somos recebidos por um porteiro sorridente e quando chegamos ao balcão, recepcionistas lindas e simpáticas nos desejam uma ótima estadia ao entregar a Alex um cartão preto.

— Eu sei que deve ter uma surpresa cafona me aguardando — digo a ele assim que entramos no elevador. — Mas por que tem que ser em um hotel?

— Lá em casa não pode porque meus pais não gostam muito do que eu faço e na sua casa, com seu pai me lançando olhares maus, não conseguiria sentir nada além de vontade de fugir dele.

Acabo rindo da expressão que Alex faz ao se referir ao meu pai. Na verdade, sempre achei a minha mãe muito mais brava, geralmente porque o pai sempre esquecia dos castigos que dava e ela só esquecia de dizer quando acabava mesmo.

— Não ria de um homem apavorado, Estela.

— Sinto muito, Alex.

Ainda estou tentando disfarçar o riso quando o elevador abre e Alex começa a me puxar pela mão pelo corredor amplo e claro com portas de madeira brancas e fechaduras douradas que sequer sei por que estão ali já que tudo é digital.

— Não esqueça de dizer sim como se eu fosse a melhor coisa que já te aconteceu — Alex me instrui.

Assim que a porta é aberta, Alex dá um passo para o lado e me deixa entrar antes. Respiro fundo e tento despertar a Julia Roberts que existe em mim, não sei se dará certo, mas estou realmente surpresa com o luxo do quarto.

Tudo é muito limpo e bonito, sem falar que os móveis têm uma aparência antiga e cara...

Os móveis meios que deixam de chamar minha atenção quando eu olho para o chão branco e vejo que há setas vermelhas coladas nele. Sem muita alternativa, as sigo e chego a uma parte onde a indicação se transforma em pétalas de rosa.

Fico boquiaberta ao chegar ao que parece ser o quarto, um pouco escuro, e ver velas espalhadas pelo chão e deixando uma iluminação suave e formando um caminho bonito que chega a até a cama.

Em cima do lençol branco há balões dourados em formato de estrela e mais pétalas de rosa com algo escrito. Aproximo-me, curiosa, e acabo tapando a boca com a mão ao ver tudo por um ângulo mais amplo.

Os balões estão nos quatro cantos da cama, seguidos por um grande coração de papel crepom com o pedido escrito com as pétalas: *Estela, namora comigo?* Logo abaixo do pedido tem uma foto minha e de Alex do dia em que fizemos aquela sessão para espalhar boatos do nosso namoro.

Sinto meus olhos arderem. Não porque essa surpresa tenha realmente me emocionado, mas por saber que nada na realidade seria capaz de superar os preparativos dessa grande mentira.

— Estela?

Olho para trás, na direção da voz, e vejo Alex se ajoelhando como um daqueles príncipes dos filmes, em um só joelho, enquanto estende uma caixinha vermelha de veludo, já aberta, em minha direção.

No forro de cetim branco, há duas alianças pratas e finas, que parecem simples e ainda assim bonitas.

— Sim? — indago, meus olhos ainda fixos na mão dele.

— Você aceita namorar comigo?

Eu sabia que isso iria acontecer, ainda assim, sinto minha pulsação acelerar. É claro que é porque toda essa mentira aumenta ainda mais minha ansiedade. Nunca na minha vida, esperei que alguém me pedisse em namoro e agora que isso está acontecendo, é com meu inimigo da faculdade que só quer ganhar mais fama e dinheiro.

Meus olhos se enchem de lágrimas porque eu não sei mais lidar com minhas próprias emoções e eu choro por cada coisinha boba que me acontece, tipo bater o dedo mindinho da quina do sofá.

— Estela, eu estou meio que morrendo aqui — Alex fala e eu percebo que ele quer muito rir, ou então essa posição ridícula está causando dor em suas articulações.

— Sim, sim eu quero namorar com você, Alex.

Ao ouvir minhas palavras, ele se levanta rapidamente e me abraça.

— Você está me fazendo o cara mais feliz desse mundo — diz ao me apertar contra si. — Você sabe que eu sou apaixonado por você.

— Eu tenho muita sorte por ter você, Alex — eu digo, encostando a testa em seu ombro, imaginando que devam ser as palavras certas. Quando alguém diz que está apaixonado por você, não dá para falar obrigada e esperar que continuem acreditando na veracidade de tudo.

Alex se afasta de mim e pega minha mão, colocando a aliança em meu dedo, a joia se encaixando com perfeição. Meus dedos estão trêmulos quando eu coloco a aliança em sua mão. Deve ser bom eu estar tão apavorada, vão acreditar que gosto dele.

Assim que solto a mão de Alex, ele olha para o lado e arregala os olhos. Sigo o olhar dele e percebo Guilhermo e Britany, que deveriam estar gravando tudo sem eu saber, mas não é isso o que nos assusta. Há uma folha na mão de Britany, que ela chacoalha para que a gente preste atenção.

BEIJO.

Assim mesmo, em letras garrafais e em vermelho. Alex me olha e parece tão chocado quanto eu.

Não posso julgá-los porque realmente tem isso nos pedidos de namoro. Namorados se beijam.

É por isso que eu tomo uma atitude e faço o que precisa ser feito.

Puxo Alex pelos suspensórios até que ele abaixe a cabeça e assim que seu rosto está no mesmo nível que o meu, fecho os olhos e faço um biquinho, colando minha boca na sua.

Eu não sei como se beija, a não ser que treinar em uma laranja no sétimo ano seja válido, mas eu conto até dez e então me afasto dele.

— Feito, galera! — Guilhermo diz, mas nem eu e nem Alex nos mexemos.

Ele está com as bochechas coradas, me olhando com os olhos arregalados. Sorrio, completamente sem graça e me sento na cama, sentindo minhas pernas bambas de repente.

— Isso foi fofo — Britany fala, sua voz soando divertida.

— Ela parecia aquele peixe baiacu que infla quando está em perigo — Guilhermo contrapõe, olhando para a minúscula câmera em sua mão. — Mas isso deve ser o suficiente para o vídeo. Vou editar e depois te envio, Alex.

Alex não diz nada e se senta ao meu lado.

— Obrigada por ter feito isso — ele diz baixinho.

Apenas balanço a cabeça, sentindo minha boca formigar e minhas mãos tremerem. Eu já não deveria estar acostumada com esses sintomas de nervosismo?

Alex se aproxima mais de mim e segura minha mão, me impedindo de ficar estalando os dedos.

— Sinto muito que seu primeiro beijo tenha sido comigo — sussurra em meu ouvido.

— Não seja legal, Alex — falo de cabeça baixa. — Você está me pagando, lembra?

Ele apenas balança a cabeça e eu permaneço em silêncio. Será que todos os beijos são estranhos assim e as pessoas simplesmente fingem que são bons porque alguém disse que era lá na antiguidade?

18

Casal da vez

Somos um grupo estranho.

Percebo isso no instante em que nos sentamos no shopping com nossos pratos para almoçar, depois de deixarmos o hotel onde a cena do pedido de namoro aconteceu.

Britany come algo esquisito e sem carne.

Guilhermo um prato feito enorme.

Alex hambúrguer com batata frita.

Eu um hambúrguer pequeno com um copo também pequeno de refrigerante, não que eu simplesmente não quisesse um prato enorme, mas porque mais uma vez foi Alex quem pagou por meu almoço.

Mais surpreendente do que nossas diferenças e eu aceitar que alguém pague meu almoço é o fato de que Britany e Guilhermo não param de falar um minuto, quase como se já fossem velhos amigos.

— Normalmente eu e Alex não editamos nossos vídeos, temos um editor contratado para isso, mas não queremos que alguém além de nós saiba desse plano, então aceitei a tarefa de ser responsável pelas partes técnicas. — Guilhermo diz a Britany enquanto enche a boca de comida, nem se importando de falar com a boca cheia.

— Faz tempo que são amigos? — minha prima pergunta, agindo como uma lady, pousando o garfo ao lado do prato.

— Desde que a gente estava no pré-escolar. Alex me defendia dos garotos maus.

Olho para Alex, que parece distraído enquanto mexe no celular, e não consigo imaginá-lo defendendo alguém. Quando ele percebe que estou olhando para ele, eu desvio o olhar, começando a comer. Ainda estou envergonhada pelo que aconteceu mais cedo, mesmo que tenha sido eu a tomar a atitude.

Concentro-me tanto em comer que acabo meu lanche e fico olhando para o prato vazio, ainda sentindo fome. Pego o refrigerante, mas assim que dou um gole, percebo que está vazio.

— Aqui, coma o meu.

Levanto a cabeça e vejo Alex me entregando suas batatas fritas.

— Você parece ainda estar com fome. — A justificativa dele é feita de um modo gentil.

Penso em recusar, mas antes que eu possa falar alguma coisa, ele já colocou o próprio refrigerante e a caixinha com as batatas em meu prato.

— Obrigada.

Volto a abaixar a cabeça, olhando para a embalagem vermelha, e pensando nas inúmeras vezes em que não consegui comer nada e no fato de que agora até mesmo sinto fome e estou em um shopping. Justo eu, que por mais de meses sequer consegui colocar os pés para fora de casa.

Não consigo controlar o sorriso. Carina tem razão, sentir o sabor das pequenas vitórias também é importante e vale muito a pena, mesmo que em alguns dias, eu chegue a pensar que não evolui em nada e que tudo continua péssimo, tipo quando eu tenho muita coisa para fazer e me desespero antes mesmo de começar.

Faço menção de pegar uma batata frita e acabo olhando para minha mão direita, vendo a aliança de namoro. Não notei antes, mas tem uma pequena estrela desenhada no canto do anel.

— Como soube o tamanho do meu dedo? — pergunto a Alex, virando minha mão de um lado para o outro.

— Britany tinha um anel seu em casa...

— Aquele que eu insisti em pegar emprestado mesmo sabendo que meus dedos são grandes demais. Foi em uma das épocas em que tentei fazer regime — minha prima o interrompe.

— Por quê? — A pergunta é feita por Guilhermo, que está com o óculos na ponta do nariz e mexendo no celular.

— Hã... sei lá, pensei que precisava — Britany responde, parecendo envergonhada.

Mordo o lábio, sabendo muito bem que o peso da minha prima sempre foi um assunto delicado. Britany demorou muito para se aceitar e parar com as dietas malucas e a se odiar. Boa parte disso veio da minha tia que insistia em achar que ela não era boa o suficiente e que precisava emagrecer. Até Britany cansar de toda a pressão e decidir viver sua vida do seu próprio jeito, que inclui estudar química ao invés de direito para se tornar uma perfumista no lugar da advogada que a minha tia sonhava que ela fosse. Alguns pais insistem em viver seus sonhos através dos filhos e isso apenas gera frustração, o que acontecia com Britany quando insistia em estudar mais do que todo mundo e não sair de casa, ou não conhecer garotos porque precisava ser a filha perfeita.

— Temos a festa de um milhão de inscritos de um youtuber para ir — Alex fala de repente, cortando o clima estranho.

— Estela não se dá muito bem com festas — Britany diz, me olhando de um jeito preocupado, sabendo muito bem como eu fico em lugares lotados.

— Precisamos começar a aparecer nesses lugares também — Alex retorqui e me olha. — Vai ser amanhã à noite.

— Preciso ir mesmo? Britany tem razão, eu não sou muito de festas. Posso tirar fotos e beijar você, mas há coisas que eu simplesmente sei que são demais.

— Ir em uma festa é demais? Por quê?

Fico em silêncio, sem graça. Eu sei que não devo dizer que não posso fazer algo sem ao menos ter tentado, mas o problema é que só comecei a sair agora. Será que não é brincar com a sorte querer fazer algo tão mais complicado?

— Eu... eu só não gosto — digo baixinho.

— Você também não gostava de estar perto de mim e ainda assim ficou. Quebra essa pra mim, Estela. O cara é meu amigo e não posso ir sozinho quando acabei de anunciar que estou namorando com você.

— Eu não tenho roupa... e nem dinheiro. Você até pagou meu almoço hoje de novo.

Olho para Britany, em busca de apoio, mas tanto ela quanto Guilhermo estão em silêncio, observando o desenrolar da conversa.

— Não tem problema — Alex fala e se levanta. — Vamos comprar uma roupa agora.

— Mas...

— Vamos, Estela.

Ele pega minha mão e me faz ficar em pé, enroscando os dedos nos meus e começando a andar. Não tenho alternativa que não a de segui-lo, quase tropeçando em meus próprios pés.

— Não quero que me compre nada, Alex. Eu aceito almoço porque realmente odeio sentir fome, mas assim já é demais e não sou o tipo de pessoa abusada e que fica aceitando coisas de estranhos...

— Eu sou seu namorado e não um estranho.

— Você não é meu namorado de verdade. Até ontem ficava implicando com tudo o que eu dizia, me chamando de nerd e chata, sem falar de sem graça porque sou organizada e...

Paro de falar porque Alex me puxa para dentro da primeira loja de roupas femininas que vê.

— Você é chata pra caralho, Estela, completamente sem graça com seu sarcasmo e seu cabelo bagunçado, ainda assim, está nesse plano comigo, então vamos encontrar uma roupa para você para que amanhã, mostre ao mundo o quanto eu a faço feliz e como estamos apaixonados.

Ele me puxa pelo meio da loja, só parando quando avista uma vendedora usando uma saia preta e uma camisa rosa escuro.

— Precisamos de um vestido de festa para minha namorada — Alex diz e só então solta minha mão.

— É claro, por favor me acompanhem.

Olho ao redor da loja, percebendo que claramente não faz o estilo de lugar que eu posso frequentar. As roupas são de marcas e as etiquetas douradas um sinal de que deve ser pago com um rim ou uma daquelas barras de ouro que o Silvio Santos vivia mostrando em seu programa de domingo à noite.

Alex se senta em um dos pufes de veludo dispostos na loja e eu fico parada ao lado da vendedora, que me olha de cima a baixo e sorri, parecendo ter adivinhado minhas medidas, pois me puxa para uma sessão de vestidos com numeração igual ao que uso.

— Prefere vestido longo ou curto?

Olho para Alex, que mais uma vez está com os olhos fixos na tela do celular. Não sei o que as pessoas costumam usar em festas assim, nas que eu frequento um short jeans legal e uma rasteirinha já estão de bom tamanho.

— Alex? — eu o chamo, tentando pontuar em minha voz o quão desconfortável estou.

— As garotas geralmente usam vestidos curtos — ele responde e ergue seu celular. — A Estela consegue ser bem indecisa quando quer.

Suspiro, percebendo que ele está usando essa situação para mostrar mais da nossa rotina de namorados perfeitos na internet. Estava tudo bem com fotos, mas agora tenho que fingir que gosto dele até mesmo nos *stories*?

Forço um sorriso para ele, como se fosse o cara mais lindo do mundo.

— Amor, não acha que pode me ajudar a escolher o vestido? — pergunto com a voz mais doce que consigo fingir sem vomitar.

— É claro, minha Estrela.

Alex guarda o celular no bolso e se aproxima, olhando para os três vestidos que a vendedora separou enquanto tínhamos nosso pequeno diálogo brega.

Um dos vestidos é preto e curto demais para o meu gosto, o outro tem tanta transparência que me deixaria mais desconfortável ainda, preocupada com a possibilidade de pagar peitinho, mas o último...

— Experimenta esse — Alex diz e me entrega o vestido rosa.

Sem outra opção, sigo a vendedora em direção ao provador. É um pouco difícil vestir a peça, mas recuso ajuda e me enfio no vestido minúsculo, fazendo contorcionismo para fechar o zíper lateral.

É um vestido rosa com corpete bordado e sobreposto de uma renda delicada que cobre meu colo e acaba em delicadas mangas que mal alcançam os ombros. A saia é bem rodada e de chiffon com minúsculas rosas bordadas. Tenho que admitir que nunca usei algo tão bonito assim.

Aliso a saia do vestido mais uma vez e giro em frente ao espelho, não conseguindo evitar o sorriso diante do ar romântico da minha roupa. É quase como uma daquelas cenas de livros que amo ler...

— Me deixa ver de uma vez, Estela!

Claro que nos livros não tem um garoto chato o tempo todo no pé da mocinha, mas, sim, um cara legal.

Saio do provador e paro em frente a Alex. Ele arregala os olhos assim que me vê, parecendo realmente surpreso. Fico sem graça e olho para meus pés descalços em cima do carpete azul. Quando se trata dele, nunca sei se vai zoar comigo ou elogiar.

— Não sei se...

— Você está linda — ele me interrompe e se levanta.

— Temos o sapato que combina com o vestido — a vendedora diz, sorrindo.

Alex balança a cabeça, mas continua me olhando, seu olhar percorrendo meu corpo e fazendo minhas bochechas arderem.

— Aqui está. — A vendedora se abaixa na minha frente e me ajuda a colocar uma sandália de salto fino e tiras um pouco mais rosadas que a cor do vestido.

Fico parada após estar calçada, não sei usar esse tipo de sapato, apenas saltos baixos e quadrados, mas não quero parecer ainda mais boba do que já pareço.

— Está perfeita — Alex afirma e mais uma vez saca o celular, tirando uma foto sem minha permissão. — Iremos levar o sapato e o vestido.

Devolvo os sapatos à vendedora e volto ao provador, verificando o preço do vestido na etiqueta dourada. Custa mais de trezentos reais, não tão caro quanto imaginei, ainda assim, acima de qualquer coisa que posso pagar.

Quando saio do provador, encontro Alex encostado ao balcão e segurando as duas sacolas de papel rosa com letras em dourado. Assim que me aproximo, ele enrosca os dedos nos meus, dá um sorriso radiante para a moça do caixa e caminha lentamente ao meu lado em direção à porta.

— Está gravando um comercial ou o quê? — pergunto e coloco o cabelo atrás da orelha, sentindo meu estômago doer ao olhar para o que ele comprou e pensando que não me encaixo nesse mundo de aparências onde ele vive.

— Por quê? — Ele para de andar assim que chegamos ao corredor principal do shopping.

— Você sorri desse jeito artificial e age como se fosse um garoto perfeito — digo baixinho. — Acha mesmo que eu vou conseguir te acompanhar em todo esse faz de conta?

Alex passa a girar seu polegar pelas costas da minha mão e fica sério.

— Você participou ainda há pouco, me beijou e tudo. Quando você já está no meio da farsa é mais difícil sair do que continuar.

Fico em silêncio.

Provavelmente ele tem razão, mesmo que eu deteste admitir.

— Você acha que está bem o suficiente para isso?

A pergunta é feita em um tom delicado por minha mãe, que está sentada na minha cama com Colin no colo e ao lado das sacolas que trouxe comigo quando Alex me deixou na frente de casa.

Quero dizer a ela que sei que não consigo e é esse o problema: ultimamente minha vida se resume a um constante não poder, mas de algum jeito, me sinto um pouco pior diante da pergunta. Sei que não é feita por maldade, mas por preocupação, até minha mãe reconhece que tenho limites.

— Não posso dizer para meu namorado que não vou a festa com ele porque tenho medo de surtar.

Minha mãe cruza os braços e me olha daquele seu jeito de mãe, como se estivesse prestes a descobrir todos os meus segredos com apenas um olhar. Deus queira que isso seja apenas impressão porque ela jamais aceitaria que sua filha estivesse se vendendo para conseguir dinheiro.

— Alex sabe que você tem transtorno de ansiedade generalizada, Estela?

Faço uma careta diante da repetição do meu diagnóstico e respiro fundo. Não posso mentir mais, não é?

— Não — admito e começo a enrolar uma mecha de cabelo no dedo. — E eu não quero que saiba porque Alex é praticamente a única pessoa que não fica pisando em ovos comigo.

Mamãe morde o lábio e se levanta, aproximando-se de mim e me envolvendo em seus braços.

— Eu sei que quando estamos apaixonados queremos revelar apenas nossos melhores lados, mas Estela, ele precisa saber. Alex não irá terminar com você por estar vivendo uma fase um pouco complicada, ele não me parece esse tipo de garoto.

— Eu só quero ser normal, mãe. E Alex é uma das poucas pessoas que me trata dessa forma.

E eu nem estou mentindo.

— A decisão está em suas mãos, filha. Se acha que pode ir à festa, então vá e se divirta muito. Sabe que qualquer coisa pode ligar.

Apenas balanço a cabeça e me deixo ser abraçada, sabendo que estou cada vez mais afundada em mentiras e em estar exposta na internet. Algumas horas depois, Alex me manda o link do vídeo do pedido de namoro.

Eu assisto a tudo com um gosto amargo na boca porque se eu realmente não soubesse que é um relacionamento de mentira, teria acreditado. Não sei se foi a edição de Guilhermo, envolvendo músicas românticas, ou meu constante estado de nervosismo, talvez uma mistura de tudo que faz com que o vídeo pareça real e romântico.

Mas é principalmente a forma com que Alex me olha que deixa tudo realista demais e nos transforma em uma espécie de casal da vez e faz da nossa entrada na faculdade, um pouco mais tarde, um espetáculo que vai além dos dias anteriores, pois recebemos sorrisos e pedidos para verem nossa aliança de namoro.

E sei que é apenas o começo.

19

Mentiras sinceras

(Alex Martinelli)

Eu nunca pensei que pais pudessem ser assustadores, Deus sabe como os meus se esforçam demais para sequer estarem presentes, mas o pai da Estela consegue estar em um nível acima do que pude imaginar. A forma como ele me olha é bem desconcertante, como se estivesse decidindo entre chutar meu saco ou socar minha cara. Estela Freitas é uma garota de sorte e tenho certeza de que sabe disso. Gostaria de ter uma família que se importasse o suficiente comigo para fazer sala para minha namorada, mesmo sendo falsa.

— O que você viu na minha irmã?

A pergunta é feita por um garoto que não deve ter mais de quinze anos e de cabelos enrolados e escuros. Ele me olha com atenção e eu engulo em seco, temendo ser pego em minhas próprias mentiras, até mesmo porque só tive que me esforçar até agora para convencer quatro milhões de seguidores de que estou completamente apaixonado por uma garota que nunca me atraiu em nada e só me fez passar raiva.

— Estela é uma garota incrível — repito o que já falei antes para seus pais e em stories também. — Seria impossível não me apaixonar por ela.

Deixo de dizer que isso só seria possível se fossemos o último casal da terra porque o senso de organização dela me irrita e sua constante mania de estar no controle me deixa maluco. Estela tem que pensar em cada pequena possibilidade e isso é exaustivo.

O olhar do garoto para na aliança que passamos a usar ontem e eu sorrio daquele jeito que aprendi ser o certo para dar veracidade as minhas palavras. Foi o suficiente para o irmão mais novo de Estela, que volta sua atenção para um jogo de futebol no celular.

Ouço um pigarro e olho para o pai de Estela, Jorge, que está com o braço imobilizado e o olhar estreito e focado em mim.

— Alex, venha até aqui, por favor.

O jeito como ele me chama ao se levantar é tão assustador quanto as caretas, mas não hesito em segui-lo por uma porta lateral que dá em um pequeno jardim com flores amarelas e vermelhas.

— Gostaria de pedir que cuide bem da minha filha esta noite — Jorge fala em um tom calmo, delicado ao se referir a garota que estou esperando há mais de vinte minutos.

— Vou cuidar bem dela.

— Estela... Estela é uma garota tímida, embora não pareça, e muitas pessoas fazem com que fique insegura. Minha menina gosta de bancar a forte, mas está em um momento frágil. Se importa se eu te ensinar algumas coisas sobre ela?

— Não, por favor, pode ir em frente.

— Estela sempre corta o dedo quando tenta abrir uma lata de refrigerante — Jorge começa a falar e sorri. — Se ela ficar muito quieta, converse com ela até que se acalme, espero que um dia ela se sinta segura o suficiente com você para falar sobre isso. Minha garotinha tem um senso de responsabilidade acima da média e tem a péssima tendência a carregar todos os problemas em seus ombros e tentar solucionar porque não consegue ver quem gosta passando por dificuldade. A coisa que ela mais ama são livros, mas acho que isso você já sabe. Eu sei que acha que pareço um pai protetor e bobo, Alex, mas nossa família sempre foi muito unida e você está sendo muito bem-vindo, desde que não parta o coração da minha filha. Estela nunca trouxe outro garoto além de você aqui em casa, então tenho certeza de que você é especial para ela.

Ele dá um tapinha em meu ombro e me deixa sozinho no jardim. Engulo em seco, subitamente sem ar e com um nó na garganta. Pergunto-me o que estou fazendo ao enganar essa família. A mãe de Estela é tão legal e doce que não consigo olhar para ela sem me sentir culpado e tem o fato de que o pai dela acabou de me contar um monte de coisas sobre uma garota por quem imagina que estou apaixonado.

Eu sei que Estela aceitou participar desse plano comigo, mas agora que a conheço melhor, não consigo evitar a culpa. Essa garota é tão antiquada quanto irritante e é ridículo a forma como a culpa toma conta de mim por causa de um beijo sem graça e informações tão esquisitas quanto minha namorada falsa.

Não imaginei que seria assim quando li aquele caderno dela com roteiros de vídeos e cheguei à conclusão que ela seria a pessoa perfeita para participar desse plano comigo por saber como esse mundo da internet funciona e por não estar no mesmo nicho que o meu, além do pequeno fato de me odiar e não querer algo a mais conforme o plano avança. Porém não cheguei a encaixar nesse plano que atrás da garota, há uma família gentil e preocupada. Eu apenas pensei que Estela não estava no padrão das garotas ao meu redor, cheias de procedimentos estéticos, agentes sedentos por dinheiro e esperando a primeira oportunidade de participar de um escândalo para ganhar a mídia. Ela era apenas minha colega de classe, bonita, mas nem tanto, e com um jeito fofo que encantaria qualquer um que não conhecesse suas manias de nerd.

— Alex?

Olho para trás no instante em que ouço a voz de Estela, parecendo meio insegura ao me chamar.

Sabe aquele momento dos filmes em que a garota aparece completamente diferente e deixa todos ao redor de queixo caído? Sempre pensei que fosse mentira, uma daquelas ilusões que a ficção gosta de pregar, fazendo com que acreditemos em amor, mudanças e tantas outras coisas que levaria tempo para enumerar.

Neste instante, eu me questiono até onde as coisas do cinema são mentiras. Estela está tão diferente e bonita que eu levo alguns segundos para voltar a piscar.

O vestido, comprando diante de muito protesto, abraça cada curva de seu corpo de um jeito suave e bonito. Seus cabelos, normalmente presos em um rabo de cavalo torto, estão soltos e os cachos emolduram seu rosto em formato de coração, onde a maquiagem é tão suave que seus lábios pintados de vermelho ganham um destaque a mais.

Estela, sempre tão menor de que eu, está na altura do meu ombro ao usar o sapato bonito e que dá destaque às suas pernas. Retiro o que disse quando falei que ela era bonita, mas nem tanto.

— Que garota gostosa.

As palavras escapam da minha boca e fazem com que Estela tussa, suas bochechas adquirindo um tom rosado parecido com o do vestido. Nunca conheci uma garota que corasse antes.

Não digo a ela que além de gostosa é linda, na verdade guardo para mim todos os possíveis elogios porque aqui somos só nós dois e ela não é minha namorada de verdade, apenas parte de uma farsa.

Uma farsa que está começando a mexer comigo porque não consigo parar de olhar para seu corpo e em seguida seu rosto, com os lábios tão vermelhos e apetitosos que preciso me esforçar muito para não a empurrar contra a parede e mostrar como é um beijo de verdade.

— Não sei se ficou... — ela fala e dá um passo à frente, mas acaba tropeçando e eu só tenho tempo de segurá-la para que não caia. Seu corpo pequeno tromba com o meu e seu perfume suave é tudo o que eu consigo sentir nos poucos segundos que levo para afastá-la.

— Sinto muito — ela diz quando se afasta, fazendo eu perceber que ainda seguro seu braço. — Não sei andar muito bem nessas coisas.

Estela olha para baixo, me mostrando os sapatos de salto alto e finos.

— Sempre pensei que as garotas nascessem sabendo andar nessas coisas.

Estela sorri e sacode a cabeça.

— Nunca tive muitos lugares onde usar saltos.

Acabo sorrindo diante do seu jeito de falar e coloco delicadamente sua mão na curva do meu cotovelo.

— Vou te ajudar a não se estatelar no chão, Estrelinha.

— Você é tão brega, Martinelli.

— Prefere ficar sem ajuda?

— Deus sabe o quanto eu diria que sim em outra época, mas agora não tenho muita opção, não depois daquele vídeo em que você parece que você gostar de mim.

Fico em silêncio enquanto andamos em direção à saída de sua casa, pegando um caminho diferente do qual eu vim. Eu sei bem do que Estela está falando, estava com Guilhermo quando editou o vídeo e eu também acreditaria em todo aquele pedido se não soubesse ser mentira. Não posso dizer que não fiquei surpreso quando ela me beijou porque fiquei, sim, ainda mais por ser um primeiro beijo.

Quem aos dezenove anos sequer beijou? Tudo em Estela parece tão adoravelmente antiquado que não consigo fazer as piadas que faria em outra ocasião, quando olho para ela, só consigo perceber o quão gostosa é e a forma como me xinga e discute por tudo apenas faz com que eu queira descobrir seus segredos e, para ser sincero, arrancar suas roupas e fazer coisas bem...

— Vai ter muita gente lá? — Estela questiona quando estamos quase chegando ao meu carro, me tirando dos pensamentos depravados.

— Acho que mais de quatrocentos convidados...

Paro de falar e me lembro do que o pai dela me disse antes, sobre Estela não gostar de lugares muito cheios.

— Vou ficar ao seu lado o tempo todo.

— Jura?

A forma como ela me olha, com os olhos castanhos arregalados e brilhantes, faz com que eu engula em seco, pensando o que diabos essa garota está fazendo comigo.

— Somos um casal apaixonado, querida.

Ao invés de falar alguma coisa sarcástica, Estela simplesmente balança a cabeça, não parecendo muito segura.

— Eu sei que sou sua pessoa menos favorita do mundo, mas confia em mim, garota. Vai dar tudo certo.

— E se aquelas pessoas não gostarem de mim, Alex? Eu não sou como você. Não sei forçar sorrisos e parecer relaxada, na maior parte do tempo estou preocupada com coisas que só fazem sentindo na minha cabeça.

— Meu bem — paro de andar assim que chegamos ao carro, me encostando no capô e a puxando para o espaço entre minhas pernas, mantendo a mão em sua cintura fina —, todos nós temos nossas inseguranças e eu não vou te deixar sozinha. Para todos os efeitos, somos um casal apaixonado e feliz.

Estela balança a cabeça parecendo uma garotinha assustada, e eu apenas estico o braço e coloco uma mecha de seus cabelos acobreados atrás da orelha. Ela se assusta com meu toque, dando um passo para trás e me fazendo lembrar do dia em que tivemos que treinar para nos acostumarmos um ao outro.

— Ainda parece estranho? — questiono, trazendo-a para mais perto, aspirando seu perfume bom, nada doce como a maioria das garotas usa, parece cheiro de flor e shampoo.

Estela toca meu braço e eu noto a aliança em sua mão pequena, a minúscula estrela desenhada no canto do anel de prata que faz par com o meu. Nunca pensei que seria o tipo de cara que usa aliança, mas segundo Guilhermo, a maioria dos relacionamentos é comprovado com o uso de um anel.

— Eu não sei lidar com você sendo legal comigo, Alex — ela admite, olhando para baixo. — Na maior parte do tempo, você é um garoto malvado e eu estou sempre preparada para responder à altura. Foi tanto tempo competindo com você pelo posto de melhor da turma que por alguns momentos, esqueço que estamos nessa mentira juntos.

— É exatamente por isso que você é a minha pessoa perfeita. Quando tudo chegar ao fim, restará apenas bons momentos e dinheiro na nossa conta, meu bem.

Estela concorda, não parecendo tão segura assim, e eu abro a porta do carro para que entre. Temos uma festa para ir e muitas perguntas para responder.

20

Surtando de vez

Tento não demonstrar ao Alex o quão apreensiva estou, mas não consigo evitar ficar estalando os dedos. De alguma forma, tenho que extravasar toda a ansiedade que fica percorrendo meu corpo. Fazer fotos falsas, gravar vídeos de pedido de namoro e dar meu primeiro beijo foi infinitamente mais fácil do que estar indo para uma festa com mais de quatrocentas pessoas.

— Você parece nervosa — Alex observa quando para em um semáforo.

— Só um pouquinho.

Ele me olha e arqueia uma sobrancelha, mas ainda assim não diz nada. Alex parece mais pensativo hoje, quase diferente daquela sua versão que estou acostumada a ver na faculdade, sempre arrogante e com a cara enfiada em uma tela.

Não demora para chegarmos em uma rua movimentada com várias pessoas em roupas de festas andando pela calçada e carros parando em ambos os lados da rua e sendo entregues aos manobristas uniformizados.

Há banners com o rosto do amigo de Alex, Ricardo Linhares, e o número um milhão em dourado por todos os lados. Os flashes pipocam na entrada da festa, um tapete vermelho estendido em frente a uma multidão de fotógrafos.

Alex desliga o carro e abre sua porta e eu, com o estômago completamente embrulhado, faço o mesmo, repetindo a mim mesma que tenho que manter a aparência diante desse bando de desconhecidos e seguir em frente com o plano, minha família precisa desse dinheiro. Eu sei que fingimos que tudo está bem, mas as contas não param de chegar e mamãe anda trabalhando o dobro para tentar suprir o fato de que papai está sem poder ganhar.

Alex me encontra em frente ao carro, sua mão se enroscando na minha. Sem pensar, encaixo meus dedos nos seus e com a outra mão seguro seu antebraço, tentando aplacar o medo que lentamente comprime meu coração.

Ele me olha, parecendo surpreso com minha atitude, ainda assim, sorri para mim e aperta meus dedos de um modo gentil, andando devagar em direção ao tapete. Afirmo-me mais nele, tentando não tropeçar nos saltos finos de minhas sandálias.

Assim que chegamos ao tapete, o burburinho aumenta e os fotógrafos parecem extasiados ao nos olhar. Alex aparenta estar acostumado com esse tipo de coisa porque dá mais alguns passos até pararmos no meio do tapete e em frente a um painel com o nome do dono da festa e dos patrocinadores.

— Sorria — ele diz em meu ouvido.

Alex solta minha mão e seu braço envolve minha cintura, me posicionando melhor. Engulo em seco e forço um sorriso, sendo cegada pelos flashes que pipocam à nossa frente.

São apenas alguns segundos assim, mas parece uma eternidade e quando finalmente começamos a andar por um corredor com fotos de Ricardo, eu consigo soltar a respiração que estava prendendo, voltando a encaixar minha mão na de Alex.

— Você foi bem — ele fala, sua respiração fazendo minha pele ficar arrepiada.

Apenas balanço a cabeça e continuo andando ao lado dele, até chegarmos a uma parte mais escura, onde está acontecendo a festa, com um palco amplo e uma pista de dança lotada, além de um bar grande que fica em um canto.

É um lugar bonito e as pessoas parecem estar se divertindo, mas sinto o pânico crescer em mim conforme a música se torna alta demais e o burburinho das pessoas aumenta, fazendo com que eu não seja capaz nem mesmo de ouvir minha própria respiração.

O funk alto e com palavrões ecoa pelas caixas de som e todos parecem habituados a este tipo de dança, principalmente as garotas que rebolam e descem até o chão em uma dança que parece ser composta apenas de balançar a bunda e fazer com que os vestidos se tornem ainda mais curtos. Sei que pareço alguém antiquada, mas não acho que consiga ser capaz de dançar com toda essa desenvoltura.

Alex parece estar em casa, sorri para as pessoas que encontra e olha para mim em alguns momentos, acho que pensando que eu não estou parecendo tão feliz quanto deveria, ou me balançando como todos.

As pessoas me olham com um misto de surpresa e admiração e eu verifico se minha roupa está como deveria.

— Vamos cumprimentar o dono da festa.

Alex me puxa através do aglomerado de pessoas, subindo em cima do palco e parando em frente a um garoto que deve ter no máximo dezoito anos, com o cabelo pintado de verde e usando um chamativo terno roxo. Ele sorri assim que nos vê, seu olhar se demorando um pouco mais em mim do que em Alex.

— Parabéns! — Alex fala mais alto, tentando se fazer entender por cima da música. — Esta é Estela, minha namorada.

Ricardo sorri e se aproxima, me dando um beijo no rosto.

— Ela é linda, Alex. Assisti ao vídeo de vocês, formam um casal muito bonito.

Apenas sorrio, sem saber muito bem o que dizer, e permaneço ao lado de Alex enquanto ele conversa com Ricardo. Assim que nos despedimos dele, descemos e um grupo de garotas de vestido curto e longos cabelos se aproximam de Alex, o abraçando e dando risinhos. A empolgação é tanta que ele solta minha mão e uma delas meio que me empurra, fazendo com que me afaste um pouco deles.

— Essas são as famosas *blogueirinhas*.

A voz familiar em meu ouvido faz com que eu dê um pulo, mas o susto logo passa quando vejo se tratar de Guilhermo, que sorri de um jeito gentil para mim e em seguida, olha para Alex, no meio das garotas lindas e sorridentes.

— Elas são muito bonitas — falo, completamente admirada pelos corpos bonitos e pelos cabelos e maquiagens impecáveis, até mesmo reconheço uma das garotas como uma famosa maquiadora.

O olhar de Alex encontra o meu e ele sorri, estendendo a mão e me chamando para perto. Olho para Guilhermo, completamente em pânico, mas o traidor me dá um pequeno empurrão em direção ao grupinho.

— Sua namorada é bonitinha — diz uma garota de cabelos pretos e lisos assim que paro ao lado dele.

— Parece muito pequenininha, quase uma garotinha — acrescenta outra garota, loira de olhos verdes e lábios carnudos.

— Tudo nela é *inha* — completa mais uma integrante do grupo, de cabelos ondulados e castanhos.

Não sei o que é mais surpreendente: eu ter me acostumado com a música ensurdecedora e poder ouvir, ou o fato de essas garotas bonitas falarem coisas tão ruins para quem sequer conhecem. Elas fazem com que eu me sinta ainda mais deslocada e o jeito como Alex permanece impassível também não é bom.

Engolindo em seco, apenas murmuro que preciso sair e o deixo com seu grupo de amigas, indo em direção ao bar que vi assim que entrei. Aqui também é lotado, mas não tanto quanto a pista de dança, e não demoro a chamar a atenção do barman e pedir uma água.

Sento-me em uma das banquetas altas do canto e me esforço para conseguir abrir a tampinha da garrafa com minhas mãos trêmulas. Em poucas palavras, aquelas meninas fizeram com que eu me sentisse completamente antiquada e reduziram a zero a minha confiança, que eu achei estar em alta quando me olhei no espelho mais cedo e gostei do que vi.

Queria não me afetar tanto pelos outros, mas parece que qualquer situação é o suficiente para que eu seja levada ao meu limite, nunca me senti tão sozinha em um lugar tão cheio antes. Tudo o que eu quero é estar em casa com meus livros e pessoas que eu sei que gostam de mim.

Finalmente consigo abrir a garrafa e tomo um longo gole de água, aplacando um pouco a sede e diminuindo a ardência em meu estômago, fazia já alguns dias que estava conseguindo controlar um pouco melhor minha ansiedade, mas a situação de agora, tão fora da minha realidade, faz com que tudo o que eu deixei de sentir volte com força total.

— Ei, Estela.

Ouço a voz de Alex um segundo antes de ele se sentar ao meu lado e pegar a água da minha mão, tomando um longo gole.

— Espero que não leve em conta o que as garotas disseram — diz ao me devolver a garrafa.

— Não levei... — A mentira sai com facilidade, assim como todas as outras que conto todos os dias. — Elas apenas me fizeram ver o que você não foi capaz até agora.

— E o que seria?

— Que eu não pertenço a um lugar assim. Sou apenas uma garota que lê livros e gosta de ficar em casa e não alguém que consegue ficar linda e aparecer nesse tipo de ambiente.

Alex me olha, parecendo pensativo, e então desliza um dedo por meu rosto, colocando uma mecha de meus cabelos atrás da orelha.

— Você é linda, Estela — ele diz de um jeito que não me dá espaço para contestar. — Você pode gostar de livros, ficar em casa e ser a menina mais linda de uma festa. Não acredite no que as pessoas que nem te conhecem dizem.

— Você também não me conhece — digo baixinho.

— Estou aprendendo a conhecer.

Mordo o lábio, sem saber muito bem o que dizer, mas então uma música lenta começa e Alex se levanta, me erguendo com facilidade da banqueta ao pegar minha mão para nos conduzir para a pista de dança. Ele me puxa para perto, passando seus braços ao meu redor e não me dando alternativa que não a de abraçá-lo também.

— Eu não sei dançar — digo e olho para nossos pés, vendo apenas as tiras brilhantes das minhas sandálias.

— Só me segue — ele diz em meio ao riso.

Faço o que ele falou e apoio a cabeça em seu peito, não porque queira ficar próxima de Alex de um jeito romântico, mas porque assim consigo fechar meus olhos e me concentrar na música e não na forma como meu coração está agitado.

Coração, me fala
Como é que você faz um negócio desses?
Trocar um pra sempre por às vezes
Uma aventura por uma paixão
Péssimo negócio, coração.

A música é lenta e bem conhecida e ouço a voz das pessoas se misturar com a do cantor. Abro os olhos e me endireito, vendo que Alex está me olhando. Forço um sorriso, tentando apenas parecer normal.

Na verdade, se existisse um gênio da lâmpada, eu não iria pedir para ser rica, apenas para não ser tão esquisita e me preocupar tanto.

O sorriso dele esmorece à medida que suas mãos passeiam por meu corpo e eu engulo em seco, sentindo minha pele se arrepiar com seu toque. Chego mais perto, mesmo sabendo que não deveria.

Eu sinto a respiração de Alex ficar mais ruidosa conforme nossos corpos se grudam e quando a mão dele desce e para em minha bunda, minhas bochechas queimam de vergonha e de desejo.

Fecho os olhos no instante em que ele aproxima o rosto do meu pescoço e minha respiração fica entrecortada no segundo em que seus lábios tocam minha pele sensível.

Seguro a camisa dele entre meus dedos quando seus lábios deslizam por minha pele e chegam à orelha.

— Eu me enganei. Não é a mais linda da festa, mas, sim, a mais gostosa.

Ele aperta minha bunda e eu ergo a cabeça, fazendo nossos olhos se encontrarem. Alex parece tão afetado quanto eu e pisca algumas vezes.

— Desculpa.

Faço que sim e ele dá um passo para trás, voltando a manter uma distância respeitosa entre nós e eu não sei se aprecio seu gesto ou fico brava por querer mais.

Assim que a música chega ao fim, nos separamos e subitamente o lugar fica silencioso e é então que a iluminação muda, parecendo mais brilhante. Ricardo assume o microfone e pede para que todos se aproximem e é nesse momento, que começa o empurra-empurra.

A aglomeração ao meu redor aumenta conforme Ricardo inicia o agradecimento aos patrocinadores da festa. Tento esticar a mão e encontrar Alex, mas acabo sendo empurrada para longe dele, ficando em meio a tantas pessoas que sinto como se o ar estivesse ficando quente e diminuto.

Tento respirar fundo e olhar em alguma direção qualquer, mas não consigo porque alguém pisa em meu pé e outra pessoa me empurra, fazendo com que eu caia no meio dos pés das pessoas.

Tateio às cegas, conseguindo me levantar, e acabo empurrando algumas pessoas e ouvindo resmungos enquanto tento sair da pequena multidão. Meu ar não chega aos pulmões e meus olhos se enchem de lágrimas porque estou com medo, não um medo qualquer vindo de um pensamento, mas medo porque esse lugar está ficando cada vez mais quente e barulhento e eu odeio a forma como esse tipo de ambiente faz com que eu me sinta.

Tusso, sentindo como se meu peito queimasse, mas ainda assim continuo em frente e por fim consigo sair do meio das pessoas, vendo o bar onde estava antes.

Isso não faz com que minha visão fique menos embaçada e o ar volte aos meus pulmões. Na verdade, apenas aumenta minha vontade de chorar.

— Estela!

Sinto uma mão em meu ombro e de repente Alex está na minha frente, parecendo preocupado enquanto olha para o meu rosto.

— O que houve?

Tento encontrar a voz para contar alguma mentira, mas não consigo, em vez disso, sinto lágrimas quentes escapando de meus olhos.

— Está machucada?

Ele olha para todo meu corpo e então sua atenção para em minhas pernas. Olho para baixo e vejo que um de meus joelhos está arranhado e sangrando.

— Quero ir pra casa — finalmente consigo falar, a voz embargada pelo choro que estou tentando conter.

Penso que Alex irá contestar, mas ele apenas me estende a mão e me conduz em uma direção oposta à que viemos. Assim que saímos do lugar abafado e o ar gelado da noite entra em minhas narinas, me sinto um pouco melhor.

— O que aconteceu? — Alex pergunta enquanto eu percebo que estamos no estacionamento.

— Nada — minto.

A sensação de fracasso me domina e eu me abaixo, apoiando os braços nos joelhos e escondendo meu rosto, tentando fazer com que ele não veja que estou chorando feito uma boba.

— Estela...

Apenas balanço a cabeça, me sentindo uma tola por não ter conseguido aproveitar a festa como todo mundo, me assustando somente por me ver em meio às pessoas. Não tinha nenhuma ameaça real lá dentro, mas eu senti como se tivesse, e agora me sinto um pouco pior por saber que apesar de ter me esforçado, não consegui agir como deveria.

Respiro fundo algumas vezes e então me endireito, levantando e sentindo meu joelho arder pelo esforço. Alex continua parado ao meu lado, me olhando como se eu fosse uma bomba prestes a explodir.

— Não quero falar sobre isso — digo e seco o rosto com as costas das mãos. — Sinto muito por agir feito idiota. Sei que comprou o vestido e os sapatos e esperou que eu agisse feito seu modelo de garota ideal e eu me esforcei muito para isso... mas... mas eu... eu não consegui, Alex.

Pisco rapidamente, tentando afugentar as lágrimas, mas acabo não conseguindo e me viro de costas para ele.

— Está tudo bem, Estela. Vem, eu vou te levar para casa.

Tento secar o rosto mais uma vez, mas Alex acaba segurando minha mão.

— Não quer mesmo me falar o que aconteceu? — questiona com gentileza.

Sacudo a cabeça e tento dar um passo, mas acabo me desequilibrando nos saltos estúpidos das minhas sandálias.

— Venha, eu te levo.

Não entendo o que ele quer dizer, até que Alex se aproxima e me ergue com facilidade, me pegando no colo.

— O que está fazendo?

— Vou te levar para casa. Você não parece nada bem, provavelmente são seus rins, certo?

Lembro da mentira que contei a todos na faculdade sobre ter feito uma cirurgia renal e apenas balanço a cabeça, deixando que ele me conduza pelo estacionamento até um dos manobristas que logo promete encontrar o carro dele.

Apoio o rosto no peito de Alex, sentindo seu cheiro, um pouco familiar, de canela e sabonete.

— Pode me colocar no chão agora — digo, me sentindo completamente envergonhada.

— O carro acabou de chegar.

Ele me carrega até a porta do carona de seu carro, me colocando no banco e permanecendo abaixado ao meu lado.

— Você cumpriu seu papel direito, Estela. Eu sei que se cobra demais sobre tudo, mas hoje fez tudo certo, não se esqueça disso.

Penso em contestar, mas Alex não me dá chance e fecha minha porta. Puxo o cinto de segurança e o observo se sentar ao meu lado e fazer o mesmo. De alguma forma, as palavras dele fizeram minhas lágrimas cessarem e quando ele estaciona o carro em frente à minha casa, depois de um trajeto silencioso, não consigo evitar o impulso.

— Obrigada, Alex — digo e um segundo depois, beijo sua bochecha.

Ele me olha, parecendo realmente surpreso, e eu sorrio, constrangida.

— Deveria ter feito isso em frente a todas aquelas câmeras, Estrelinha — fala e pisca para mim.

Acabo rindo e quando saio do carro, me sinto um pouco menos fracassada pela noite não ter saído como o planejado.

21

Garota propaganda

Não consigo encarar minha psicóloga sem me sentir extremamente envergonhada por ter me transformado no centro das atenções em um curto intervalo de quinze dias. É por isso que cancelo a sessão e digo que estou atarefada demais com a faculdade para arranjar tempo. Eu sei que estou fazendo algo errado e que a terapia somada à medicação é o que está fazendo com que eu esteja conseguindo dar pequenos passos para voltar à minha rotina. Talvez eu precise apenas de tempo para conseguir assimilar tudo o que está acontecendo, ou quem sabe seja apenas uma desculpa para não ter que lidar com meus sentimentos.

Meus dias não podem mais ser considerados normais porque antes eu era apenas uma garota comum tentando lidar com a chegada da vida adulta, mas agora eu sou a namorada de um youtuber famoso e tenho que pensar sempre em atualizações de redes sociais com fotos perfeitas e legendas fofas e em estar bonita para aparecer nos stories de Alex também.

Nossa relação não é das melhores e na maior parte do tempo, o jeito fanfarrão dele me irrita, ou provavelmente é só o estresse da semana de provas cada vez mais perto. A cada dia, a pilha de coisas para estudar aumenta e eu me vejo confrontando o medo do fracasso a cada trecho de texto que grifo de vermelho, isso e a situação financeira aqui de casa que parece um pouco pior. Peguei minha mãe contando moedas para conseguir pagar o ônibus do Felipe porque o passe dele acabou.

Escondido dela, entreguei meu cartão a ele porque estou indo de carona com Alex. Meu irmão ficou agradecido e envergonhado ao me confessar que queria poder ajudar mais em casa. Tentei dizer a ele que tudo ficará bem do mesmo jeito que ele fazia comigo, mas não sei se soei convincente.

— O que acha de terminarmos os trabalhos no próximo final de semana?

Olho para Alex, sentado ao meu lado durante o curto intervalo da faculdade, e não consigo conter o suspiro. Será que realmente há chance de ganharmos esse concurso?

— Pode ser — respondo e mordo o lábio, pensando no que direi em seguida: — Alex, acha que temos chance de ganhar esse concurso?

Ele parece surpreso com minha pergunta e me analisa por alguns segundos.

— Acho que temos, sim. Nosso namoro está chamando bastante atenção e eu ganhei mais seguidores e visualizações no YouTube.

— Isso também aconteceu comigo, mesmo que eu não esteja mais fazendo vídeos.

— Então por que parece tão preocupada? Tenho notado que na última semana está nervosa.

Não consigo olhar para ele. Alex e eu nunca fomos próximos, então ele não tem como saber que estar nervosa é uma coisa que sempre acontece comigo, o mais perto das minhas crises que ele chegou a presenciar foi no dia da festa, quando passei mal devido à quantidade de pessoas e ele achou que eu estivesse com dor nos rins. Fui muito boa em ser evasiva na única vez que ele tentou perguntar o que tinha acontecido.

— É a situação financeira da minha família — digo e não é de todo mentira. — Meu pai não consegue emprego e ainda está com o braço machucado, bateu o carro há uns quinze dias e não pode mais trabalhar como Uber. Minha mãe faz o que pode com as marmitas que vende, mas eu sei que as coisas estão realmente ruins e as contas não param de se acumular. O período de rematrícula também está chegando e eles têm medo de não conseguirem pagar e eu estou apavorada porque não consigo entender algumas matérias e...

Paro de falar porque meu fôlego acaba e meu estômago arde. Cada vez que me preocupo, sinto como se tivesse comido algo muito ácido e que fica borbulhando em minha barriga.

— Não está sendo exatamente fácil para você esse ano, não é?

— Não. Eu jamais iria querer enganar as pessoas fingindo um relacionamento, não sou esse tipo de garota, Alex, mas quando me disse que podíamos ganhar dinheiro, eu percebi pela primeira vez em muitos meses que podia estar fazendo algo pela minha família. Eu sinto como se fosse apenas um peso, alguém com quem eles sabem que não podem contar.

Seco o rosto com as costas das mãos, tentando esconder as lágrimas que teimam em escapar de meus olhos.

— Eu sinto muito, Estela.

— Está tudo bem, obrigada por me escutar. Isso ajuda mais do que a maioria das pessoas pensa.

Alex apenas me olha e balança a cabeça, como se me entendesse mesmo e acho que é uma das poucas vezes em que realmente sinto isso.

Assim que chego em casa, me deparo com minha mãe ainda trabalhando na cozinha e embalando bolos de pote, na verdade o dobro do que sempre prepara.

— Teve alguma encomenda grande, mãe? — pergunto, me sentando ao seu lado, começando a abrir alguns potes para que ela monte os bolos.

— Vou tentar vender alguns bolos no jogo do Felipe — ela responde e me olha e é então que eu vejo.

Os olhos dela estão marejados e as olheiras mais fundas, fazendo com que pareça que envelheceu uns bons anos em um intervalo de algumas semanas.

— As coisas não estão indo bem, não é?

Os lábios da minha mãe se transformam em uma linha fina, o que sempre acontece quando ela está preocupada demais.

— Sua rematrícula está chegando, meu amor, e temos que conseguir pagar o plano de saúde para que você continue fazendo seu tratamento direitinho. Só vou trabalhar um pouquinho a mais esse mês.

— Mãe...

— Não se preocupe tanto, querida. Agora vai jantar.

Faço o que ela diz porque se continuar ao seu lado, irei chorar e não quero que ela me veja sendo fraca quando está sendo tão forte. Pego minha bolsa e vou para a cozinha, onde encontro meu prato dentro do micro-ondas.

Quando coloco a comida para aquecer, penso em ligar para Britany e desabafar sobre como as coisas estão ficando piores, mas antes que eu faça qualquer coisa, meu celular toca e eu vejo o nome de Alex na tela. Provavelmente ele teve mais alguma ideia brilhante sobre como nos promover para ele ganhar mais adsense.

— Você acabou de me deixar em casa, Alex. O que ainda temos para conversar?

— Assim você machuca meu ego, namorada.

— Seu ego é do tamanho do Everest, não pode ser facilmente ferido.

— Você tem razão, mas eu te liguei porque surgiu uma boa oportunidade para gente antes do concurso.

— Você quer fazer mais fotos de casal?

— Na verdade, seria um vídeo patrocinado.

— Como assim?

— Uma marca de balas acabou de me mandar um e-mail. Na verdade, tem seu nome nele também. Querem que a gente grave um vídeo promovendo as novas balas.

— Explique isso melhor. — Pego minha comida no micro-ondas, andando até a mesa segurando o celular apenas com o ombro.

— Eles vão nos pagar para divulgá-los, espertalhona. Pensei que estivesse precisando de dinheiro.

— Eu aceito!

— Não quer nem saber o que precisamos fazer, ou quanto vai ganhar?

— Qualquer dinheiro me ajuda muito, Alex.

Ele fica em silêncio alguns segundos e eu me aproveito disso para comer a deliciosa lasanha da minha mãe.

— Você vai ganhar um bom dinheiro, nós dois vamos se aceitarmos.

— Por mim tudo bem.

— Como amanhã é sábado, então eu te busco à tarde para que a gente faça o vídeo.

— Tá bom.

Não demora para que Alex me envie uma cópia do e-mail que recebeu e meus olhos quase saltem das órbitas quando vejo que irei ganhar. Esse negócio de falso namoro até que não está sendo tão ruim, ou pelo menos era o que eu achava.

Alex me busca no horário combinado e eu, por saber o quão chato ele é em relação à minha aparência, me arrumei bem mais do que costume, usando maquiagem e vestindo jeans com alguns rasgos nos joelhos, com uma camiseta de malha branca e um colete sobreposto.

— Seu pai não está escondido em algum lugar me esperando com uma peixeira, né?

Acabo rindo do olhar de pânico de Alex e sacudo a cabeça, fazendo os cachos volumosos dos meus cabelos balançarem de um lado para o outro.

— Meu pai e minha mãe estão no jogo de futebol do meu irmão.

— Seu irmão não parece acreditar nas minhas boas intenções com você.

— Deve ser porque não tem nenhuma boa intenção, Alex.

Ele me lança um olhar de desdém e começa a dirigir. O lado bom desse meu acordo maluco com Alex é que não sentimos necessidade de conversar o tempo todo e eu confesso que gosto quando as pessoas apreciam o fato de eu gostar de ficar quieta em alguns momentos.

— Vamos gravar o vídeo no meu quarto, no mesmo cenário do canal — Alex explica quando estaciona o carro na garagem da sua casa.

Apenas balanço a cabeça e desço do carro, o seguindo para dentro da sua casa grande e com cheiro de desinfetante de limão. É engraçado como um lugar enorme desses não tem nenhuma pessoa a vista.

Quando entro no quarto dele, vejo várias embalagens de bala em cima da mesa e a câmera posicionada em um tripé de frente para sua cama espaçosa.

— Como vai ser esse vídeo? — pergunto, me livrando das sapatilhas e sentando-me na cama.

Alex me olha e morde o cantinho do lábio, pega uma cestinha com várias balas dentro e coloca ao meu lado.

— É um *Kiss Challenge.*

Ele me olha, parecendo apreensivo, e eu demoro alguns segundos para entender o que ele disse.

— O que beijar tem a ver com as balas? — Faço a pergunta sem conseguir olhar para ele, sentindo minhas bochechas arderem.

— A proposta deles era algo romântico e que levasse em conta o burburinho sobre nosso relacionamento. Então um de nós vai chupar a bala e o outro fica de olhos vendados enquanto é beijado, até descobrir o sabor.

Começo a tossir, completamente envergonhada e apavorada.

— Você concordou. Este...

— Eu não sei beijar, Alex!

Cubro o rosto com as mãos e ouço o riso baixo dele, sentindo quando se senta ao meu lado na cama.

— A gente aprende a beijar, beijando, meu bem.

Olho para Alex através dos espaços entre meus dedos, esperando que ele esteja zombando de mim, mas o garoto está sério.

— Quanto anos tinha quando aprendeu a beijar? — pergunto.

— Treze anos...

— Viu? Eu sou a maior esquisitona, Alex. As pessoas irão ver no vídeo que eu não sei beijar e então irão ficar zombando de mim, aí meu irmão vai ver o vídeo e mostrar para o meu pai e então eu vou morrer.

Alex segura meus punhos e afasta a mão do meu rosto com delicadeza.

— Está tudo bem, Estela. Eu sei que não era dessa forma que você queria saber sobre beijos, mas é só você me imitar, certo?

Olho para as mãos dele em minha pele e não consigo evitar pensar no quão ridícula é essa situação.

— Eu nem gosto de você desse jeito.

— Eu sei.

— Mas o dinheiro vai ajudar muito lá em casa...

— Eu também sei, querida.

Deixo passar o fato de ele me chamar de querida e apenas balanço a cabeça, me sentindo apavorada, antiquada e a maior esquisita do planeta porque as pessoas da minha idade já estão até fazendo sexo enquanto eu nem sei usar a língua em uma porcaria de beijo.

Alex solta minhas mãos e liga as *soft box* que eu sequer tinha visto antes. As luzes me deixam momentaneamente cega, mas então logo me acostumo.

— Vai ter que ir mais para o meio da cama, Estela.

Faço o que ele diz, levando as balas comigo e olhando para minhas próprias pernas cruzadas embaixo de mim. *Se existir algum deus dos beijos, por favor que ele esteja olhando por mim.*

Não demora para Alex se sentar ao meu lado com um pedaço de tecido escuro nas mãos.

— Quer que eu comece? — ele pergunta, parecendo tão hesitante quanto eu.

Apesar de não me sentir confortável com a possibilidade de ficar vendada, acabo concordando.

— Certo, você sabe como os vídeos funcionam, não é? Teremos que fazer uma introdução e você terá que parecer apaixonada e feliz comigo e não apavorada como agora.

Respiro fundo, concordando e Alex liga a câmera com um controle que estava no seu bolso.

Ele se apresenta e depois passa o braço ao meu redor, anunciando que eu sou sua namorada e que iremos gravar um desafio patrocinado pelas balas *Kiss.* Tento sorrir e parecer relaxada, concordando com o que ele fala e rindo nos momentos certos como quando ele se aproxima de mim e afasta os cabelos do meu rosto, dando uma piscadinha antes de colocar o pano ao redor de meus olhos.

— Está conseguindo me ver? — ele pergunta de um jeito divertido.

Sacudo a cabeça e Alex ri baixinho.

— Vamos começar então, Estrela. Vamos ver se consegue adivinhar o sabor.

Ouço o barulho de ele abrindo a bala e então sinto quando a ar muda e Alex se aproxima de mim. Hoje ele cheira a sabonete, amaciante de roupas e loção pós-barba.

Tento ficar parada quando sinto o nariz dele tocar o meu, mas não consigo controlar minha respiração acelerada quando os lábios de Alex cobrem os meus suavemente. Dura apenas um segundo e a língua dele toca meu lábio inferior, fazendo com que eu lhe dê espaço para que me beije.

Meu coração dispara quando a sua mão para em minha nuca e sua língua toca a minha. Um sabor doce invade minha boca e sinto quando ele se afasta.

— Morango — digo baixinho.

— Não, meu bem.

Ele torna a se aproximar, me beijando sem receio, seus lábios brincando com os meus, sua língua encontrando a minha e me fazendo ficar um pouco sem ar. É uma sensação nova e esquisita que faz com que eu sinta como se estivesse com a barriga congelada.

— Cereja — falo um pouco sem fôlego contra a boca dele.

— Certo. Então vamos para a próxima.

Alex se aproxima e eu meio que perco o equilíbrio, enroscando meus dedos em sua camiseta e sentindo o calor do seu corpo passar para o meu. Sinto as palmas das minhas mãos molhadas, o fato de eu não conseguir enxergar nada é meio assustador.

O beijo não é tão delicado agora e eu me vejo imitando seus movimentos, sentindo o gosto de menta e cereja vindo da sua boca.

— Menta com chocolate — falo quando ele se afasta, sentindo sua respiração fazer cócegas no meu nariz.

Ouço o riso baixo de Alex e ele tira a venda de meus olhos, levo alguns segundos para me acostumar com a claridade, piscando algumas vezes até ver o rosto dele próximo ao meu. Os lábios dele estão inchados e vermelhos e eu olho para minhas mãos, sentindo as bochechas arderem.

— Agora é minha vez — ele fala, me entregando a venda.

Balanço a cabeça e me aproximo dele, cobrindo seus olhos e tocando em seus cabelos macios quando amarro o tecido.

— Está vendo alguma coisa?

Alex nega e eu olho para as balas que restaram, escolhendo a de melão. Eu a abro e coloco em minha boca.

Aproximo-me dele, segurando seu rosto entre minhas mãos e sentindo como se meu coração fosse saltar do peito. *Por favor, cérebro, apenas colabore comigo.*

Tentando imitá-lo, posiciono meus lábios em cima dos seus e as mãos de Alex param em minha cintura, onde ele me puxa para mais perto e me beija, assumindo o controle, quase roubando a bala de minha boca, me deixando com o corpo todo queimando.

— Melão — ele fala e me dá um selinho em seguida.

— Acertou.

Engulo a bala e pego outra, dessa vez de laranja. Eu a coloco em minha boca e olho alguns segundos para Alex, vendo sua boca próxima da minha. Não entendo o que acontece com meu corpo quando o beijo, acho que meu cérebro sabe que a gente não se gosta muito e dispara alertas que correm por minhas veias do mesmo jeito como se eu estivesse enfrentando uma ameaça muito assustadora.

Apoio as mãos em seus ombros e o beijo, acho que já estou me familiarizando a como toda esta coisa de beijo deve ser, porque toco o espaço entre seus lábios com minha língua até que ele me beije também.

E se antes, quando dei aquele selinho em Alex para gravarmos o vídeo do pedido de namoro, eu achei que beijos eram ruins, agora, com o jeito como ele segura meu rosto e molda os lábios aos meus, passo a achar que beijos são bons e até seriam maravilhosos se meu coração não ficasse palpitando desse jeito e minhas mãos formigando, sem falar na forma como meu estômago parece gelado com toda essa movimentação.

— Laranja — ele diz e apoia a testa na minha, parecendo tão sem fôlego quanto eu.

Pego a última bala, morango com creme, e coloco na boca. Respiro fundo, me forçando a lembrar que estou em frente a uma câmera e que todos acreditam que esse namoro é real e que estamos apaixonados.

Afasto os cabelos revoltos de Alex da sua testa e tento sorrir quando aproximo minha boca novamente da sua. Ele parece um pouco ansioso ao segurar meu rosto com suas mãos grandes, seu nariz esbarrando no meu e fazendo com que eu ria baixinho.

Ele ri também e toma minha boca na sua, me beijando de um jeito tão intenso que sinto como se todo meu ar estivesse sendo sugado. Alex acaricia meu rosto com os polegares, o carinho deixando minha pele em brasas. As palmas das minhas mãos ficam mais suadas e meu coração praticamente quica dentro do peito.

A bala passa da minha boca para dele, mas ainda assim Alex não deixa de me beijar, sua língua acariciando a minha e espalhando o sabor doce. Confesso que esqueço da bala e me agarro a ele, segurando seus antebraços, tentando me manter ereta e não derreter como sorvete em dia de calor.

— Morango — ele fala e morde de leve meu lábio inferior.

— Mais — digo em meio a um arfar, voltando a unir nossas bocas.

A mão de Alex passa por baixo de meu cabelo e para em meu pescoço, ele de algum jeito consegue me puxar para ainda mais perto, me trazendo para seu colo e deixando nossos corpos colados.

As sensações que me dominam são difíceis de entender e eu me afasto com delicadeza, olhando para minhas mãos e vendo que estão trêmulas, assim como meus lábios. Meu corpo está arrepiado como se eu estivesse sentindo frio, mas na verdade tudo em mim queima, como da primeira vez em que tive uma crise de ansiedade, só que não consigo encontrar o que está diferente.

— Morango com creme — Alex finalmente diz.

Balanço a cabeça e puxo a venda, observando a forma como pisca os olhos caramelos, tento disfarçar o quão esquisita estou me sentindo. Continuo olhando para ele até perceber que em suas íris claras têm pontinho verdes, a mesma cor que cerca sua pupila.

Alex finaliza o vídeo e repete o patrocínio da marca de balas e eu me esforço para parecer normal, mas quando ele enfim desliga a câmera, sinto como se tivesse corrido uma maratona.

— Você está pálida — ele diz ao se levantar da cama e desligar as luzes.

Permaneço em silêncio, engolindo em seco e tentando acalmar o tremor que percorre meu corpo, mas não tenho sucesso e logo aquele enorme nó se instala em minha garganta e eu sinto vontade de chorar porque é sempre assim quando tenho crises de ansiedade: eu choro sem ao menos saber o motivo.

Respiro fundo, mas não dá muito certo e meu ar parece faltar. Tento bater em meu peito, fazendo qualquer coisa para que essa sensação de sufocamento passe.

— Estela, o que está acontecendo?

Alex se senta na minha frente e segura minha mão.

— Eu... eu não consigo respirar.

Minha voz soa sufocada e as lágrimas que eu estive tentando reprimir escorrem de meus olhos.

Alex parece assustado com minhas palavras e segura forte minha mão.

— É uma crise de pânico, não é? — ele pergunta, pegando minha outra mão e a mantendo entre as suas quentes.

Sacudo a cabeça, tentando negar, mas isso apenas faz com que toda essa coisa piore e eu me veja abrindo mais a boca em busca de ar.

— Está tudo bem, Estela — ele diz em uma voz tranquila. — Respire comigo. Isso. Vamos respirar fundo juntos, certo?

Faço o que ele diz e respiro fundo.

— Agora solte a respiração lentamente. Isso, boa garota. Você está segura, Estela. Está tudo bem. Seu ar não está faltando. Viu?

Quando ele diz isso, percebo que minha respiração está mais normal e que a sensação de sufocamento está diminuindo, mesmo que minha garganta esteja ardendo.

Alex solta minhas mãos e passa os polegares em meu rosto, secando as lágrimas que insistem em continuar caindo.

— Eu vou buscar uma água para você — ele diz e se levanta.

No instante em que Alex passa ao meu lado, eu seguro sua camiseta.

— Eu tenho medo de ficar sozinha — falo tão baixo que julgo que ele não ouviu, mas Alex dá um passo para trás e se senta ao meu lado na cama, sua mão voltando a cobrir a minha.

— Você já teve isso antes? — ele pergunta de um modo gentil.

— Já.

Não consigo mais mentir. Sinto-me tão frágil e desprotegida que inventar mais mentiras apenas faria com que eu me sentisse pior.

— Eu estou sempre ansiosa — admito e olho para minha mão no meio da dele. — Foi por isso que eu fiquei um tempão sem ir para aula. Eu não conseguia sair de casa e ficava tendo crises de pânico. Achei que estivesse louca, Alex. Já não está tão ruim quanto esteve, mas às vezes sinto como se eu fosse uma boba por continuar insistindo em ter minha vida de volta quando claramente sempre estou prestes a surtar. A maioria das pessoas tem medos que envolvem aranhas, ou lugares altos, mas eu tenho medo de enlouquecer.

Sinto meus lábios tremerem quando paro de falar, a dor de estar admitindo o que sinto para alguém que não é da minha família toma conta de tudo. Quando eu digo em voz alta meus medos, estou ressaltando o quanto sou tola por ainda me deixar ser dominada por eles.

— Eu me sinto exausta — falo em meio as lágrimas.

— Então descansa, meu bem.

Alex se levanta e mexe nos travesseiros atrás de mim.

— Deite, Estela.

— Não precisa, eu...

— Está tudo bem. Apenas deite um pouco, tenho certeza de que vai se sentir melhor.

Um pouco receosa, faço o que ele diz e me deito nos travesseiros macios. Alex apaga a luz e puxa o edredom que estava dobrado nos pés de sua cama por cima de mim.

Observo quando ele se senta no chão e viro de lado, olhando para seus cabelos claros através da luz do final de tarde que entra pela janela, sentindo meus olhos pesados.

— Pode descansar tranquila, Estela. Eu vou pegar uma água para você, tudo bem?

Balanço a cabeça e Alex se levanta, saindo do quarto silenciosamente. Penso em me levantar, não querendo parecer abusada e querendo que ele me diga se acha que eu sou doida, ou o que quer que esteja pensando, mas acabo não fazendo nenhuma coisa e nem outra, sendo vencida pelo cansaço.

22
Nova perspectiva

Alex

Fragilidade.

Foi isso o que eu vi em Estela no momento em que ela me confessou o que tinha. Enquanto dizia cada palavra, eu consegui ver a dor impregnada em sua voz, os olhos assustados de quem teve o mundo virado por algo fora de controle.

Eu não sei lidar com uma garota chorando, nunca soube, e ver alguém que sempre considerei minha inimiga número um de repente ao meu lado está fazendo uns negócios estranhos com a minha cabeça.

Eu não sei beijar, Alex!

Não consigo controlar o riso quando me lembro do jeito apavorado da Estela mais cedo. Posso dizer que qualquer outra pessoa não admitiria com tanta facilidade não saber de algo, mas estou descobrindo mais sobre Estela nas últimas semanas e não estou detestando tudo sobre ela como imaginei.

Pego uma garrafa d'água na geladeira e subo as escadas, torcendo para não encontrar Paola e sua curiosidade insaciável. Tenho sorte e ao entrar no quarto, chaveio a porta por não querer que ela se intrometa ainda mais na minha vida. Minha madrasta imagina que por ter se casado com um homem cujo filho foi abandonado pela própria mãe faz com que seja uma espécie de santa, eu até poderia considerar se ela ao menos pudesse ter gostado de mim da mesma forma como fingiu para meu pai há dez anos.

— Estela, eu trouxe...

Paro de falar no instante em que chego próximo a minha cama e a vejo dormindo de lado, toda encolhida e com a coberta embolada em suas pernas, os cabelos avermelhados bagunçados em cima do meu travesseiro.

Engulo em seco, acho que é a primeira vez que uma garota se deita na minha cama e dorme, não costumo trazer as meninas com quem saio aqui em casa para evitar perguntas, mas com ela é diferente porque não temos algo de verdade.

Isso não me impediu de beijá-la daquele jeito.

Sacudo a cabeça tentando afastar as lembranças dos beijos que trocamos há pouco. Estaria mentindo se dissesse que não foi bom, algo na inocência de Estela mexeu comigo, mas não quero pensar sobre isso.

Preciso que esse plano dê certo, para estar mais estabilizado e conseguir comprar meu apartamento. Eu ganho bem com o trabalho que faço, mas preciso continuar atraindo as pessoas e esse namoro e concurso irão me proporcionar isso, a prova maior é que os patrocínios do canal aumentaram muito, assim como os posts pagos em meu Instagram.

Deixo a garrafa d'água na mesa de cabeceira e olho para Estela mais uma vez, ela parece tão pequena, ainda assim, saber exatamente o que a atormenta me faz ter uma noção melhor do motivo de tentar estar sempre no controle de tudo, pensando em cada pequeno detalhe, coisas que eu jamais seria capaz de imaginar.

Suspiro e puxo o edredom, a cobrindo melhor, já que os dias estão ficando mais frios com a chegada do inverno. Não querendo acordá-la, e sem ter muito o que fazer, pego o livro que preciso ler para a faculdade e dou a volta na cama, deitando-me ao seu lado.

Estou lendo o parágrafo pela segunda vez quando Estela se mexe e se vira para o meu lado, sua cabeça ficando praticamente em cima do meu braço. Eu a olho no momento em que suspira e sinto seus dedos se agarrarem em minha camiseta, do mesmo jeito que fez quando não queria que eu a deixasse sozinha.

Olho para sua mão pequena, com as unhas pintadas de um tom claro de rosa, em contraste com minha camiseta azul. Penso em afastá-la, mas no instante em que a toco, desisto. Talvez seja melhor que ela descanse depois do tanto que chorou. Não sei nada sobre ansiedade, mas imagino que não deva ser fácil.

Esforço-me para permanecer parado, deixando o livro de lado e sem saber o porquê. Não sou um desses malucos que os filmes retratam que ficam observando uma garota dormir, mas algo no jeito de Estela é meio fascinante, a forma como ela parece totalmente desarmada e sem estar com alguma palavra ácida na ponta da língua.

Olho para o teto, para os desenhos de galáxias que estão ali desde que era apenas um garoto e morava somente eu e meu pai. Isso me lembra da família de Estela e de como todos parecem unidos apesar das dificuldades que ela me contou que andam passando. Eu, que sempre tive tudo, não sei como é se sentar para ter uma refeição em família sem que estejam mais de duzentos desconhecidos em volta, ou então uma mãe que queira me fazer bolos e pergunta se eu comi o suficiente como dona Amália.

É estranho como me aproximar de Estela fez com que eu percebesse o vazio da minha própria vida familiar. As pessoas acham que me conhecem porque sou ativo nas redes sociais, mas o que eu mostro nos stories ou conto em meus vídeos não chega nem a dez por cento do que o que realmente acontece de verdade. A prova maior disso é que pensam que estou vivendo uma linda história de amor, quando na verdade a primeira vez que beijei minha namorada foi hoje. Eu nem sei muito sobre ela, mas isso não quer dizer que eu não queira saber mais.

Pego meu celular, sempre grudado comigo, e olho as centenas de notificações que pipocam na tela, um misto de comentários gentis com ofensas e opiniões como se me conhecessem, mas eles só veem o que eu quero mostrar.

Lembro da forma como Estela me disse que estava acabada e do jeito como agora tem o dobro de seguidores, apesar de não postar com tanta frequência quanto eu. Ela é apenas uma garota que gosta de ler e antes de começar a aparecer ao meu lado, isso não era considerado interessante. Agora ela até faz parte de um fã clube chamado *"Alesta"*. A junção esquisita de nossos nomes que fazem com que as pessoas torçam por nosso relacionamento como se estivéssemos em uma série de TV ou algo assim.

Olho as inúmeras fotos ao lado de Estela que preenchem meu feed e no jeito como parece sempre tímida ao meu lado. Isso faz com que comentem o quanto é pequena e fofa, como se fosse uma bonequinha. Para mim, ela parece aquela princesa do filme Valente com seus cabelos bagunçados e a pele clara.

Desligo a tela do celular e tento voltar minha concentração para as páginas de José de Alencar, mas nem mesmo a curiosidade por saber se Aurélia irá conseguir sua vingança com Fernando Seixas faz com que eu consiga assimilar o que estou lendo. Qualquer pequeno movimento dela é o suficiente para desviar minha atenção.

Estou assim, com o livro caído em cima do peito e sua mão agarrada em minha camiseta, quando Estela abre os olhos e pisca algumas vezes de um jeito adorável. *Adorável?* Tudo bem, só um adjetivo, nada de mais.

Feito um idiota, sorrio e Estela faz o mesmo, suas bochechas assumindo aquele tom rosado de quando fica com vergonha.

Ela se aninha mais em mim, parecendo uma gatinha manhosa, e eu acaricio seus cabelos. Por um segundo, espero que ela se afaste, mas Estela continua parada, a lateral do seu corpo encostada no meu.

Tenho vontade de beijá-la de novo, ir até mesmo além dos beijos, mas não quero acabar com o plano, muito menos assustá-la.

— Dormi muito? — pergunta.

— Uns quarenta minutos. Está melhor?

Estela se senta na cama e balança a cabeça em um sinal afirmativo. Não contenho o riso quando vejo seus cachos ruivos voando em todas as direções.

— O que foi?

— Seu cabelo está bonito.

Ela morde o lábio e foca em suas mãos pousadas no colo.

— Alex?

— Hum?

— Agora que eu te contei o que tenho, você acha que eu sou maluca?

A forma como ela pergunta isso, com os lábios tremendo e os olhos castanhos brilhando com lágrimas não derramadas, faz com que meu coração perca um compasso ou até mesmo dois, porque pode parecer uma pergunta simples para mim, mas eu sei que para Estela o significado é bem maior.

— Não — digo com sinceridade. — Eu não acho que você seja maluca, Estela. É apenas uma garota passado por um momento difícil.

— É sério? — Ela se inclina um pouco em minha direção, as mão cerradas apoiadas em seus joelhos. — Não pensa que é apenas uma forma de chamar a atenção, ou doença de quem é preguiçoso, ou então que eu sou muito dramática...

Ela se interrompe, os olhos transbordando. A forma como ela parece hesitante ao perguntar cada suposição me faz entender que já a julgaram desse jeito antes e, cara, fazer isso com essa garota foi simplesmente cruel.

— Não — afirmo e, antes que possa me impedir, seguro sua mão pequena entre as minhas. — Eu não acho que seja preguiçosa, ou dramática. Ninguém está livre de ter ansiedade e quem disser o contrário, não está se esforçando para entender. Eu admito que não sei nada sobre o que você tem, apenas soube que era uma crise de pânico porque já vi algo parecido em um filme, mas se você me explicar como te ajudar em momentos como esse, farei o meu melhor.

— Por quê?

— Por que o quê?

— Quer fazer tudo isso por mim?

Abro a boca sem saber muito bem o que responder, procurando por palavras que eu sequer sei como encontrar e que justifiquem minha atitude.

— Eu não sei. — Opto por continuar sendo sincero. — De alguma forma, estamos juntos nessa, não é? Você me deu seu primeiro beijo, então nada mais justo do que eu me esforçar para ser alguém em quem você pode procurar apoio em momentos como o de hoje.

— Às vezes, eu nem mesmo sei do que estou com medo, Alex. Sinto como se fosse um fardo para minha família. Quer que eu seja assim para você também?

— Você não é um fardo, Estela. Todos nós estamos lutando nossas próprias batalhas todos os dias e é bom quando tem alguém disposto a ficar ao nosso lado em momentos assim.

Ela apenas balança a cabeça, ainda parece frágil e perdida.

— Obrigada, eu acho — diz baixinho, apertando de leve minha mão. — Você pode me levar para casa agora?

— Posso.

Estela sai da cama e eu noto a forma como esfrega os braços enquanto calça a sapatilha. Levanto-me e vou até o guarda-roupa, pegando um dos meus moletons do cabide.

— Aqui — falo e me aproximo dela. — Vista isso.

Penso que ela vai discutir, mas Estela pega o moletom e o veste, bagunçando ainda mais os cabelos no processo. Ela ajeita a barra, que fica para baixo de suas coxas, e em seguida balança os braços, as mangas compridas demais escondendo sua mão.

Aproximo-me dela e dobro as mangas do moletom, deixando suas mãos livres. Quando levanto a cabeça, eu a encontro olhando para mim de um jeito surpreso.

— Isso foi muito gentil — diz com suavidade. — Não está sendo legal por estar com pena de mim, não é? Você é praticamente a única pessoa que não fica pisando em ovos comigo, perguntando se não estou ansiosa, ou em que pode me ajudar.

— Você não é digna de pena. Se fosse para sentir alguma coisa, seria orgulho por estar enfrentando todos os seus medos.

Estela Freitas sorri, não um sorriso contido, ou daqueles enraivecidos que sempre dirige a mim, mas o tipo de sorriso capaz de iluminar a cidade toda em meio a um blecaute. É bonito e a torna mais bonita, seus olhos mais estreitos com pequenas ruguinhas ao redor fazem com que meu estômago se revire, uma sensação tão esquisita que minha boca seca de repente.

— Obrigada por não fazer com que eu me sinta uma esquisitona.

Ela se aproxima de mim, sua cabeça mal chegando a meu queixo, e é então que me surpreende mais uma vez ao me abraçar de um jeito completamente desajeitado.

— Não costumo sair abraçando todo mundo, mas é a primeira vez em muito tempo que não me sinto culpada por ter tido uma crise de pânico em um lugar errado. Não se acostume com isso, Alex, eu ainda não gosto de você.

— Eu também não gosto de você.

Mas isso não me impede de sorrir mais do que deveria enquanto a levo para casa, nem de acenar feito um bobo quando Estela sai do meu carro.

23

Com você

Britany me olha com os olhos tão arregalados que por um segundo penso que eles irão saltar das órbitas e que vão cair no tapete do meu quarto.

— Isso é beijo de verdade! — ela repete pela décima vez, apontando para a tela do meu notebook.

Esfrego as bochechas, vendo o vídeo que eu e Alex gravamos há dois dias e que agora está no YouTube com muitos comentários maravilhados e um recém fã-clube chamado *Estelax* como se fossemos um casal da malhação.

— Você pensou na possibilidade de ter gostado do beijo e por isso ter tido uma crise de ansiedade?

Contei a ela o que aconteceu no dia em que gravamos o vídeo e na forma como Alex foi gentil comigo, não me julgando em nenhum momento.

— Eu... eu gostei do beijo — admito baixinho.

— Estela...

— Isso não quer dizer nada, Britany. Foi tudo de mentira, eu só nunca tinha beijado desse jeito e isso fez com que eu sentisse umas coisas novas e esquisitas.

Minha prima me olha, arqueando uma sobrancelha bem delineada.

— Eu não fico julgando o fato de você ficar babando pelo Guilhermo.

Britany fica vermelha e eu acabo rindo.

— Eu só o acho bonito.

— E eu só gostei de ter beijado. Acho que teria gostado mais se fosse outra pessoa.

— Se você diz...

Estou prestes a retrucar quando o aplicativo de mensagens aberto no meu navegador apita. Abro e vejo uma mensagem de Alex no grupo em que Britany e Guilhermo também estão.

Alex, filho de satã: Abriram o edital do concurso!

Alex, filho de satã: Estela, leia tudo, mas te conhecendo, sei que vai decorar cada palavra.

Ele envia o link do site em seguida e eu abro o edital, lendo rapidamente e descobrindo que o início do concurso será no Dia dos Namorados e que a primeira fase é bem simples na verdade: contar sobre como se conheceram. Os casais com os vídeos mais curtidos passam para a segunda etapa, que ainda é um mistério.

Sinto a adrenalina percorrer meu corpo. Está acontecendo. A chance de eu ganhar duzentos e cinquenta mil reais.

É a segunda vez em menos de uma semana que estou no quarto de Alex, só que hoje não estamos prestes a gravar vídeos de beijos, mas, sim, sentados lado a lado em frente à sua mesa com tampo de vidro e fazendo um roteiro para o vídeo que iremos gravar para o concurso, estamos prestes a fazer um compilado de mentiras.

— Podemos falar a verdade — ele diz, tamborilando minha caneta em cima do meu caderninho.

Olho para a página em branco do Word no computador de última geração dele, o cursor piscando depois de apagarmos três vezes nossas ideias de começo perfeito. As matérias acumuladas da faculdade ficam de lado, mesmo que a semana de provas esteja mais próxima do que gostaríamos.

— Que verdade?

— A de que nos conhecemos na faculdade, podemos relembrar aquele primeiro dia — Alex explica, desenhando quadrados na margem da página amarelada.

— O dia em que você disse que eu seria mais bonita maquiada e falando de moda?

— Eu não disse isso.

— Claro que disse. Você me olhou como se eu fosse repugnante e uns dois segundos antes disso, eu realmente te achei gato, mas então você abriu a boca e fez com que eu questionasse minha própria aparência depois de passar mais de duas horas escolhendo a roupa perfeita para meu primeiro dia na faculdade porque naquela época, eu não precisava me preocupar com crises de pânico, só com garotos, roupas bonitas e meu canal cada vez maior no YouTube.

— Eu te achei bonita, na verdade.

Esbugalho os olhos, olhando para Alex como se ele tivesse me revelado que tem um sexto dedo no pé ou algo assim.

— Não precisa mentir para fazer com que eu me sinta melhor, eu só te achei bonito por dois segundos mesmo, porque o encanto sempre acaba quando você abre a boca.

Alex me lança um olhar carregado de desdém e cruza os braços. Acabo rindo bem nesse momento, pois seus óculos escorregam para a ponta do seu nariz.

— Ah, não fica assim, Martinelli, você já tem mais de cinco milhões de garotas ávidas para massagear seu ego, não precisa esperar isso da sua falsa namorada também.

Sorrio porque não falei no sentido de magoá-lo, mas de provocação, da mesma maneira que eu fico incomodando Britany com seus ativismos, como amiga. Lembrar do meu primeiro encontro com Alex apenas faz com que essa situação seja mais engraçada ainda, porque ao arrumar um falso namorado, encontrei um amigo com um ego gigante, mas que ainda assim foi capaz de ouvir meu maior segredo sem me julgar.

— Eu realmente te achei bonita — ele ressalta, fazendo um beicinho. — Disse aquele negócio de falar sobre maquiagens porque as meninas que fazem isso são lindas. Até hoje achava que tinha sido um elogio, mas agora entendo por que não gosta de mim.

— Também era por causa do professor Ramon. Acho injusto você sempre ter a nota máxima e eu não.

— Hã?

— Meu sonho secreto é tirar dez com o professor Ramon.

— Por quê?

Mordo o lábio, sem saber o que responder. Não tenho mais tido tempo de pensar na minha quedinha pelo professor de Literatura, e apesar de eu me esforçar bastante nas aulas, o desejo de ser a melhor acabou ficando em segundo plano e somente agora percebo isso.

— Você tem um crush no professor! — Alex diz, quase pulando da cadeira, rindo tanto de mim que chega a jogar a cabeça para trás.

Minhas bochechas coram e eu cruzo os braços, não querendo dizer mais nada para que ele não continue a rir de mim. Isso é o que dá baixar a guarda perto do meu inimigo da faculdade.

— Vamos terminar o roteiro — digo, decidida a ignorar a forma como ele parece estar se divertindo às minhas custas.

— Me conta isso direito. — Ele volta a sentar ao meu lado, me lançando um daqueles sorrisos zombeteiros. — Jamais pensei que minha pequena Estela fosse atraída por quarentões.

Completamente envergonhada, afasto a cadeira e olho para o espaço grande embaixo da mesa. Não posso ir embora, mas isso não quer dizer que tenha que ficar ao lado dele.

Ainda ouvindo as risadas de Alex, pego meu caderno e a caneta e me sento no chão, embaixo da mesa de vidro, esticando as pernas e apoiando as costas na parede.

— Sério que vai ficar aí? — Ele me olha através do tampo de vidro, ainda sorrindo.

— Vamos logo com essa droga de roteiro.

Alex se esforça para parar de rir e digita.

— Acho que podemos usar esse negócio de eu te elogiar e você entender errado. Ficaria engraçado e daria para dizer que nos apaixonamos depois de passarmos algum tempo apenas brigando.

— Parece o típico filme clichê adolescente.

— As pessoas amam um bom clichê.

Dessa vez não tenho argumento e o deixo divagar enquanto digita rapidamente o começo da nossa "história de amor".

— Que tal dizermos que você se apaixonou por mim primeiro? — Alex pergunta, batendo com o dedo no tampo da mesa para chamar minha atenção.

— Até em um vídeo contando mentiras, eu tenho que satisfazer seu ego enorme?

— Então o que sugere?

Mordo a ponta da caneta, pensando em todos aqueles livros de romance que amo e que costumava ler as pencas antes de desanimar com tudo. Qual o tipo de história de amor que me fazia rir sozinha e desejar algo assim para minha vida?

— Podemos dizer que nos apaixonamos sem perceber. Um dia você me olhou e viu algo a mais em mim, não uma garota com a roupa sempre cheia de pelos de gato e com o rosto enfiado nos livros, mas o tipo de garota que fazia seu coração acelerar sem ao menos entender o motivo. Não podemos contar para os outros que você me transformou em alguém bonita, mas que me achava bonita e interessante antes do cabelo arrumado e da maquiagem escondendo minhas olheiras, pode falar que meu jeito controlador te irrita e que eu fico nervosa sem motivo.

Alex está com a cadeira afastada e o corpo inclinado, seus olhos completamente focados em meu rosto. Por algum motivo, isso faz com que minha boca fique seca.

— Eu não te acho bonita porque está com maquiagem e o cabelo arrumado, Estela. Agora mesmo está com os cabelos bagunçados e sem maquiagem e eu estou te achando linda.

Abro a boca, mas ao invés de palavras, o que escapa dela é um soluço. Bato em meu peito, tentando fazer parar, mas isso apenas faz com que os soluços continuem.

— Ficou emocionada, Estela?

Sacudo a cabeça e Alex começa a rir.

— E como você se apaixonou por mim? — Ele cruza os braços, pouco compadecido com minha crise de soluços.

Pego minha mochila no chão e pesco de dentro dela minha garrafa d'água, pensando no que responder enquanto tomo um longo gole, finalmente conseguindo fazer os soluços pararem.

— Como... como eu me apaixonei por você?

— Sim. Já que você tem uma grande criatividade, a use por nós dois.

Estalo os dedos, pensando no que as mocinhas dos livros sempre diziam ao se declararem.

— A gente fala que eu me apaixonei por você completamente sem querer. Que em um dia te achava irritante, mas em outro, não conseguia olhar para você sem sentir que meu coração iria saltar do peito. De alguma forma, eu consegui descobrir que por trás da fachada de garoto irritante, existe alguém gentil e que...

— E quê?
— Eu não sei, Alex. Todas as minhas paixões até hoje foram impossíveis, então não sei dizer.
— O que você gosta em mim, Estela? Eu sei que é um pouco difícil, mas pense.
Encolho-me mais, abraçando meus joelhos. Eu já detestei Alex e o apelidei de filho de satã, mas agora, com toda essa situação em que tivemos que nos unir, não consigo mais pensar nele como um garoto ruim, apenas um pouco narcisista.
— Eu não sei dizer o que eu gosto em você exatamente, Alex, mas posso garantir que não consigo mais pensar da mesma forma de antes, não quando você divide seus lanches comigo, me dá vestidos que eu sequer sonhei em comprar e me carrega através de um estacionamento porque acreditou na minha mentira sobre ter problemas renais e ainda, quando descobriu o que eu tinha, se propôs a me ajudar mesmo sem entender. Não, talvez não seja porque me dá lanches e vestidos, isso seria mentira, acho que é porque simplesmente me trata com gentileza e não faz com que eu me sinta uma garotinha indefesa, como minha família às vezes me trata, mesmo que sem querer.
Paro de falar, mordendo o cantinho da boca. Acho que isso não é nada romântico, mas o que podia dizer? Que antes de optarmos por mentir para todos não éramos próximos o suficiente para saber nada além da aparência do outro?
— Você é uma garota gentil — Alex fala sem me olhar, concentrado em digitar. — Não é nada romântica, mas com certeza, é gentil.
— Então pode dizer que eu era perdidamente apaixonada por você. — Eu me rendo com um suspiro, apoiando a cabeça nos joelhos.
— Não porque é mais fofo dessa forma.
— Eu não te entendo, sabia?
— Bem-vinda ao grupo, pequena.
Levanto a cabeça diante da última palavra, mas ele parece ainda mais concentrado na tela do computador e eu continuo em silêncio, por mais estranho que seja estar embaixo da mesa dele, me sinto confortável dessa forma.
— O que acha de eu fazer uma surpresa de Dia dos Namorados para você e encaixar no vídeo? — Alex pergunta alguns minutos depois.
— Se você acredita que ficaria bom...
Meu celular vibra e eu o pego no bolso da minha mochila, vendo que é o aplicativo do banco. Eu o abro e vejo que acabei de receber o dinheiro do patrocínio das balas.
— Por que está sorrindo como o gato da Alice?
— Eu recebi minha parte do dinheiro do vídeo das balas!
Fico tão animada que tento sair rápido de baixo da mesa e acabo batendo a cabeça. Sinto a mão de Alex em meu cotovelo e ele me ajuda a levantar, esfregando o lugar onde eu bati.
— Isso doeu — resmungo.

Mordo o lábio quando percebo o quão próximo estamos. Consigo até sentir o cheiro da bala de cereja que ele está chupando e isso me lembra todos aqueles beijos que demos. Meu rosto arde e uma onda de calor varre meu corpo.

— Você está bem? — ele questiona, mexendo em meus cabelos, o contato da ponta de seus dedos em meu couro cabeludo não ajuda muito. — Está vermelha. Deve tá doendo, não é? Acho que fez um galo.

Não respondo e me aproximo mais dele, tanto que nossas bocas estão a centímetros uma da outra.

Alex passa a mão por baixo dos meus braços e me ergue até que eu fique em seu colo. Apoio as mãos em seus ombros e esqueço de qualquer limite quando o puxo para me beijar.

A boca dele tem gosto de pasta de dente e eu suspiro no instante em que nossas línguas se tocam, percebendo que estava ansiosa por esse beijo e o seu toque.

Alex passa a mão por minhas costas até que seus dedos toquem em minha pele, por baixo da camiseta. Adoro o toque e me esfrego mais em seu colo, sentindo o espaço entre as minhas pernas pulsar com o movimento.

Sinto quando ele levanta e não paro de beijá-lo enquanto Alex me deita na cama e fica por cima de mim. Gosto de como meus pensamentos ficam calmos durante o beijo e tudo o que passa a importar é a forma como iremos nos tocar em seguida.

Seguro a barra da camiseta dele e nos afastamos um pouco para que ele possa tirá-la e nesse instante, nossos olhares se encontram e eu percebo que ele também me deseja e me sento rápido na cama, por pouco não batendo minha cabeça na dele.

Diante dos olhos arregalados de Alex, tiro minha camiseta e fico apenas com um sutiã simples e branco. A forma como ele olha para os meus seios faz com que eu fique envergonhada, mas não dura muito porque voltamos a nos beijar.

Os dedos dele sobem por minhas costelas e chegam ao meu seio e eu gemo de encontro a sua boca no instante em que acaricia a pele sensível. Nunca tinha sentido nada tão intenso assim e é bom.

Também acaricio o corpo dele, deslizando as mãos por suas costas e gostando de como a respiração dele se torna mais ruidosa com meu toque. Alex se afasta e beija meu queixo e em seguida, começa a descer, passando pelo pescoço e parando no espaço entre meus seios.

Engulo em seco no momento em que ele puxa o sutiã para baixo e deixa meu seio direito exposto. Alex sorri e então chupa meu mamilo e a sensação vai direto para o meio das minhas pernas.

Puxo os cabelos dele, não sabendo direito se para afastá-lo, ou se para que continue porque é uma sensação deliciosa. A boca dele é quente e a cada vez que chupa meu seio, eu sinto que sou levada ao limite do desejo.

Gemo um pouco mais alto quando Alex acaricia minha barriga com a ponta dos dedos e chega ao cós da minha calça, passando a chupar meu outro seio e me deixando ainda mais sensível.

No momento em que ele abre o botão da minha calça e eu sinto sua mão dentro da minha calcinha, volto a razão e o empurro, ajeitando meu sutiã rapidamente enquanto encontro o olhar assustado dele.

— Não... não sei o que deu em mim — digo rápido e pego minha camiseta na cama bagunçada.

— Desculpa — Alex fala e pega a camiseta, levantando rápido e ficando de costas para mim.

— Está tudo bem — minto e respiro fundo.

Acho que fiquei empolgada com o dinheiro. Vou poder pagar a rematrícula e ajudar em casa, acho até que meu pai consegue dar a entrada do conserto do carro, embora ache que terei que obrigar meus pais a aceitarem o dinheiro.

Levanto da cama e me sento na cadeira, girando de um lado para o outro na tentativa de acalmar meu corpo, que ainda está bem quente depois do amasso que demos na cama. Estou envergonhada por ter ido tão longe e não olho direito para Alex quando ele senta ao meu lado.

— Será que eu conto a verdade e digo que foi de patrocínio? — pergunto, tentando mudar de assunto.

Ouço o suspiro de Alex e quando olho para ele, percebo que está com uma expressão estranha.

— O que foi?

— Nada — ele sacode a cabeça e tenta arrumar os cabelos bagunçados. A boca dele está avermelhada dos beijos que trocamos e acha que a minha deve estar da mesma maneira. — Apenas acho que não estou acostumado com alguém se importando comigo, então não sou bom em dar explicações.

— Seus pais não se importam com você?

— Não é isso... é que meu pai... ele já acha que eu sei me virar sozinho e estou indo bem.

— E a sua mãe?

Alex morde o lábio e por um segundo parece um menino, os olhos meio perdidos e a expressão triste.

— Eu não tenho mãe... quer dizer, claro que eu tenho, mas ela foi embora quando eu era apenas um bebê e tem Paola, mas ela apenas gosta de fingir perto do meu pai que se importa.

Fico boquiaberta. Acho que por crescer em uma família unida e feliz, nunca parei para pensar que outras pessoas não tinham a mesma sorte. Claro que quando eu estava na escola, vários amigos tinham os pais separados, mas eles insistiam que era melhor assim. Olhando agora para Alex, percebo nele uma fragilidade que nunca vi antes.

— Não sei por que estou te falando isso. — Ele sacode a cabeça e coça a nuca, um gesto que faz muito quando está desconfortável. — Acho que porque não entendi sua preocupação no começo, mas sabendo como seu pai é protetor, corro um sério risco de ele ver aquele vídeo e vir me dar uns tapas.

Acabo rindo diante da preocupação dele porque não é do seu feitio ser intimidador, na verdade sempre foi o mais calmo e brincalhão lá de casa, mas isso foi antes de eu apresentar um namorado a ele. Agora papai gosta de se fazer de bravo e perguntar até que horas eu volto.

— Ele não vai fazer nada com você — digo, ainda rindo. — Até agora ninguém comentou nada sobre o vídeo lá em casa e quando eu chegar com dinheiro, a conversa vai girar em torno disso e é claro que em como eu fui fútil por aceitar te beijar em frente a uma câmera para conseguir isso.

— Eu acho que no final vão ficar gratos por você estar se esforçando tanto.

— Não acho que eu esteja me esforçando tanto assim.

— Por quê?

— Eu pensei que seria uma martírio ter que ficar tanto tempo ao seu lado e fingindo gostar de você, mas não está sendo ruim, eu sempre acabo rindo e Deus sabe quanto tempo fazia que eu não ria de verdade e só fingia para deixar minha família feliz.

— Comigo você não precisa fingir que está bem, Estela. Pode me falar o que precisar, sei que estamos nessa por causa do dinheiro, mas não quer dizer que não podemos nos tornar amigos.

Faço que sim e decido que é bom que sejamos amigos, mesmo que amigos não deem um amasso na cama do jeito que fizemos ainda pouco.

24

Dia dos Namorados

Alex

Eu me sinto ridículo parado no meio dessa praça com esse urso enorme em meus braços. Tudo bem que as garotas que passam por mim riem, algumas estudantes até mesmos cochicham com as amigas e tiram fotos minhas, mas ainda que achem fofo, tudo o que penso é no quão pateta estou parecendo.

Olho para Guilhermo, entre as árvores com a câmera posicionada e contenho a vontade mostrar o dedo do meio para ele, como quando éramos mais novos. Meu amigo ridículo acena, mal contendo o riso.

Britany, a amiga de cabelos cor-de-rosa de Estela, está ao lado dele, mal contendo as gargalhadas. Desconfio que ela riria para Guilhermo até se ele falasse a palavra Iugoslávia.

Olho ao redor, ansioso para que Estela apareça de uma vez. Ela disse que teria que ir à feira com a mãe e só depois vir aqui para gravarmos a parte final do vídeo. A primeira gravamos no dia em que fizemos o roteiro e tive que parar umas quatro vezes para que ela parasse de corar ou soluçar. Preciso admitir que eu também fiquei um pouco afetado pelo que fizemos em minha cama e tive que me esforçar muito para agir normalmente. Pesquisar sobre ansiedade e como as pessoas ansiosas se sentem me ajudou a entendê-la melhor e cara, não sei como ela conseguiu manter segredo do que estava passando por tanto tempo. Ela teve a vida virada de pernas pro ar, abandonando o canal no YouTube que fazia sucesso e se afastando da faculdade logo no início do semestre, o que me lembra que decidi ajudá-la na semana de provas que começa segunda-feira.

Volto minha atenção para a rua e a vejo do outro lado da avenida do parque Municipal. Está usando um vestido verde de mangas compridas e botas de cano curto, os cabelos ruivos estão se agitando com o vento. Sinto uma coisa estranha no peito conforme a vejo correr em minha direção, mesmo sabendo que tudo o que fazemos é mentir diante das câmeras.

Lembrando que precisamos ser românticos, abro os braços quando ela se aproxima e Estela entende, vindo para mim e fazendo com que eu dê um passo para trás quando me abraça forte, deixando o urso gigante e ridículo entre a gente.

— Desculpa o atraso, minha mãe começou a brigar com uma mulher pela última abobrinha e eu não impedi porque queria muito ver o que iria acontecer.

Acabo rindo da forma esbaforida como ela se explica, aspirando o cheiro de flor de seus cabelos macios.

— Isso é para mim? — ela pergunta quando se afasta, olhando para o urso bege com um tope vermelho e dourado amarrado no pescoço com os olhos brilhando.

— Sim. É seu presente de Dia dos Namorados — falo de um modo resignado.

— Mas é meu mesmo? — Ela se inclina em minha direção, sussurrando de um jeito conspiratório. — Ou precisamos devolver mais tarde?

— É seu mesmo.

Estela sorri, um tipo de sorriso que faz com que meu estômago dê uma cambalhota e meu coração praticamente quique contra minhas costelas.

— Não acredito! — Ela pega o urso de meus braços, fazendo com que eu perceba que ela é apenas um pouco maior que ele. — Eu sempre quis um urso gigante, Alex! Era tipo meu sonho secreto, depois de tirar dez com o professor Ramon é claro.

Não conseguindo controlar o riso, me aproximo dela, afastando os cabelos de seus ombros e aproximando minha boca de sua orelha.

— Eu estou com uma lapela embaixo da blusa, então estamos gravando tudo, Estela, e isso foi tão fofo que com certeza irei manter no vídeo.

Ela faz uma careta, prestes a retrucar, mas nesse momento Britany e Guilhermo se aproximam.

— Ficou boa a cena — ele diz, parecendo estar achando tudo ridículo. — Agora vamos continuar. Acho que se gravarmos vocês andando de mãos dadas fica ótimo para finalizar.

— Tudo bem — concordo e olho para a Estela, ainda maravilhada com o urso. — Temos que levar esse bicho junto?

— Eu fico com isso — Britany diz e pega o urso de Estela. — Você foi meio brega, Alex.

— Eu gostei — Estela diz baixinho, me fazendo rir.

— Comecem a andar — Guilhermo manda, mal-humorado, mas isso é só porque ele fica até de madrugada jogando e fazendo live para os outros nerds que amam jogar e está sempre com sono.

Pego a mão de Estela e vou em direção a uma parte bonita do parque onde há um chafariz no chão, desligado agora que estamos no inverno. A mão dela está fria e eu a coloco no bolso do meu casaco, observando os vários outros casais andando juntos e aproveitando o Dia dos Namorados, mesmo sendo quarta-feira, um dia em que a maioria deveria estar trabalhando.

Enquanto ando, observo os buraquinhos no chão, compondo o enorme desenho de um girassol que sequer dá para ver quando a fonte está ligada.

É um dos lugares mais bonitos da cidade, mas que eu quase nunca venho aqui.

— Está muito quieto hoje — Estela observa, apoiando o queixo em meu ombro, parecendo muito com um filhotinho de gato que eu tinha quando criança que adorava fazer isso. Infelizmente Paola era alérgica e eu tive que dá-lo a Guilhermo.

— Estou só...

— Aí!

Olho para baixo, para ver o que fez com que Estela gritasse, e vejo o salto da sua bota preso em um dos buracos da fonte. Abaixo-me para ajudá-la e bem nesse momento ouço um ruído.

— Não acredito — resmungo, me apressando para livrar o pé dela.

Menos de um segundo depois, a fonte é ligada e um jato bate bem em meu rosto, enquanto vários atingem Estela que grita, assustada e ficando encharcada a cada segundo.

As pessoas que estavam ali correram a tempo, mas infelizmente minha garota conseguiu fazer o improvável e graças a isso, estou molhado, com frio e sequer sei se toda essa água que está me atingindo é limpa.

Sem alternativa, abro o zíper da bota de Estela e a levanto, me aproximando dela e passando um braço por trás de seus joelhos e firmando suas costas, carregando-a em meus braços. Ela arregala os olhos quando vê que está sem um sapato.

— Eu te dou outros dez — resmungo e começo a andar com ela, tentando encontrar uma saída pelo meio de vários esguichos de água.

Olho para Estela percebendo que ela já está com os lábios roxos de frio. Apresso-me e por fim consigo sair.

— Isso foi intenso — Guilhermo fala quando paramos na sua frente.

— Parecia cena de filme — acrescenta Britany.

— Eu realmente gostava dessa... dessa bota — diz Estela, tremendo de frio em meus braços.

— Eu te dou outra — resmungo mais uma vez, encharcado, com frio e com os braços já doendo. Não que ela seja pesada, mas a segurando assim meio que cansa.

O corpo de Estela treme contra o meu e ela me olha, seu pé descalço, com uma meia ridícula rosa neon, balançando.

— O... o que fazemos agora? — ela pergunta.

— Vou te levar para casa para trocar de roupa e dar tempo de irmos pra aula — digo, já andando e atraindo mais olhares, mas agora por estar encharcado e com uma garota em meus braços que tem rímel escorrendo por todo o rosto, parecendo muito uma personagem de filme de terror.

— Vamos molhar seu carro, pensei que odiasse sujeira no carro.

— Estela, se continuar assim vai ficar doente e não queremos isso. Agora pegue a chave do carro no meu bolso e destrave o alarme.

Ela faz o que eu peço e eu a coloco no banco do carona.

— Seu cabelo está pingando — diz e afasta uma mecha da minha testa. — Estamos mais perto da sua casa. Não é melhor você se trocar antes de mim? Pode ficar doente também e a culpa foi minha por não ter visto onde pisava...

— Foi um acidente. Não fico doente fácil e por isso vou te deixar em casa e depois ir trocar de roupa.

Estela me olha com uma expressão que deixa bem claro o quão idiota está me achando.

— Primeiro eu perdi minha bota favorita e agora tenho que ouvir que meu namorado falso acha que é imune à gripe. Patético, Martinelli.

Olho para ela, a vendo de braços cruzados e tremendo de frio. Estendo o braço em direção ao banco de trás e pego o moletom que emprestei para ela outro dia.

— Vista isso.

— Alguém me viu usando seu moletom semana passada, tirou uma foto e postou no Twitter chamando que somos o casal mais fofo do mundo e me chamaram de vadia oportunista também.

A forma como ela suspira no final da frase deixa claro que o jeito como algumas pessoas a julgam acabam a magoando. Estela não é como eu, que consigo ignorar, eu sei que fica pensando nas ofensas que dizem e se perguntando se é mesmo como julgam.

— Você sabe que não é nada disso, não é? — pergunto e afasto uma mecha de cabelos molhados de sua testa.

Depois daquele dia no meu quarto, ando tocando muito em Estela, não como algo planejado, mas quando percebo, estou com os dedos enroscados nos seus, ou então colocando seus cabelos atrás da orelha. Pequenos toques que fazem com que as pontas de meus dedos formiguem.

— Eu sei, mas isso não me impede de pensar como se fosse. Sei que estamos nesse plano juntos e que nenhum está enganando o outro, mas e quanto as outras pessoas? E se tudo der errado em algum momento, Alex? Eu sei que tenho tendência a encontrar problemas e pensar sem parar neles, me esquecendo da solução, mas ainda assim o que estamos fazendo não deixa de ser errado.

— Estela, a maioria já sabia dessa concurso antes mesmo do início. Alguém do marketing da *Frescolé* deixou escapar e provavelmente com o intuito de fazer as pessoas se mobilizarem para participar. As vendas deles aumentaram em dez por cento no momento em que o boato começou a correr. Acha mesmo que todos os vídeos que estão saindo foram feitos em quarenta e oito horas? Os casais já estavam preparados.

— Acha mesmo?

— Eu tenho certeza. Sabe quem me contou sobre o concurso? O Ricardo, aquele cara da festa de um milhão de inscritos. Ele vai participar com a namorada também.

Estela respira fundo e balança a cabeça. Percebo que ela faz muito isso quando fica nervosa.

— Tem mais alguma coisa que esteja te preocupando? — pergunto com delicadeza, pois, de acordo com minhas pesquisas, quem tem ansiedade pode se sentir mais ansioso com detalhes tão pequenos que a maioria das pessoas sequer notam.

— Meus pais ficaram felizes com o dinheiro, mas me pediram para não me expor dessa forma por eles porque não estão desesperados. Eu não estou fazendo isso para que se sintam gratos e me agradeçam, apenas porque sinto que preciso ser útil e não alguém com quem não podem contar. A forma como meu pai pareceu bravo quando o Felipe disse que assistiu ao vídeo e como minha mãe pareceu preocupada e magoada também não sai da minha cabeça. Eu só queria que eles tivessem visto que estou tentando e que sei que está difícil, mas que eu posso ajudar, e Alex?

— Sim?

— E se eles ficarem mais magoados quando souberem que eu fingi namorar você para ter mais dinheiro? Meus pais são apaixonados e querem que os filhos conheçam o mesmo tipo de amor. Quando a gente não estiver mais juntos, irão querer saber a verdade e não acho que conseguirei continuar mentindo.

Estela me olha, parecendo pequena e indefesa com os olhos brilhando de lágrimas não vertidas. A forma como ela navega de um problema ao outro rapidamente apenas mostra o quanto mentir está sendo desgastante para ela.

— Eu vou contar a verdade a eles quando tudo chegar ao fim — afirmo, tomando a decisão neste instante. — Vou dizer que tudo foi ideia minha e que insisti porque precisava do dinheiro tanto quanto você. Ficarei do seu lado até que tudo esteja bem.

— Promete?

— É claro, Estela. Vamos continuar nos apoiando até o final.

Ela sorri, parecendo aliviada, e eu sinto que perco um pouco o rumo diante desse sorriso.

25

Fracasso x triunfo

Nunca pensei que veria Alex Martinelli nesse estado, até mesmo pisco algumas vezes para verificar se não estou enxergando errado e ele é o mesmo cara que ontem ficou se gabando por não ficar doente fácil.

— Você está bem?

Ou foi atropelado por um caminhão no caminho até a biblioteca.

A resposta dele é revirar os olhos e se sentar na cadeira em frente à minha, do outro lado da mesa que consegui encontrar em um canto afastado da biblioteca da faculdade, e retirar o notebook prata de dentro da mochila preta. Quando Alex me olha, percebo as olheiras em sua pele normalmente clara e os cabelos revoltos e cheios de tufos, nada daqueles penteados estilizados que usa sempre.

— Acho que você não está bem — murmuro baixinho, abrindo meu próprio laptop. — Não quer ir pra casa descansar? Posso estudar sozinha de boa.

— Prometi que iria te ajudar com a semana de provas e tem muita matéria que preciso te explicar porque perdeu...

Ele para de falar, tendo uma crise de tosse que faz com que algumas pessoas parem o que estão fazendo para nos olharem, mesmo que a gente esteja mais isolado nesse canto, próximo a uma vidraça que tem vista para o prédio de Direito.

— Aqui, tome isso — falo e entrego a ele o chá de gengibre com mel que minha mãe fez mais cedo, quando soube que eu tinha me molhado.

Alex pega meu copo térmico com desenhos de pelicanos rosas e toma um gole, fazendo uma careta em seguida.

— É o chá para gripe da minha mãe — comento, deslizando meu notebook para o outro lado e me levantando, indo me sentar próxima dele.

— Não é muito bom, geralmente o que sua mãe cozinha é ótimo.

Acabo rindo porque Alex é fã número um da comida da minha mãe, até mesmo virou cara de pau o suficiente para pedir que eu traga bolo de milho com queijo e goiabada para ele.

Alex me entrega o copo e seus dedos gelados esbarram nos meus, fazendo com que meu coração acelere de uma forma estranha.

Ultimamente isso anda acontecendo muito e busco em minha memória se tomei meu remédio, ou se por acaso o deixei atrasar de novo porque só isso seria a explicação lógica para eu me sentir desse jeito.

— Tem algo te incomodando? — Alex pergunta, ficando de lado na cadeira e olhando para meu rosto. Ele tem feito muito isso desde que contei sobre minhas crises de ansiedade e não é como a maioria das pessoas que sabe e imagina que eu esteja ansiosa. Alex sabe que se eu não estou bem, então tem um motivo para isso, mesmo que seja besteira para os outros.

— Estou bem.

Ele me olha por mais alguns segundos e então balança a cabeça.

— Pensei em uma forma de te ajudar — Alex fala enquanto abre seu caderno, que é surpreendentemente organizado.

— Ajudar em quê?

— Com a ansiedade. Eu li que atividade física é ótimo para pessoas ansiosas.

Faço uma careta, lembrando do que a psiquiatra me aconselhou na última consulta.

— Eu não sou muito fã de academia.

— Podíamos caminhar juntos então.

A forma como Alex se inclui na equação me faz sorrir, assim como seu esforço para entender o que tenho e me ajudar.

— Por que está sorrindo?

— Obrigada por buscar entender o que eu tenho. Sério mesmo, a maioria das pessoas que não convivem diariamente comigo, tipo meus tios e avós, acha que eu sofro de faniquito, ou de doença de rico. Você é a primeira pessoa de fora que me oferece ajuda sem julgar.

As bochechas de Alex ficam vermelhas e ele coça a nuca, parecendo envergonhado.

— Que tal a gente começar a estudar?

Balanço a cabeça, concordando, mas não consigo evitar de rir da forma como ele fugiu do assunto.

Mesmo que seja outono, o clima de inverno está cada vez mais presente e observo como Alex continua a tossir e espirrar, seus dedos cada vez mais gelados esbarrando nos meus de vez em quando. Insisto para que ele vá para casa e perca as aulas de revisão da noite, mas Alex insiste que vai me ajudar com as provas porque eu perdi muitas matérias importantes.

Essa atitude dele me faz baixar a guarda como nunca e não consigo mais olhar para ele e ver o Alex cria de satã, mas, sim, Alex, meu amigo.

— Quer que eu vá comprar algo quente para você tomar? — ofereço quando finalizamos as matérias de filosofia da educação.

Alex me olha, as olheiras escuras deixando seu rosto bonito mais pálido, além dos cabelos meio ondulados formarem tufos em sua cabeça. Ele ajeita os óculos, parecendo exausto.

— Não precisa — diz por fim, pegando outro calhamaço de cópias.

Com um suspiro, estico a mão e alcanço minha mochila, pegando a manta fofinha que minha mãe colocou ali antes de eu sair de casa, dizendo que a biblioteca ficaria gelada e eu acabaria precisando.

Coloco a manta por cima dos ombros de Alex, ajeitando para que ele fique bem coberto.

— Não tenho como virar as páginas desse jeito, Estela.

— Eu faço isso.

Alex parece cansado demais para me contestar e seguimos com a programação de estudos, ele me explicando o que não consigo entender direito e eu verificando se está com febre.

— Acho melhor ir para casa e deixar que cuidem de você — digo, ao finalizarmos o cronograma de estudos do dia, próximo do horário de começarem as aulas da noite.

— Não tem quem cuide de mim — ele diz com voz rouca, depois de um acesso de tosse.

Lembro do que ele me falou há alguns dias e sinto algo esquisito em meu peito. Tenho sorte por ter quem cuide de mim, não é?

— Vamos pra minha casa — afirmo e guardo nossos materiais.

— Por quê?

— Porque você está doente, ou podemos ir ao médico também.

— É só uma gripe, Estela. Já tive isso tipo um milhão de vezes, mas obrigado por se preocupar.

— Alex...

— A mãe do Guilhermo tentou cuidar de mim antes e isso só me fez perceber tudo o que eu não tenho. Não preciso passar por isso de novo. Já tenho quase vinte anos.

— Quer dizer que por ter quase vinte anos é uma ilha e pode ficar sozinho?

— Não, mas quer dizer que eu posso lidar com uma gripe sozinho sem que minha namorada me leve pra casa e queira obrigar a família a cuidar de mim.

— Mas como sua namorada não seria isso algo esperado?

Alex sorri, se livra da manta e se aproxima de mim, segurando meu rosto com as duas mãos. Arregalo os olhos quando ele se aproxima e não consigo não sorrir quando os lábios quentes dele tocam minha testa, me beijando de um jeito carinhoso.

— Você é muito fofa, garota.

— Se você continuar a agir dessa forma, pode fazer com que eu ache que está começando a gostar de mim — digo em um tom de brincadeira.

— Mas eu gosto de você, Estela. Formamos o tipo de amizade mais esquisita que já vi.

— Não posso discordar.

Há algo na forma como ele sorri que faz com que meu coração tropece nas próprias batidas e não consigo relacionar isso com minha ansiedade, não quando o sorriso cansado dele parece ser um dos mais bonitos que já vi.

A maratona de estudos continua e Alex consegue melhorar da gripe com os chás que levo para ele e os remédios que insisto que tome. Ao mesmo tempo em que nos concentramos em estudar, também vemos as visualizações e likes do nosso vídeo para o concurso aumentarem consideravelmente, fazendo com que fiquemos em primeiro lugar empatados com Ricardo, aquele amigo de Alex, e sua namorada, uma garota linda de cabelos loiros e sorriso gentil.

Estou mais ansiosa hoje. É o início da semana de provas e mesmo sabendo que estudei muito, não me sinto segura e o medo de perder a bolsa de estudos me domina porque não adianta de nada ter o dinheiro da rematrícula se eu não passar nas provas.

— Você parece prestes a chorar — Britany observa enquanto andamos pelos corredores da faculdade. Sempre gostamos de andar juntas pelo prédio, ver as outras turmas e simplesmente conversar.

— Só estou um pouco nervosa. Hoje serão duas provas.

— Pensei que tinha estudado com Alex.

— E estudei, ainda assim estou com medo de me dar um branco e eu não conseguir responder nada.

— Você vai arrasar, garota!

Britany não se liga que a palavra arrasar pode ser usada tanto para o fracasso quanto o sucesso. Tipo, as provas estavam tão difíceis que fiquei arrasada, ou as provas estavam fáceis e eu arrasei.

Depois de mais algumas voltas, sou obrigada a ir para a sala e me sentar ao lado de Alex, que parece infinitamente mais tranquilo do que eu enquanto tamborila a caneta na mesa, fazendo de conta que está tocando bateria.

— Tiraram fotos da gente na biblioteca aquele dia — ele fala e abandona a caneta, pegando o celular e desbloqueando a tela.

Olho para uma série de fotos nossas em um Instagram de subcelebridades. A sequência começa com a gente apenas estudando, passando pela parte em que eu cubro Alex com minha manta e sendo finalizada com ele beijando minha testa. A legenda exalta o quanto somos um casal fofo e apaixonado.

— Os likes do nosso vídeo dispararam desde que isso foi ao ar — Alex fala, sorrindo. — Agora estamos na frente do Ricardo, em primeiro lugar!

Ele me segura pelos ombros, parecendo empolgado e feliz. Eu sorrio, sabendo que nosso plano está dando muito certo.

— Agora vamos detonar nessas provas também — continua, animado.

— Vamos.

Claro que minha voz não soa nem de perto tão animada quanto a de Alex, mas não quero ser uma estraga prazeres e dizer que estou completamente apavorada com a possibilidade de fracassar.

26

Porto seguro

Alex

Ela não sorri.

Por mais que eu me esforce, Estela continua sentada ao meu lado com uma expressão assustada e eu sei que para quem tem ansiedade, uma semana de provas deve ser semelhante a andar sobre cacos de vidros.

— Ei, garota — digo e alcanço sua mão pequena, entrelaçando meus dedos nos seus. — Estamos juntos nessa, certo?

Estela me olha, parecendo ter noção da minha presença somente agora. Ela força um sorriso que não chega a seus olhos castanhos e bonitos.

— Estou com medo de não conseguir — ela confessa baixinho. — Sabe aquela sensação de nadar e morrer na praia? Sinto-me sempre assim quando a ansiedade me vence. Agora mesmo sinto meu estômago arder e as palmas das mãos suarem como se algo terrível fosse acontecer comigo. Eu tomei o remédio, pratiquei a respiração diafragmática como a psicóloga me ensinou, mas ainda assim ajo como se qualquer sopro fosse conseguir me derrubar, ou então viesse uma grande onda e me levasse para o fundo do mar. Ter crise de ansiedade é como estar sempre se afogando, Alex. Eu falo demais e rápido e fico sem ar e me sinto tão tola...

— Então me considere sua âncora, Estela. Eu vou te ajudar a se manter centrada. Não vou achar seus medos bobos e mentir dizendo que tudo vai ficar bem para que fique tranquila, mas eu posso garantir que estudamos mais do que o suficiente e que você está dando seu melhor em tudo para voltar a ter o controle da sua vida. Nunca esqueça disso, certo?

— Você acha mesmo que eu vou conseguir?

— Sim, eu tenho certeza.

Estela apenas balança a cabeça e nesse momento o professor chega segurando o calhamaço de provas. Aperto a mão dela uma última vez e cada um de nós vai para seu lugar, fazendo aquela preparação ridícula que todo professor insiste em fazer nos dias de provas: manter distância um do outro e afastar as fileiras. Pena que eles não olham dentro das garrafas d'água porque eu já vi umas três pessoas com colas escondidas atrás dos rótulos.

Quando a primeira noite de provas acaba, eu olho para Estela e a vejo sorrindo, parecendo aliviada. Assim que o professor sai da sala, ela corre até mim.

— Eu realmente sabia tudo — diz, parecendo admirada. — Pensei que não conseguiria porque nos últimos tempos, sempre parecia que eu tinha acabado de ser assaltada pela forma como reajo a cada pequeno problema que surge, mas eu consegui, Alex! Eu achei que não iria dar conta, mas ainda assim consegui!

Ela parece tão empolgada que eu acabo me levantando e bem nesse momento seu corpo pequeno vai de encontro ao meu e Estela me abraça apertado. Seus cabelos que cheiram à flor fazem cócegas em meu nariz e eu não consigo evitar abraçá-la de volta porque estou descobrindo que Estela Freitas se tornou o tipo de garota capaz de cativar meu coração apenas sendo ela mesma, uma menina fofa com um jeito meio controlador e língua afiada.

— Eles não são o casal mais lindo do mundo? — Ouço a voz de Brenda e a olho por cima da cabeça de Estela. — Eu sabia que todas aquelas brigas escondiam uma tensão sexual.

Estela se afasta de mim ao ouvir essas palavras e eu noto a forma como suas bochechas ficam vermelhas e ela parece sem graça, puxando o cabelo mais para frente do rosto.

— Era mais do que isso — afirmo, passando o braço por cima do ombro de Estela. — Essa garota aqui balançou meu coração.

E, diante do olhar assombrado de Brenda, pego a mão de Estela, sua bolsa em cima da mesa e saio da sala de aula diante de mais alguns olhares surpresos com os quais pouco me importo.

— Não acha que foi meio teatral? — Estela pergunta quando chegamos ao final do corredor de nossa sala.

— Acho que não.

Estela ri baixinho e solta minha mão. Estou prestes a puxá-la de volta pra mim quando meu celular vibra e eu o pego no bolso da calça, parando de andar. Sinto meu coração acelerar de expectativa. Não quis contar para a garota parada ao meu lado a data da primeira seletiva do concurso para não atrapalhar nossa semana de estudos, mas o e-mail que acabou de chegar contém a resposta que vai definir nossos próximos passos.

— É o resultado da primeira seletiva do concurso — explico, abrindo meu e-mail.

— Era hoje? A gente conseguiu?

Começo a ler o início de praxe e rolo a tela, chegando até os dez casais selecionados para a segunda fase e vejo meu nome e o de Estela em primeiro.

— Conseguimos! — falo, animado, continuando a ler. — A segunda fase vai ser um vídeo direto no canal da *Frescolé* no qual iremos gravar o que cada um mais gosta no outro.

Estela está sorrindo quando a olho.

— Acho que estamos conquistando as pessoas com nossa história — ela diz e se aproxima de mim, ficando na ponta dos pés e deixando a boca próxima de minha orelha — mesmo que seja mentira.

— Nenhuma história de amor é formada apenas de belos momentos, Estela.

— Acha que os outros também estão enfeitando a realidade?

— Com certeza.

A grande questão é que são os bastidores desse plano que estão mexendo comigo e não o que encenamos em frente às câmeras. De repente ajudar Estela e vê-la sorrir se tornou tão importante quanto ganhar porque me sinto mal de pensar que posso deixá-la em uma situação ruim se tudo acabar dando errado, ou se ela contar a família que acabamos mentindo para ganhar dinheiro.

Não sei em que momento no meio de tantas fotos, vídeos e beijos de mentira eu passei a gostar das coisas reais entre nós.

27

Sentimentos confusos?

Eu realmente cheguei a pensar que eu estava conseguindo lidar com toda a pressão ao meu redor, mas a forma como acabei de acordar agora, às três da manhã, tendo uma crise de ansiedade prova que mais uma vez, eu comemorei tudo cedo demais.

Estou sentindo tanto medo e sequer sei o motivo. Carina me falou que cada pessoa reage de uma maneira diante das adversidades da vida e que tudo bem. Tento ficar repetindo isso a mim mesma enquanto tiro Colin de cima da minha barriga e ando até a cozinha pela casa silenciosa em busca de uma copo d'água.

A sensação de sufocamento e meu estômago dolorido é mais um lembrete de que quando eu penso que ganhei férias da ansiedade, ela volta como uma velha amiga não convidada e toma conta de tudo.

Enquanto abro a geladeira e tomo a água direto da garrafa, me sinto solitária. Não por todos estarem dormindo, mas por eu me sentir desse jeito quando a maioria das pessoas que conheço estão passando pelas mesmas coisas com níveis aceitáveis de preocupação.

Praticando a respiração diafragmática, volto ao meu quarto e me deito na cama, fechando os olhos e me concentrando em respirar porque pessoas com transtorno de ansiedade respiram rápido demais e isso faz com que as crises perdurem por várias minutos.

É em meio a essa concentração que eu consigo dormir e tenho pesadelos, nos quais eu reprovo e todo mundo descobre que eu e Alex mentimos para ganhar o concurso. Acordo mais exausta do que quando fui dormir com o barulho do meu celular tocando.

Ainda de olhos fechados, tateio às cegas e pego o aparelho, dando um jeito de pressionar o ícone para atender a ligação.

— Daqui a meia hora estou passando por aí para te buscar pra gente estudar para as provas de hoje.

A voz animada de Alex é quase uma afronta ao meu estado, mas eu não tenho tempo de responder porque ele desliga. Finalmente acordando, olho para a tela do celular e percebo que já passa das dez da manhã e eu estou muito atrasada para tudo!

Pulo da cama e me arrumo, mal prestando atenção no jeans e na camiseta larga que visto, pouco me importando com o fato de que ultimamente andam tirando fotos minhas e postando no Twitter, criticando meus cabelos e roupas.

Prendo meus cachos em um rabo de cavalo e escovo os dentes, jogando meus materiais da faculdade dentro da bolsa, quase enfiando os pés de forma errada nas sapatilhas. Quando saio no corredor, ouço a buzina do carro de Alex e apenas grito para minha família que estou indo estudar antes de correr para fora de casa.

Entro no carro de Alex esbaforida, sentindo meu peito doer pela falta de ar e o estômago latejar naquela sensação de que alguma coisa ruim vai me acontecer. É como se todas as minhas emoções tivessem se transformado em um novelo de lã durante as poucas horas em que consegui dormir.

— Você não parece bem — Alex diz enquanto tira a bolsa pesada do meu colo e a coloca no banco de trás. — Tem pasta de dente no canto da sua boca e seus cabelos estão cheio de nós.

— Você não me deu muito tempo para me arrumar — resmungo, irritada, tentando dar um jeito nos defeitos que ele gentilmente apontou.

— Pensei que já estivesse acordada.

Sacudo a cabeça e faço um coque em meus cabelos revoltos, limpando o canto da boca com as costas da mão e me recostando no banco. Fecho os olhos e respiro fundo, dizendo a mim mesma que está tudo bem e que só estou tendo um momento ruim e não um dia ruim.

Às vezes esse mantra funciona, mas não agora que meus batimentos parecem triplicar e a sensação de medo toma conta de cada célula do meu corpo. Eu sequer sei explicar do que estou com medo é apenas essa sensação terrível de que estou perdendo o controle de mim mesma.

De repente o pensamento de que eu vá parar em um manicômio se torna tudo o que consigo pensar e não demora nem dois segundos para um nó do tamanho de uma melancia tomar conta da minha garganta e meus olhos arderem.

— Estela, querida, você está bem?

A voz suave de Alex me faz abrir os olhos e ver seu rosto próximo do meu, mas nem seus olhos bonitos e seu jeito preocupado conseguem me tirar da tempestade em que me encontro e eu balanço a cabeça, escondendo a cabeça nas mãos, sendo incapaz de manter o controle.

Os soluços sacodem meu corpo em um choro desesperado e carregado de todos os medos que todos os dias eu tento enfrentar e que admito que consigo na maior parte das vezes.

É um medo que eu sei ser irracional, mas que ainda assim faz com que eu acorde no meio da noite apavorada e o meu dia se transforme em um mistura de esperança para tudo ficar bem e temor de romper com a realidade. Ou então medo ter algo muito ruim acontecendo comigo e eu não estar prestando atenção direito.

Lembro de que estou na frente de casa e tento respirar em meio aos soluços.

— Não... não quero que...

Não preciso terminar de explicar, Alex liga o carro e se afasta da minha rua. Não demora para que pare novamente e eu perceba que estamos na mesma praça onde nosso plano teve início.

— Quer conversar sobre o que está acontecendo? — ele questiona de forma suave.

Sacudo a cabeça, não sabendo como explicar, sem encontrar as palavras certas para dizer que estou com medo de tudo, não sei falar de uma forma com que ele seja capaz de entender o que se passa na minha cabeça.

— Medo — digo baixinho, sentindo o sabor das próprias lágrimas.

Alex não diz nada e simplesmente se inclina em minha direção, me puxando para si através do espaço limitado e me abraçando forte. Agarro o tecido de sua camiseta entre meus dedos, aspirando o cheiro já familiar de seu perfume.

— Está tudo bem, querida — ele diz e começa a acariciar meus cabelos. — Não precisa me dizer nada se não quiser. Quer respirar comigo?

Alex me afasta de seu corpo com delicadeza, mantendo suas mãos em meus ombros.

— Vamos respirar juntos — ele diz e sorri, como se estivesse tudo bem. — Vamos contar até três e encher a barriga de ar? Certo. Vamos lá.

Concentro-me em imitar a forma como ele está respirando. Inspirando e contando até três para então expirar contando até seis. Não sei por quanto tempo ficamos assim, ele com as mãos em meus ombros e eu imitando a forma como respira. De alguma forma, depois de incontáveis vezes fazendo isso, consigo sentir a calma chegando e meus batimentos cardíacos voltando ao normal.

— Está melhor? — Alex pergunta e passa os polegares por minhas bochechas, secando minhas lágrimas.

— Sim. Obrigada.

Alex sorri e se aproxima, me abraçando mais uma vez. Antes eu não gostava da forma como tínhamos que fingir e nos tocar, mas agora não consigo evitar o abraçar de volta e me sentir segura com ele, exatamente como a âncora que ele prometeu ser para mim no início da semana.

— Obrigada... obrigada por me ajudar, Alex — digo com o rosto encostado em seu ombro, sentindo o cheiro de amaciante da sua camiseta. — Eu acordei me sentindo horrível e com medo e eu nem sei explicar exatamente do quê.

— Estão sendo dias estressantes para você, pequena. Você está indo bem. Estou orgulhoso.

— Mas...

— Estou orgulhoso, Estela. Você é incrível e nada vai me fazer pensar ao contrário.

Eu me vejo sorrindo e o abraçando mais forte, mas não quero pensar o significado de tudo isso.

Optamos por estudar na biblioteca e acabamos almoçando na cantina da faculdade.

— Eu pago o almoço — digo a Alex quando nos aproximamos do caixa. — Para compensar as vezes em que você pagou pela minha comida.

A verdade é que estou economizando o máximo que ganho e meu pai não quis aceitar o dinheiro para consertar o carro dizendo que estava dando o próprio jeito, fazendo alguns trabalhos de marketing digital freelance, mandou eu me concentrar em pagar a faculdade já que insistia tanto. Acabei ajudando minha mãe a pagar as compras do mês e ajudei Felipe com uma chuteira nova e dinheiro para que pudesse lanchar na escola. Eles ficaram envergonhados, mas eu não me importo porque somos uma família e devemos nos ajudar.

— Se você insiste.

Assim que eu pago, vamos para uma das poucas mesas vazias no canto porque a maioria dos outros universitários também está morando na biblioteca nessa semana de provas. É enquanto eu desembrulho meu hambúrguer que vejo Britany e Guilhermo em uma mesa um pouco distante de nós.

— O que eles andam fazendo juntos? — pergunto a Alex e aponto onde nossos amigos estão.

— Acho que o Guilhermo está meio a fim da Britany.

— Pensei que a Britany estivesse meio a fim do Guilhermo.

Não que minha prima tivesse me falado com todas as letras, mas a quedinha que ela tem por ele a todo esse tempo, somado com a aproximação que todos tivemos por conta do plano leva a entender isso.

— Acho que eles combinam — Alex diz depois de dar uma grande mordida no hambúrguer.

— Britany tem uma quedinha por youtubers, principalmente aqueles que são viciados em jogos como ela.

— Guilhermo dorme menos do que deveria jogando.

— Vão ser dois viciados.

Acabamos rindo e acenamos para eles quando nos veem. Não demora para que se juntem a nós e não deixo de notar a expressão feliz no rosto deles. Acho que minha prima está mais apaixonada do que imaginei.

— Não vão precisar da gente na segunda parte do concurso, não é? — Guilhermo pergunta a Alex depois de se sentar ao lado da minha amiga.

— Vai ser gravado na sede da Frescolé — Alex responde o que eu já sabia.

— Você está bem com isso? — Britany pergunta, me olhando, parecendo preocupada.

— Estou enfrentando a maioria dos meus medos.

Noto a forma como Alex sorri para mim e Britany parece surpresa, mas feliz também.

— Ter transtorno de ansiedade não é fácil, não é? — Guilhermo pergunta de um modo gentil.

Olho para Alex de uma forma acusadora, julgando que ele contou para mais alguém o que eu tenho, mas então percebo que minha prima ficou vermelha e cutucou Guilhermo.

— Não é muito — digo baixinho e me levanto. — Com licença.

Vou em direção ao banheiro, não porque esteja zangada com Britany por ter contado, mas porque não me sinto confortável de ficar conversando sobre a ansiedade que virou minha vida de cabeça para baixo, pelo menos não ainda.

Antes eu achei que jamais iria conseguir conversar com alguém sobre isso, mas hoje eu sei que um dia me sentirei confortável para falar. Ter ansiedade é aprender a lidar com o imprevisível e eu quero chegar a um nível no qual falar sobre o que eu tenho seja aceitável, mas sei que tudo leva tempo e coragem e principalmente: estar pronta.

— Eu sinto muito por ter contado, Estela — Britany diz, parando ao meu lado em frente ao espelho. — Eu me preocupo com você e aquele dia em que não queria ir à festa por ter medo, eu acabei deixando escapar para Guilhermo e eu sei que não o conhece, mas ele é legal...

— Está tudo bem, Brity. Eu não estou brava, só não gosto de falar sobre isso, não me sinto pronta.

Minha prima balança a cabeça e se aproxima, pegando minha mão.

— Desculpa, amiga. Eu sempre falo demais perto de Guilhermo, mas é que eu gosto dele e...

— Relaxa, Britany. Está tudo bem.

— Tá bom, mas eu queria te perguntar uma coisa.

— Fala.

— Você está gostando do Alex?

Arregalo os olhos diante da pergunta, completamente em choque.

— O quê?

— Juro que não estou com ciúmes, mas nós sempre estudamos juntas e de repente você anda direto com o Alex.

— É porque eu perdi muita matéria e estudamos na mesma sala, Britany.

— Vocês perceberam que andam agindo muito como namorados?

— Será que é porque a gente meio que está sendo namorados, sua boba?

— Parece que você gosta dele. É isso. Nossa, fazia dias que eu queria falar, mas estava pensando na melhor forma e tudo bem se você gostar dele, Estela, mas eu sou sua melhor amiga e quero saber quando você gostar de verdade de alguém e...

— Eu sei que está apaixonada pelo Guilhermo e vendo corações em tudo, mas eu não gosto do Alex assim. Ele é meu amigo, mesmo sendo difícil de acreditar nisso depois de tantas brigas, mas é só isso. Quando eu gostar de alguém de verdade, conto para você.

Britany me olha, parecendo não acreditar, e eu apenas engancho meu braço no seu, rindo da forma como ela anda vendo amor onde claramente não tem.

Ficar a tarde toda na biblioteca acompanhada de Alex, Britany e Guilhermo não é entediante, eu me divirto na medida do possível e fico feliz com o clima leve e até com a exaustão. É surpreendente como uma semana de provas pode ser capaz de transformar universitários outrora felizes em zumbis bibliotecários.

Britany estuda química e Guilhermo engenharia da computação, mas a forma como um entende o outro faz com que eu e Alex nos olhemos inúmeras vezes, compartilhando um sorriso divertido. É em meio a um desses sorrisos que eu me lembro de que estava maldizendo o dia logo no começo e que com o apoio dele e os risos de Britany e Guilhermo, estou tendo um dia divertido mesmo cansada e com medo da prova de LDB e morfologia.

Consigo até mesmo me lembrar de um dos primeiros conselhos de Carina quando eu lhe disse que não me lembrava de como era ter dias bons em meio a tanta ansiedade: *Tudo passa, Estela. Aquela piada ridícula da uva passa tem um fundo de verdade. Se você parar pra pensar, já passou pelos piores dias da sua vida e sobreviveu.*

Na época, pensei que era papo de gente otimista demais, mas agora percebo que tudo passa porque eu estou conseguindo ter um dia normal mesmo depois de ter ficado ansiosa e com medo.

— Por que está sorrindo? — Alex pergunta ao mesmo tempo em que marca um trecho do xerox de verde, sinalizando que entendeu mais um dos tópicos de filosofia da educação.

— Porque tudo passa — respondo com sinceridade. — Pensei que o dia iria ser ruim, mas eu estou feliz aqui com você, mesmo que as provas de hoje sejam gigantes.

— Repare que ela disse que está feliz com Alex e não com a gente, Britany — Guilhermo diz de um jeito zombeteiro, jogando um pedacinho de papel em mim. — Assim você parte meu coração, Estela.

— Eu estava esperando que vocês brigassem — Britany diz, também em tom de brincadeira. — Mas agora até recusam nossa companhia.

Alex cruza os braços e olha para os dois, também rindo do jeito dramático deles. Guilhermo dá de ombros e pega o celular, gravando stories da gente na biblioteca e eu até sorrio porque já estou ficando acostumada a compartilhar partes da minha vida com pessoas que sequer conheço, só gostaria que elas soubessem que não somos só os momentos felizes que mostramos.

É em meio a brincadeiras que meu celular vibra na mesa e eu vejo que minha mãe está me ligando. O mais silenciosamente possível, saio da biblioteca e a atendo no corredor.

— Oi, mãe.

— Estela! — A voz dela soa animada como há tempos eu não ouvia. — Você não vai acreditar no que aconteceu.

— É coisa boa pelo jeito.

— É maravilhoso, querida! — Ela dá risada feito uma garotinha. — Eu estou com tantas encomendas de bolo que estou tendo que recusar algumas.

— Sério?!

— Sim, meu amor! Eu liguei para te contar e pedir para que agradeça ao Alex por todos nós.

— Como assim?

— Você não sabe? Ele divulgou no Instagram dele que estava comendo um dos meus bolos e amou, inclusive marcou o IG que você criou para mim há algum tempo. Agora não param de chegar pedidos.

Sorrio, mal conseguindo acreditar no que ele fez. Não acompanho tudo o que Alex faz, ainda mais nessa semana na qual meu foco total está sendo os estudos.

— Vou agradecer a ele — digo, ainda sem acreditar nas risadas da minha mãe.

— Querida, acho que irei precisar da ajuda de todos para dar conta.

— Pode contar comigo, mãe.

Ela me agradece e deseja boa sorte nas provas e assim que desligo, vou até o Instagram e clico nos stories de Alex, passando por uma foto nossa do dia anterior e algumas coisas dele na academia, por fim encontro o *story* no qual ele marcou as comidas da minha mãe.

Ele realmente disse o quanto ama os bolos dela e a marcou. Sorrindo, clico no Instagram da minha mãe e me surpreendo ao ver de que os quatrocentos seguidores se transformaram em mais de dez mil.

— Estela, está tudo bem?

Olho para trás ao ouvir a voz dele e o vejo próximo de mim, os óculos na ponta do nariz e os cabelos revoltos porque sequer se importou em parecer o galã da internet hoje.

Não consigo evitar dar um passo à frente e sorrir, o puxando pela camiseta até mim e o abraçando meio sem jeito, tentando compensar nossa diferença de altura ao ficar na ponta dos pés.

— Obrigada — digo, o apertando forte e sentindo seu corpo quente contra o meu. — Muito obrigada!

— Pelo quê? — Ele também me abraça, seus braços envolvendo minha cintura.

— Por ter feito minha mãe feliz. Fazia muito tempo que não a ouvia sorrir e soar tão otimista.

Desfaço o abraço e desbloqueio meu celular, mostrando o Instagram da minha mãe com cada vez mais seguidores.

— Foi muito gentil — digo, incapaz de deixar de sorrir.

— Eu só disse o quanto gosto dos bolos dela e é verdade, tem horas que até me sinto culpado por não estar pagando.

Acaba rindo alto, minha voz ecoando no corredor vazio.

— Acho que ela vai te dar muitos bolos grátis para compensar as encomendas que está recebendo — falo sem conseguir me conter ao me aproximar e segurar seu rosto entre minhas mãos. Meus lábios perto da sua bochecha macia, mas algo dá errado porque minha boca encontra a dele e não o espaço mais ao lado onde pretendia.

Não sei o que acontece, mas de repente me vejo beijando Alex Martinelli no meio de um dos corredores da faculdade sem sequer me importar e não é porque tem alguém nos olhando, mas porque por um pequeno equívoco, estamos nos beijando de verdade.

28

Capa de revista

Alex

A forma como ela me olha faz com que eu fique confuso e quando suas mãos pequenas e macias tocam meu rosto, sinto como se meu coração estivesse esmagando minhas costelas.

Estela sorri, parecendo feliz de uma forma que eu nunca vi e o jeito como o sorriso está focado em mim me deixa bobo, tão bobo que arregalo os olhos feito um tolo quando o rosto dela se aproxima do meu.

Engulo em seco, não sabendo se fico parado, se faço alguma coisa, ou se simplesmente a deixo beijar minha bochecha, apesar de achar que um beijo na bochecha não chega nem perto da forma como quero que me beije.

Acho que é por isso que eu viro o rosto no último segundo, fazendo sua boca encontrar a minha e uma onda de calor percorrer meu corpo. Sempre fui o tipo de cara que tem várias garotas e nunca se importou muito com nenhuma delas porque geralmente deixo claro que não tenho a intenção de ter um compromisso. Porém desde o momento em que passei a fingir que namorava Estela, só consigo ter olhos para ela.

Estela é diferente de todas as garotas que conheci. Inocente, gentil, mas com a língua afiada, ao mesmo tempo demonstrando uma força que eu não percebi a princípio, vendo apenas uma menina de um metro e sessenta com os olhos arregalados de medo. Essa mesma menina me desmonta inteiro quando me beija como agora e quando sorri como se eu tivesse feito muito mais do que elogiar a comida da sua mãe.

Não consigo evitar passar os braços ao seu redor e a empurrar em direção à parede ao lado da porta da biblioteca, sentindo seus dedos puxarem de leve meus cabelos e sua língua tocar a minha de forma tímida.

Seguro seu queixo e a mantenho no lugar, contornando seus lábios com minha língua, roubando seu fôlego e lhe entregando as batidas erradas do meu coração. Perco a noção de onde estamos e de quem pode nos ver. Eu a quero e de um jeito que não consigo entender muito bem.

O pensamento de que esse beijo está acontecendo por gratidão faz com que eu me afaste dela delicadamente, beijando o canto da sua boca avermelhada e dando um passo para trás, esfregando as mãos em meus cabelos em uma tentativa de clarear as ideias.

— Eu não sei por que fiz isso — Estela fala de repente, tocando os lábios inchados com as pontas dos dedos. — Desculpa.

— Você ficou grata pelo que eu fiz — afirmo e olho para meus pés. — Está tudo bem, Estela. Provavelmente alguém tirou uma foto da gente e logo podemos usar isso a nosso favor.

— Acho que está certo.

Ela sorri para mim sem jeito e então entra na biblioteca. Eu fico mais alguns segundos parado, pensando na forma como eu agi diante da investida dela, chegando à conclusão de que eu gostei do beijo.

Nunca esteve em meus planos gostar dela, principalmente porque sempre me diverti a irritando e a tirando do sério.

Não consigo evitar lembrar do que meu pai me disse uma vez: garotos sempre gostam das meninas que eles puxam o rabo de cavalo e provocam. É o jeito tosco e masculino de chamar a atenção do sexo oposto.

Sinto-me exausto quando entrego a última prova da semana para o professor de filosofia da educação. É como se meu cérebro tivesse entrado no modo hibernar porque só consigo pensar na minha cama e em dormir sem ter hora para acordar.

Estela parece tão cansada quanto eu, ainda que mais silenciosa do que o normal enquanto anda ao meu lado até o estacionamento. Ela não parece estar tendo outra crise de ansiedade, apenas pensativa. Descobri que Estela sempre pensa muito, sobre tudo e o tempo todo.

— Acha que foi bem? — pergunto ao destravar o alarme do carro.

— Eu sabia as respostas, então acho que sim. Ainda estou processando o fato de que passei por essa semana apenas com uma crise de ansiedade e pensamentos inseguros.

— Você é incrivelmente forte, Estela.

— Estou descobrindo isso também.

Ela sorri, não daqueles sorrisos que fazem com que eu fique sem saber o que fazer, mas um que demonstra o quão cansada está.

— Desculpa mais uma vez por aquele beijo — ela diz ao entrarmos no carro, concentrada em colocar o cinto de segurança.

— Eu também te beijei. Às vezes, beijar alivia a tenção. Não fique pensando sobre isso.

— Você sabe que me pedir para não pensar não resolve as coisas, não é?

— Eu sei, mas foi só um beijo. Não significa nada além disso, pelo menos para mim.

— Pra mim também não.

Balanço a cabeça, claramente mentindo ao dizer que não significou nada, mas exausto demais para pensar em significados. Na minha cabeça, hoje só tem espaço para aquelas leis que fiquei estudando o dia todo, acho até que vou sonhar com isso essa noite.

Deixo Estela na frente da sua casa e vou para a minha, entrando e vendo meu pai e Paola na sala assistindo à televisão.

— Como foi na semana de provas? — meu pai pergunta.

— Fui bem.

— Ótimo.

Essa curta conversa é a forma do meu pai dizer que se importa comigo porque ele nunca foi muito bom em expressar seus próprios sentimentos. Achei que com a chegada de Paola, as coisas seriam melhores e viraríamos uma família, mas minha madrasta se importa somente consigo mesma.

Após um banho rápido, deito em minha cama e fico olhando para o teto, não demoro a dormir e não sonho com leis e regras gramaticais, mas com uma garota de cabelos avermelhados e o sorriso mais bonito que já vi.

Eu já apareci em capas de revistas algumas vezes, mas confesso que ainda me surpreendo quando recebo o exemplar em casa e me vejo ali, como se fosse algo além de um garoto de dezenove anos que se esforça bastante para se superar.

Não pensei que falar sobre amor, universo masculino e contar sobre minha vida me traria sucesso, mas hoje, quatro anos depois que entrei nesse mundo, fico feliz de perceber que minha paixão pela escrita rendeu ótimos roteiros para meu canal e a chance de as pessoas deixarem um pouquinho a insegurança de lado e arriscarem.

Meu pai não sabe sobre o que eu falo e Paola gosta de implicar que meu sucesso é passageiro, mas quando eu vejo meu rosto na banca da esquina, consigo ver que meu esforço valeu a pena.

— Não acha que deveria ao menos ter apresentado essa garota para a gente? — A pergunta é feita por Paola enquanto tomamos o café da manhã e ela folheia a revista em que sou capa, também conhecida por ser um dos maiores veículos de comunicação do público adolescente.

— Não é tão sério assim — falo baixo, concentrado em comer meu cereal.

— Para ela estar nessa revista com você, deve ser sim — meu pai afirma, olhando para a página que Paola mostra.

— É apenas uma foto nossa que pegaram da internet mesmo.

Meu pai me olha, parecendo não acreditar muito em minhas palavras.

— Você deve ter puxado por sua mãe — ele fala de um modo distraído, abandonando o garfo que estava segurando ao lado do prato. — Ela também aparece em revistas e fica confortável em frente às câmeras.

Não consigo evitar prestar atenção quando meu pai resolve falar sobre minha mãe. Ela foi uma modelo famosa e hoje continua sendo, mas como uma dessas mulheres que se dedicam à caridade e aparecem em desfiles como expectadora. Apesar de ela ter me deixado com meu pai quando eu era apenas um bebê, não perdemos o contato e ela me manda presentes de aniversário, Natal e cartões dos lugares que visita. Eu não admito para ninguém, mas gosto de ouvir sobre ela, ver suas redes sociais e notar que somos parecidos.

Meu pai tem mágoa dela por ter nos deixado, eu às vezes me perguntava o objetivo de não ter tido um lugar ao seu lado, mas certa vez, quando eu tinha quatorze anos, ela me mandou uma carta e explicou que eu fui fruto de uma aventura de uma noite e que realmente tentou ficar com meu pai, mas que não deu certo. Escolheu me deixar com ele para eu viver uma vida com equilíbrio e não cada dia em um local do mundo.

Escolhi acreditar nela, principalmente porque já ouvi discussões dele com a minha mãe, nas quais a proibia de chegar perto de mim.

— Não acho correto falarmos daquela mulherzinha no café da manhã — Paola diz, fazendo uma expressão de nojo.

— Aquela mulherzinha é a minha mãe — digo entredentes, levantando e colocando o guardanapo em cima da cadeira. — Tenha respeito ao falar dela.

— Ela nem quis você, garoto — Paola desdenha de forma maldosa. — Eu que me sacrifiquei para ser uma figura feminina na sua vida.

— Paola — meu pai a adverte, sua voz adquirindo aquele tom gélido de quando está zangado.

Deixo os dois discutindo e subo para meu quarto, pensando na família de Estela e na forma como todos se ajudam e se gostam. Sinto-me um tolo por desejar algo tão simples tendo tanto.

Sento-me em minha cama e abro a página do Instagram da minha mãe, Alexia Valadares, e toco a tela do celular em uma das fotos em que aparece seu rosto bonito. Sinto um nó em minha garganta ao olhar para ela e lembrar do que Paola me disse, sobre ela não me querer.

Sei que não devo ceder ao impulso e que ela deve receber milhões de mensagens por dia, mas ainda assim digito o que passa em minha cabeça.

Oi, mãe, é o Alex.

Sei que deve ter muitas mensagens para ler todos os dias e que não temos o número um do outro, mas eu queria te contar que eu estou indo bem. Hoje o meu pai até me comparou com você por eu ter facilidade de me comunicar. Apareci na capa de uma revista, não é grande coisa, mas gosto de saber que temos algo em comum.

Lembro que me explicou que não me abandonou por querer e que fez uma escolha. Não estou te culpando, juro que não, mas em dias mais difíceis me pergunto como seria se eu tivesse você ao meu lado. Já tenho dezenove anos, mas não consigo evitar de sentir sua falta, mesmo que você tenha me visto pela última vez quando eu tinha dez anos.

Espero que um dia a gente possa se encontrar.

Desejo que sua vida em Milão esteja sendo maravilhosa.

Com amor,
Alex

Termino de digitar a mensagem bem no instante em que uma lágrima escapa dos meus olhos e pinga na tela do celular. Levanto a cabeça e vejo meu pai encostado no batente da porta do meu quarto.

— Ela não te abandonou, Alex — ele diz. — Alexia quis te levar com ela.

— Ela me mandou uma carta uma vez e disse que escolheu...

— Eu disse que não abriria mão de você e então chegamos à conclusão de que teria uma vida estável ficando comigo. Paola errou no que disse, sua mãe sempre te amou.

— Ela não parece querer saber muito de mim.

— Ela sabe que tem ido bem, filho. Pode acreditar.

Ele sorri para mim e sai do quarto. Sei que já tivemos essa conversa antes, mas às vezes as palavras podem ser cruéis e Paola sabe lidar com elas dessa forma. É por isso que quero ter minha própria casa. Amo meu pai e aceito suas escolhas, mas quero fazer meu próprio caminho.

29

Sofamente desastrada

A forma como Britany me olha do outro lado da mesa deixa bem claro que não está tão surpresa assim com o que acabei de lhe contar.

— Quer dizer que se empolgou e o beijou de verdade? — ela acrescenta aspas com as mãos na parte do "verdade".

— Eu não sei bem o que me deu. Era para ter sido na bochecha, mas ocorreu um erro de percurso, mesma coisa que aconteceu aquele dia no quarto dele. Quando percebi, já estava fazendo

— Beijos não são erros de percurso, mas se você quiser nomear as coisas dessa forma...

— Eu por acaso implico com o fato de você e Guilhermo viverem grudados?

Britany sorri e balança seus volumosos cabelos coloridos, parecendo feliz como há muito eu não via.

— As coisas simplesmente acontecem, Estela. Deixa acontecer.

— Acontecem quando as coisas são reais e não uma farsa.

Ela parece prestes a falar algo, mas então minha mãe volta a cozinha. É sábado e ao invés de estarmos nos recuperando da semana de provas, estamos ajudando com as encomendas de bolos e salgados. Ajuda o fato de Britany já ter carteira de motorista e ter pego o carro da minha tia emprestado. Fizemos entregas em lugares que sequer tínhamos ouvido falar e algumas pessoas ficaram surpresas pela "namorada" do Alex estar fazendo entregas pessoalmente.

— Quando irão até a sede da *Frescolé* gravar o vídeo da segunda etapa do concurso? — Britany questiona ao ajudar minha mãe a montar os bolos de pote com recheio de abacaxi.

— Segunda-feira.

— Essa não é mais uma daquelas suas ideias de ganhar dinheiro para ajudar em casa, certo, Estela? — mamãe pergunta, me lançando um daqueles seus olhares desconfiados.

— Eu e Alex queremos a viagem de final de ano para Fernando de Noronha.

— Deixa só seu pai saber disso que acho que vai acabar viajando na maionese.

Acabo rindo do jeito dela e continuo a auxiliando nas encomendas. O dinheiro que eu ganhei com o vídeo está nos ajudando muito, principalmente porque diante de tantos pedidos, meus pais aceitaram que eu desse o dinheiro para poderem comprar os ingredientes.

Meu pai está com o braço um pouco melhor e por isso já consegue fazer os trabalhos de marketing no computador e aparenta estar mais tranquilo ao trabalhar com aquilo que conhece. Sei que se ganharmos esse concurso, terei muitas explicações para dar por causa de todo o dinheiro, mas eu enfrentarei as consequências porque saberei que o dinheiro vai ser mais do que o suficiente para quitar as contas do conserto do carro e das prestações que ainda faltam, talvez colocar um seguro para que tudo se torne mais fácil no futuro, caso imprevistos tornem a acontecer.

— Alex vai vir nos visitar no final de semana? — minha mãe pergunta um tempo depois, passando a mão pelo rosto e sujando a bochecha de farinha.

— Acho que não.

A verdade é que depois daquele beijo, não falei mais com Alex direito, apenas mensagens naquele grupo que temos com Britany e Guilhermo. Estou um pouco envergonhada por ter sido impulsiva.

— Uma pena porque quero agradecê-lo pelo que fez por nós.

— Ah, tia, a Estela já agradeceu ao Alex mais do que o suficiente, não se preocupe.

Jogo um pano de prato em minha prima, mas tudo o que a boba faz é rir feito uma hiena.

Fico um pouco nervosa ao esperar Alex na frente da minha casa na segunda-feira de manhã para irmos fazer a segunda etapa do concurso. É como se o pote de bolo que minha mãe me entregou para dar a ele pesasse duas toneladas.

Até me arrependo por ter recusado ficar com alguns garotos na época da escola atrás da quadra de basquete, pois dessa forma eu saberia o que fazer em uma situação dessas. O mais irônico é que eu estou envergonhada por ter beijado um cara que para todos os efeitos é meu namorado há praticamente um mês.

A buzina faz com que eu me assuste e pule, quase derrubando minha bolsa e o bolo. Endireito os ombros, respiro fundo e começo a andar até o carro dele, observando a forma como minha respiração fica condessada em contato com o ar frio de final de junho.

Abro a porta e me sento no banco, entregando o pote para Alex sem realmente olhá-lo, me concentrando em colocar o cinto de segurança e em não falar pelos cotovelos como sempre faço quando fico nervosa.

— Bom dia pra você também, namorada.

— Bom dia — falo baixo e ajeito a bolsa em meu colo. Sinto o perfume de Alex ao meu redor e em seguida, os dedos quentes dele tocarem meu queixo, virando meu rosto em sua direção.

— Está doente, pequena? Seu rosto está bem vermelho, ou fez aquele negócio que as garotas fazem que às vezes parece que ganharam duas chineladas nas bochechas?

Não consigo evitar e acabo rindo, balançando a cabeça para indicar que não exagerei no blush.

— Então o que está acontecendo?

Alex abaixa um pouco a cabeça, deixando seus olhos na altura dos meus. Ultimamente ando sentindo um reboliço em meu estômago a cada vez que ele faz isso.

— Estoucomvergonhaporquebeijeivocê — falo rápido e sem tomar fôlego.

— O quê?

— Eu tô com vergonha por causa daquele beijo lá.

Após confessar de forma pausada, abaixo a cabeça, querendo ser como um avestruz e esconder minha cabeça na terra.

Ouço o riso de Alex e o calor no me meu rosto é tanto que sinto como se tivesse enfiado a cabeça dentro do micro-ondas.

— Você é tão fofa, Estela — ele diz em meio ao riso. — Não precisa ter vergonha, a gente meio que namora.

— Meio que de mentira.

— Eu já te beijei e não estou com vergonha. Lembra aquele dia no meu quarto? Você ficou soluçando sem parar e superou. A gente sempre supera a vergonha.

— Eu acho que você não tem vergonha.

Alex continua rindo e liga o carro, eu tento agir mais como uma garota de dezenove anos e menos como uma de treze e depois de alguns minutos durante os quais ele se esforça para não continuar rindo, eu começo a ficar um pouco mais confortável.

— Não deve ser muito difícil essa segunda fase, não é? — pergunto conforme nos aproximamos do destino indicado no celular dele que está apoiado no painel.

— É só gravar um vídeo com a gente juntos e dizendo as coisas que gostamos um no outro. Praticamente igual ao primeiro só que com outras pessoas ao nosso redor.

Isso não é muito tranquilizador, mas eu tento agir normalmente quando chegamos a um prédio de mais de vinte andares e com placas de propaganda do refrigerante que a maioria das pessoas ama.

Chegamos à portaria e Alex explica quem somos e logo nos indicam o elevador e pedem para que a gente desça no oitavo andar.

— Vou estar com você o tempo todo, então não precisa ter medo, certo? — Alex fala e pega em minha mão.

— Tudo bem.

Entramos no elevador e eu tento não ficar apavorada com o fato de ser tudo de vidro e a gente ser capaz de ver as pessoas trabalhando nas inúmeras salas comerciais do prédio.

Saímos no oitavo andar e logo uma moça animada nos recebe, indicando uma sala onde há outros casais selecionados. A única pessoa que conheço mais ou menos ali é Ricardo e a namorada que eu sei se chamar Cecília.

Ando ao lado de Alex até eles, que não parecem nada nervosos como eu.

— Arrasaram na primeira fase — Ricardo diz e sorri, dando um tapinha no ombro de Alex.

— Vocês também foram ótimos — Alex fala e aperta minha mão, como se tentasse me dizer que está tudo bem.

Eles continuam conversando amenidades e eu até tento prestar atenção, mas acabo percebendo que eu pertenço a um mundo completamente diferente do de Alex. Sou apenas uma garota que ama falar de livros e ele alguém que aparece em capas de revistas e é amado por milhares de garotas que queriam com certeza estar no meu lugar.

— Alex Martinelli e Estela Freitas.

A mesma moça que trouxe a gente até aqui nos chama e andamos até ela, entrando em uma sala ampla e montada com uma espécie de camarim separado de um cenário com propagandas da Frescolé e um sofá laranja em frente à câmeras, soft box e mais pessoas do que eu achava ser possível para gravar apenas um vídeo.

— Primeiro vamos ver se está tudo certo com a aparência de vocês — a moça, que se chama Evelyn, diz de um modo gentil.

Eu e Alex nos sentamos nas cadeiras dispostas em frente a espelhos com luzes embutidas ao redor e duas moças se aproximam da gente.

— Estas são Telma e Josi — Evelyn explica, apontando para as moças simpáticas. — Elas serão responsáveis pelo visual de vocês.

Josi se aproxima de mim e explica que vai refazer minha maquiagem, optando por algo que ressalte mais minha beleza em frente às luzes. Apenas concordo porque não entendo nada do que fica bom nas câmeras e só escondi minhas olheiras com corretivo e apliquei o rímel de sempre.

Assim que ela termina a maquiagem, começa a mexer em meus cabelos, borrifando algo em meus cachos e os deixando mais volumosos e sem arrepiados. O batom vermelho em minha boca parece combinar com o tom acobreado dos meus cabelos e minha sobrancelha nunca tinha ficado tão bonita e destacada antes.

— Vamos trocar de roupa agora. — Josi me conduz para uma sala separada cheia de araras e roupas ainda em plásticos por cima de mesas.

— Algumas marcas sedem peças para esse tipo de coisa — ela explica diante do meu olhar curioso, se aproximando de uma das araras com vários vestidos pendurados. — Acho que esse vai ficar perfeito em você.

Ela ergue um vestido verde-esmeralda com um tecido que parece veludo e uma fenda lateral com um lado da saia mais curta e mangas compridas.

— É lindo.

— Então vamos experimentar.

Vou até um biombo improvisado em um dos cantos e substituo meu jeans e casaco pelo vestido bonito. A parte mais curta chega só até minha coxa, porém o equilíbrio é feito com a outra barra de forma assimétrica que chega ao meu tornozelo.

Olho-me no espelho, me achando bonita com essa maquiagem e roupas chiques, mas ainda assim nada disso tem a ver comigo.

Fico de lado, vendo a forma como minha cintura ficou marcada e minha bunda parece maior que o normal. Prefiro vestidos mais rodados e não tão marcados...

— Aqui está o sapato.

Josi me passa o sapato de salto alto, fino e vermelho com tiras que vão ao redor do meu tornozelo.

— Vou te ajudar a calçar — ela diz e se abaixa na minha frente. — Você ficou linda com esse vestido.

— Obrigada.

Ela se afasta e eu respiro fundo, cruzando os dedos e rezando para não pagar nenhum mico porque sou péssima andando de salto.

— Você está linda.

Levanto a cabeça ao ouvir a voz de Alex e o vejo se aproximar de mim. Ele está com os cabelos penteados daquele jeito bagunçado e uma camisa cinza justa de um tom mais claro que a calça social que parece ter sido feita sob medida. A produção é arrematada com suspensórios e gravata borboleta preta. Está tão bonito que eu sinto meu rosto esquentar.

— Estão esperando por nós.

Concordo e dou um passo, meio incerta a respeito do meu próprio equilíbrio. Alex vem para o meu lado e coloca minha mão na dobra de seu cotovelo.

— Se apoie em mim.

Ando ao lado dele, focando em olhar para frente e parecer segura, mas acabo esquecendo do degrau que separa esta sala da outra e piso em falso, virando o pé. Alex é rápido ao passar o braço ao redor da minha cintura e me segurar.

— Se machucou?

Sacudo a cabeça, indicando que não, mesmo sentindo meu tornozelo arder.

— Ela é tão fofa — ouço alguém dizer. — É raro uma garota tão tímida nesse meio.

Alex pisca para mim tentando me tranquilizar e eu apenas tento sorrir e ignorar a dor em meu pé.

— Esta será a segunda fase — diz um rapaz sentado em um sofá ao lado do nosso, em seu colo há várias fichas. — O casal que passar irá para penúltima fase, na qual faremos entrevistas separadas e então, caso passem para a última. Será decidida por meio do voto popular. Hoje teremos a entrevista e será nos mesmos termos da fase um. Passam os cinco que tiverem mais likes no canal da Frescolé.

Eu e Alex balançamos a cabeça, indicando que entendemos e as câmeras são ligadas, instruções repassadas e até mesmo colocam microfones discretos por cima de nossas roupas. Em meio a toda essa bagunça, acabo descobrindo que o apresentador é um youtuber famoso por ter um canal de fofocas com mais de três milhões de inscritos.

— Podemos começar com as perguntas? — Kelvin, o apresentador, pergunta.

— Sim. — Quem responde é Alex, eu apenas balanço a cabeça, apertando a mão dele que está junto da minha em meu colo.

— A primeira pergunta vai para a Estela — Kelvin sorri para mim, mexendo nas fichas em seu colo. — Qual é a comida favorita do Alex?

— O bolo da minha mãe — respondo rápido, da mesma forma que sempre sou a primeira a erguer a mão para responder as perguntas na faculdade. Só quando digo é que percebo que pode ter sido a resposta errada e olho para Alex, sem conseguir disfarçar o pavor.

— Ela está certa — Alex afirma, rindo e aperta a ponta do meu nariz. — O bolo da mãe da Estela é tão bom que eu até esqueci se tinha uma comida favorita antes dele.

Todos começam a rir e o meu riso é mais de nervosismo do que por achar graça.

— Alex, sabemos que a Estela tem um canal no YouTube voltado para os livros, mas qual é o favorito dela?

— *Isla e o final feliz* da Stephanie Perkins.

Olho para ele com a boca aberta.

— Como sabe disso? — questiono, espantada por ele estar certo.

— Já vi você lendo esse livro na faculdade várias vezes, meu bem.

Sorrio diante da afirmação dele, esquecendo que estamos em frente a muitas pessoas, definitivamente surpresa por ele saber algo sobre mim que nem os inscritos do meu canal sabem porque meu livro favorito muda de tempos em tempos. Porém esse que ele citou é como um refúgio feliz das histórias doces e românticas que não me canso de reler.

— Estela, que idade tinha quando deu seu primeiro beijo?

— Dezenove — respondo de um jeito distraído, ainda olhando para o Alex e só então percebendo que mais uma vez falei o que não deveria.

— Mas você tem dezenove anos, explica isso melhor pra gente.

Engulo em seco, olhando para Kelvin e vendo que ele parece afoito por uma resposta. Nesse momento, não consigo duvidar de que trabalhe falando da vida alheia.

— Eu... eu sempre fui muito romântica, então não poderia aceitar que meu primeiro beijo fosse com qualquer um. Queria que esse momento fosse tão mágico quanto nos livros e estou feliz por ter esperado porque foi com Alex e eu... eu sou completamente apaixonada por ele.

Mordo o lábio pensando se fui ou não convincente, mas a forma como todos sorriem e suspiram indicam que ao menos acharam romântico.

— Você é realmente tão fofa quanto dizem. — Kelvin simula estar secando as lágrimas nos cantinhos dos olhos. — E você, Alex, como se sente em relação a essa garota?

— A Estela é incrível — Alex fala com segurança, não parecendo nem um pouco nervoso com toda essa gente nos olhando. — Algumas pessoas podem achar que somos opostos, mas eu não consigo pensar dessa forma, não quando eu a abraço e vejo que nosso encaixe é perfeito, ou que a mão dela cabe perfeitamente na minha. Eu sou tão apaixonado por ela que é a última pessoa que eu penso antes de dormir e a primeira com quem quero falar assim que acordo.

Alex me olha e sorri de um jeito que faz com que minha pele fique arrepiada e eu me veja sorrindo para ele, sentindo meus olhos marejarem porque as palavras dele são tão bonitas que eu quase desejo que sejam reais e não apenas mais uma parte desse namoro de mentira.

— Por favor, se casem e façam todos felizes — Kelvin brinca em meio a suspiros. — Agora vamos a pergunta final: quem tomou a iniciativa para namorarem?

— Alex.

— Estela.

— Expliquem isso melhor.

— Na verdade, acho que foi uma decisão em conjunto — Alex diz, sorrindo daquele seu jeito confiante. — Em um dia estávamos nos matando por causa de um trabalho de literatura brasileira e em outro eu pensei: como pude não notar o quanto Estela é linda e gentil?

— Comigo foi praticamente a mesma coisa. Em um dia achava Alex o exemplo de tudo que odiava em um garoto e em outro, apaixonada por ele.

— A história do namoro de vocês é linda e desejo sorte nesta segunda etapa do concurso. Obrigado!

Agradecemos a todos e nos levantamos do sofá, confesso que caminho feito uma garça em direção ao provador, mas só porque meu pé está me matando nesse sapato.

É somente quando me livro dos saltos é que percebo que meu pé está inchado como uma bola e com marcas arroxeadas onde ficavam as tiras. Tentando manter o peso no pé bom, visto minha roupa de antes e faço um nó em meus cabelos.

Assim que saio do biombo, encontro Alex me esperando, também usando suas roupas de antes.

— Acho que machuquei o pé de verdade — digo, me apoiando em seu braço. — Não deu nem para eu amarrar o tênis.

Alex se ajoelha na minha frente e tira o tênis do meu pé, arregalando os olhos diante do inchaço que fez com que eu sequer me arriscasse a calçar a meia.

— Acho melhor irmos para o hospital, Estela.

— Mas eu não gosto de hospitais...

— Ninguém vai ao hospital porque gosta, pequena.

Alex coloca o tênis de volta em meu pé, mantendo os cadarços mais frouxos.

— Consegue andar? — pergunta, se levantando.

— Acho que sim.

Engancho meu braço no dele e dou alguns passos meio trôpegos, tentando reprimir um gemido de dor.

— Eu te levo no colo — Alex fala e já me ergue em seus braços, fazendo com que eu passe os braços ao redor de seu pescoço.

— Estou começando a achar que você gosta que eu te carregue — ele brinca, passando comigo em seus braços pelo meio de várias pessoas.

— Da primeira vez você achou que eu estivesse ruim dos rins, na segunda a culpa foi dos jatos malucos daquela fonte e agora porque machuquei o pé. Tudo justificado.

— Se vamos continuar com isso, acho melhor eu pegar mais peso na academia.

— Está me chamando de gorda, Martinelli?

— Não, namorada. Você é gata demais desse jeitinho.

Estamos rindo quando entramos no elevador e ficamos ao lado de uma garota que arregala os olhos ao nos ver, provavelmente mais uma das fãs de Alex.

— Quer me colocar no chão? — pergunto e afasto os cabelos da testa dele.

— Não precisa. Acho melhor não forçar seu pé sem sabermos o que aconteceu.

— Você é um bom namorado, Alex.

— É tudo pelos bolos grátis, querida.

Acabo rindo, mesmo odiando ter que ir ao hospital e com o pé doendo porque estar com Alex tem dessas coisas: eu sorrio até mesmo sem querer.

30

Perguntas inesperadas

O resultado da minha pequena aventura com sapatos de salto alto quando eu claramente não tenho talento para isso? Uma entorse no tornozelo com direito a uso de órtese, anti-inflamatório, repouso e bolsa de gelo.

O médico não disse que foi grave, apenas que requer cuidados e não forçar o pé. Levando em consideração que detesto hospitais, até que lidei de forma madura com a situação, quase quebrando os dedos de Alex na sala de espera e derrubando o cartão do plano de saúde mais vezes do que o necessário.

— Acho que agora seu pai pode querer me matar — Alex diz quando estaciona em frente à minha casa, depois de termos passado na farmácia e eu ter ganho a discussão sobre quem iria pagar a conta.

— Acho que não.

Ele me lança um olhar de desdém antes de abrir a porta do carro e vir me ajudar a sair.

— Está doendo muito? — pergunta ao meu ajudar a ficar em pé.

— Só arde um pouco. Acho que consigo andar...

Alex me ignora e me pega no colo. O problema é que posso estar gostando desse lado gentil e cavalheiro dele e não consigo não ficar com o coração acelerado quando estou colada nele dessa forma. De algum jeito, até o cheiro familiar do perfume de Alex se transformou em algo tranquilizador para mim.

— O que aconteceu? — Felipe pergunta assim que abre a porta da sala e me vê no colo de Alex com o tornozelo imobilizado.

— Você não deveria estar na escola? — questiono ao passar do lado dele.

— Estou gripado.

— O que aconteceu, Estela?! — Dessa vez, a pergunta é feita por minha mãe, que coloca a mão na cintura e observa Alex me colocar no sofá.

— Eu...

— O que houve com a minha filhinha?!

Tento me manter séria diante da expressão de pânico que toma conta do rosto de Alex.

— Eu fui usar sapato de salto alto na segunda etapa do concurso e virei o pé. Só isso, gente.

Meus pais me olham, provavelmente não entendendo nada, e Felipe cruza os braços, me lançando um olhar de puro desdém.

— Aquele concurso da Frescolé que vale quinhentos mil reais e para o qual você gravou um vídeo com Alex em que pareciam um casal ridículo de novela mexicana? — meu irmão questiona, de um jeito irritante que só garotos de quatorze anos conseguem manter.

— Como é que é?! — Meu pai me olha e eu vejo a veia de sua testa pulsar.

Mordo o lábio. Durante todo esse plano meio maluco, não pensei em como meus pais reagiriam ao saber da minha exposição meio que exagerada na internet. Eu foquei no resultado e na forma como isso poderia nos tirar do buraco, mas, levando em consideração a reação deles com o vídeo da bala, saber do concurso não poderia ser muito diferente, não é?

— Estamos participando de um concurso, pai — explico, tentando fazer com que as coisas pareçam mais simples.

— Um concurso de namorados — Felipe acrescenta.

— Pirralho, se eu levantar daqui, vou te dar um chute que vai quicar daqui até a China...

— Estela, não brigue com seu irmão — minha mãe intervém. — Deveriam ter nos contado sobre esse concurso, assim como deveria ter explicado a mim e ao seu pai que gravaria aquele vídeo beijando em frente à câmera.

Acho que é a primeira vez em muito tempo que eu ganho bronca dos meus pais e o simples fato de começarem a me tratar como antes é reconfortante, é como se finalmente tivessem parado de pisar em ovos comigo.

— Posso saber do que está rindo, mocinha? — meu pai questiona, cruzando os braços, o que voltou a fazer muito agora que se livrou do gesso.

— É que vocês estão me tratando normal agora — digo, mesmo sabendo que não irão entender. — Gosto do fato de não estarem mais sempre perguntando se estou bem o tempo todo.

— Não fazíamos isso — minha mãe diz.

— A gente fazia sim, querida — papai admite. — E realmente estamos felizes com você melhorando, mas isso não quer dizer que eu apoie minha filhinha com esse cover do Justin Bieber se expondo por aí!

Eu tento me esforçar para ficar séria, mas ao olhar para Alex e tentar ver a semelhança entre ele e o cantor canadense, acabo caindo na risada e não ajuda em nada o fato de Felipe também rir e Alex ficar mais vermelho que um tomate maduro na feira.

— Não é engraçado, Estela — Alex diz, constrangido.

— Vocês não deveriam deixar o Alex envergonhado — falo e cruzo os braços. — Estamos participando de um concurso porque isso faz parte do nosso trabalho como influenciadores digital. Tudo bem que eu parei com meu canal, mas espero voltar logo e isso vai me ajudar a angariar público, sem falar que o dinheiro vai ser bem útil aqui em casa.

— Em nenhum momento, pedimos que você ajudasse em casa, Estela — meu pai diz, parecendo envergonhado e zangado. — As coisas não são como antes, mas acho que ainda consigo manter minha família.

— A questão não é essa papai, mas, sim, em como eu me sinto vendo todos passarem por dificuldades e não fazer nada. Eu gosto de poder ajudar em casa e me sinto útil ao contribuir, tipo quando eu ajudei a mãe a pagar as compras do mês. Vocês já fizeram tanto por mim que quero contribuir e não é sacrifício algum fazer isso, pelo contrário, eu sempre fui tão amada e apoiada em tudo por vocês que acho justo poder fazer algo em troca. Sempre disseram que somos uma família e é isso o que as famílias fazem, elas se unem e se ajudam.

Paro de falar percebendo que acabei falando demais, mesmo que seja a verdade. Eles não precisam saber sobre a parte em que minto para todo mundo, mas sobre eu me esforçar por todos nós.

— Eu estou orgulhosa da adulta que você está se tornando, Estela — mamãe diz e eu percebo que está com os olhos marejados. — Sei que eu e seu pai gostamos de ser orgulhosos, mas você está a cada dia melhor e se te faz bem nos ajudar, então é claro que vamos aceitar, mas saiba que as coisas estão dando certo, então não precisa colocar peso demais em seus ombros.

— Eu concordo com sua mãe — papai diz com voz embargada. — Vou até parar de pegar tanto no pé do Alex.

— Obrigado, senhor.

Alex está ao meu lado e eu não deixo de notar a tristeza em seus olhos.

— Será que agora o Alex pode me levar pra cama?

— Como é que é?! — Quatro pessoas com a mente poluída gritam ao mesmo tempo.

— Está doendo para eu andar, gente — explico o óbvio, apontando para meu pé imobilizado.

— Porta aberta — meu pai concorda. — Bem aberta, escancarada.

— Daqui a pouco eu levo um lanche para vocês — mamãe diz.

— Eu vou passar pelo corredor o tempo todo — Felipe fala.

— Ah, façam o que quiserem, bando de malucos.

Alex está rindo quando me pega no colo e me leva para meu quarto.

— Sua família é bem legal — comenta.

— Às vezes eles só me fazem passar vergonha.

— Que sorte a sua.

Sem ninguém ver, acabo dando um beijo na bochecha de Alex, grata por ele ser tão gentil comigo e por gostar da minha família também.

— Vocês deveriam experimentar as novas tortas que irei acrescentar ao cardápio — minha mãe fala exatos dez minutos após Alex me trazer para o quarto e apoiar meu pé em uma pilha de travesseiros. — Também trouxe gelo para sua entorse, querida.

Mamãe deixa tudo em cima da cama e sai do quarto, fechando um pouco a porta e deixando apenas uma fresta aberta. Reviro os olhos, sabendo que esse namoro é falso e que eles estão exagerando porque mesmo que eu tivesse um namorado real, não iria querer fazer nada com ele em uma tarde de segunda-feira quando a minha família toda está em casa.

— Pelo menos você vai comer a comida que tanto gosta — digo a Alex, me ajeitando melhor na cama e tentando tirar a órtese preta que envolve meu pé e o tornozelo.

— Eu só venho aqui pela comida, meu bem — Alex brinca e se senta ao lado dos meus pés, tirando a órtese e colocando a bolsa de gelo em cima da parte arroxeada.

— Deixa que eu faço isso...

— Pode deixar.

Ele continua segurando o gelo em meu pé e eu pego o prato com as fatias de tortas, experimentando primeiro a de nozes.

— Está deliciosa — digo e pego mais um pedaço, aproximando o garfo da boca dele. — Experimenta.

Alex prova a torta e levanta o polegar, aprovando, mas acho que ele aprovaria qualquer coisa que minha mãe trouxesse para ele comer. Seguimos com essa padrão, eu dando a ele comida na boca enquanto mantém o gelo em cima do meu pé machucado.

Olhar para a gente dessa forma, tão perto e dividindo momentos que fazem com que eu lembre de quando éramos como cão e gato.

— Acho que vou ter que mudar teu nome na minha agenda telefônica — digo a ele quando terminamos de comer.

— Devo saber como salvou meu contato?

— Alex, filho de satã. Agora você me diz que fez algo parecido para que eu não me sinta tão culpada.

Alex sacode a cabeça me olhando com reprovação, e pega o celular no bolso de seu moletom.

— Olha como está salvo seu contato, sua malvada.

Olho para a tela do celular dele e vejo a forma como salvou meu número.

Minha garota ♥

Sorrio, completamente sem graça.

— Se você alcançar meu celular, eu posso deixar que escolha a forma como devo...

Paro de falar porque Alex está concentrado no próprio telefone e a forma como suas mãos ficam trêmulas indica que há algo errado.

— Tem algum maluco te ameaçando? Ou então alguma garota que acreditava que iria namorar com você e mandou a foto de algum boneco de vodu e...

— É minha mãe.

Fico com a boca aberta sem saber muito o que dizer, sabendo que a mãe dele o deixou quando ainda era um bebê e pela forma como ele acha minha família incrível deixa bem claro que sente falta de ter algo assim.

— Ela... ela...

Sem conseguir falar, ele me entrega seu celular coma mensagem aberta da mãe dele no Instagram.

Alex, querido,

Fico muito feliz por você ter me procurado, confesso que estou esperando há muito tempo por isso, não quis forçar as coisas, sabe? Sei que quando nos encontramos, quando tinha apenas dez anos, você ficou com receio de magoar seu pai ficando durante as férias escolares comigo. Eu entendo, meu menino.

Eu tenho acompanhado você durante todo esse tempo, converso com seu pai e estamos bem orgulhosos de onde está chegando. Eu principalmente porque consigo ver muito de mim em você.

Sinto sua falta, querido, e quero muito voltar ao Brasil e passar um tempo com você. Sei que não podemos recuperar o tempo perdido e que eu não vou ser aquele tipo de mãe que te acompanha à escolinha de futebol, mas ficarei feliz e grata se apenas sentarmos e conversarmos.

Com amor,
Mamãe

— Ela quer me ver, Estela — Alex diz quando devolvo o celular. — Ela tem orgulho de mim, a minha mãe.

— É claro que ela tem orgulho de você, Alex. É uma boa pessoa e está indo bem na vida. Estou feliz porque vai ver sua mãe.

— Eu vou, não é? Dessa vez não preciso nem sentir culpa.

— Na verdade não precisava sentir culpa antes também. Eu não sei como é ser filho de pais separados, mas você amar e querer ver sua mãe não quer dizer que ame de menos e não reconheça o valor do seu pai.

— Você tem razão e eu sei que já sou meio velho para ficar tão feliz assim, mas é que faz tanto tempo que eu só vejo minha mãe de longe... ela é uma parte de mim, Estela. Eu sei que ela e meu pai fizeram escolhas quando eu era apenas um bebê, mas eu não sinto mágoa. Aprendi que as coisas são como devem ser e lamentar pelo passado não muda o presente.

— Não tem idade para sermos filhos, Alex. Eu ainda corro para o colo da minha mãe sempre que sinto medo. Vai ser ótimo que vá ver sua mãe. Tenho certeza de que ela é uma pessoa maravilhosa.

Alex olha para mim e sorri, seus olhos cheios de lágrimas e nesse momento ele não é o Alex Martinelli com milhões de seguidores, ele é apenas Alex, o meu Alex, e constatar isso faz meu coração acelerar, mas não daquele jeito de quando eu vou ter uma crise de ansiedade, mas de um jeito completamente novo. Só agora estou conseguindo decifrar e chegar a constatação do motivo que faz com que um nó se forme em minha garganta.

— Estela — ele diz e se aproxima mais de mim, fazendo o colchão afundar com seu peso. — Obrigado.

— Pelo quê?

— Acho que se eu não tivesse visto a sua família, não teria tido coragem de ir atrás da minha mãe.

Eu sorrio, mas por dentro sinto como se meu coração estivesse perdendo um milhão de batidas por segundo. Li um livro certa vez que a autora fala que o coração perde batidas quando apaixonado e acho que o meu já perdeu tantas que só agora eu me dei conta. Antes era um coração que acelerava de medo e agora por um sentimento que eu sei que não deveria existir.

31

Dia "D"

Fico muito tentada a simplesmente enviar a cópia do meu atestado médico para o professor Ramon e ficar em casa, sem ter que apresentar o tal trabalho que deu início a toda essa confusão que virou minha vida, mas não posso porque isso significaria deixar Alex fazer tudo sozinho e eu não sou esse tipo de garota, mesmo que meu transtorno de ansiedade me faça acreditar que não irei conseguir e ter sempre essa sensação de que tudo irá desmoronar se eu for fazer algo que me tira da minha zona de conforto.

Também me pergunto se não teria sido muito mais fácil o professor fazer uma prova final como todos os outros ao invés desse seminário, mesmo que eu saiba que o professor Ramon foge do tradicional e que foi exatamente isso que fez com que eu pensasse estar apaixonada por ele. Eu sei que na verdade nunca fui apaixonada pelo professor, acho que confundi admiração com outra coisa.

Verifico pela milionésima vez minhas anotações e espero por Alex, que como sempre vai me levar para a faculdade. Se tudo der certo hoje, posso quase estar de férias, isso se os professores postarem de uma vez as notas.

— Não vai fazer um fichário com cada suposição possível?

Levanto a cabeça e vejo Alex na minha frente, ele se ajoelha e seus olhos ficam na altura dos meus. Sorrio porque ele se sente confortável na minha casa e nem mesmo as piadas e ameaças do meu pai parecem intimidá-lo, ontem mesmo ficou jogando com Felipe pelo celular e meu irmão parecia uma criança feliz porque ama jogos de celular, principalmente aqueles de sobrevivência nos quais meu recorde é sempre sessenta segundos.

— Estou tentando maneirar um pouco — digo e mostro minhas fichas coloridas. — Descobri um novo método de organização.

— Por que isso não me surpreende?

— Vai me dizer que não anotou nada?

— Na verdade, eu não costumo anotar nada.

Alex dá uma batidinha na cabeça indicando que memoriza tudo e isso faz com que eu olhe para minha infinidade de fichas de forma meio desanimada.

— Gosto de ser precavida.

— Acho que é isso o que eu gosto em você, namorada.

Sinto minhas bochechas arderem e meu coração bater naquele compasso estranho, mas que eu sei que só acontece quando Alex está por perto, bem diferente do batimento ansioso de antes.

— Por favor, se continuarem com isso com certeza irei vomitar no tapete e não acho que a mãe vá gostar.

Olho para meu irmão, que fica fazendo caretas de nojo, e contenho a vontade de fazer um gesto obsceno porque irmãos sempre sabem despertar o melhor da gente.

Estou prestes a repreender Felipe por seu jeito infantil quando Colin surge e pula em Alex, fazendo ele se desequilibrar e cair de costas no tapete. Meu gato maluco fica em cima do peito dele e eu arregalo os olhos, pensando que Colin irá atacá-lo por ciúmes ou algo assim, mas meu gato obeso apenas esfrega em Alex e a ronronar.

— Isso é algum tipo de prelúdio para quando ele me atacar e estragar meu rosto bonito para todo sempre? — Alex questiona com os braços abertos.

— Acho que ele gosta de você — digo, admirada, agora que meu gato se deitou em cima do Alex e está enchendo a camisa preta dele com pelos laranjas.

Alex acaricia a cabeça de Colin e meu gato ronrona ainda mais, parecendo feliz.

— Até seu gato lunático está apaixonado por ele — Felipe diz, parecendo desgostoso. — Achei que fosse diferente, Colin, seu traidor.

— Acho... acho que está na hora de irmos — digo, tentando disfarçar a forma como as palavras de Felipe me deixaram envergonhada.

Alex concorda e segura Colin, o colocando no tapete e se levantando, tentando tirar a infinidade de pelos laranjas de sua roupa.

— Agora entendo por que você raramente usa roupa escura — ele diz ao desistir de tentar se livrar dos pelos. — Acha que consegue andar hoje?

— Sim.

Alex me ajuda a levantar e passa um braço ao redor da minha cintura, pegando minha bolsa e me ajudando andar até seu carro, apoiando meu peso com facilidade. No momento em que me ajuda a sentar, seu cabelos tocam meu rosto e eu aspiro o cheiro familiar, sentindo minha pele ficar arrepiada. Tento disfarçar, não querendo parecer tão doida quanto meu gato espaçoso.

Olho para todas as pessoas da turma dispostas em um círculo, onde o professor Ramon fica no meio, parecendo realizado pelo pânico que está vendo no rosto da maioria de seus alunos, provavelmente também sabe que para alguns, ir bem nesse trabalho é uma situação que definirá, ou não, a aprovação.

Alex está sentado ao meu lado, parecendo estar tranquilo enquanto fica nas redes sociais respondendo comentários de suas fãs ardorosas, que parecem me odiar um pouco menos nos últimos tempos.

O seminário tem início e a pilha de trabalhos impressos na mesa que o professor reservou para si aumentam conforme as pessoas gaguejam suas teorias e expõem enredos, alguns de uma forma maçante e outros se esforçando para lerem os conteúdos das folhas que tremem nas mãos e em frente a seus rostos.

Se propositalmente, ou não, eu e Alex ficamos como os últimos da noite a apresentar e não sei dizer se isso pode ser bom ou não porque todos já estão cansados de ouvir e o bom humor do professor parece se esvair conforme ele se irrita com a falta de dedicação de alguns e o exagero de outros.

Alex aperta de leve minha mão antes de entregar nossos trabalhos impressos e encadernados, seguindo as normas da ABNT à risca, ao professor. Ele torna a ficar ao meu lado e sorri, me encorajando a começar a expor nossas teorias sobre Dom Casmurro.

Ouço um arquejo coletivo quando suponho que Bentinho era apaixonado por Escobar e noto, com um triunfo que me esforço para não demonstrar, a maneira como o professor Ramon sorri ao ouvir eu e Alex enumerarmos nossos argumentos.

Os olhos de nossos colegas estão fixos em nós e ao passarmos para o romance conturbado de Aurélia e Fernando Seixas, fazendo um paralelo com uma série produzida no YouTube baseada na obra, prendemos ainda mais a atenção deles. Relatamos a forma como o amor pode se disfarçar de várias facetas na tentativa de ser apagado e que até mesmo comprar o homem amado não deixa de ser uma tentativa desesperada de apagar uma chama que insiste em arder.

Somos aplaudidos e pela primeira vez na noite, vejo o professor Ramon aplaudir uma dupla com um sorriso satisfeito e não com aqueles resmungos de quando alguém viajava demais na maionese.

— Parabéns aos dois. Únicos a merecerem o meu dez.

Meu coração acelera de pura emoção. Consegui! Eu consegui meu primeiro dez com meu professor favorito e a sensação é maravilhosa, eu me sinto maravilhosa, minhas bochechas até mesmo estão ardendo porque eu não consigo parar de sorrir.

— Alex! — Seguro seu rosto com as duas mãos. — A gente conseguiu. Eu finalmente consegui o dez.

Alex está rindo quando segura meus punhos, como se não estivesse conseguindo acreditar em minha reação infantil e eu nem mesmo me importo porque eu esperei quase dois anos para conseguir esse feito. Depois de tudo o que aconteceu comigo, é uma vitória e tanto porque eu jurava que não iria conseguir sair de casa há um mês e aqui estou eu, comemorando após ter enfrentado meus medos.

— Ainda falta a nota do trabalho escrito — Alex me lembra de forma divertida.

— Eu já me sinto plena com um único dez. Sou humilde.

Ele sorri para mim e se aproxima, dando um beijo estalado na minha testa, e eu sinto que perco um pouco o rumo diante dessa proximidade toda.

— Eu sempre soube que existia uma chama entre vocês.

Olhamos para o lado e nos deparamos com a sala vazia e apenas o professor Ramon parado em frente à nossas mesas.

— Chama? — repito baixinho.

— Ah, vocês sabem... — O professor faz um gesto com a mão. — Todas aquelas brigas e discussões acaloradas. Na primeira vez em que discutiram, eu já soube que acabariam apaixonados.

Ramon nos lança uma piscadinha e então pega a pilha de trabalhos, colocando-a embaixo do braço e saindo da sala assoviando.

Olho para Alex, sentindo minhas bochechas pegarem fogo, e o observo olhar para as costas do professor, parecendo pensativo.

— Acho que Ramon se enganou dessa vez — ele diz de forma distraída.

— Provavelmente.

A questão é que enquanto Alex me leva para casa, não consigo achar que o professor Ramon esteja errado porque pelo menos um de nós se confundiu com todo esse amor de faz de conta.

Estou deitada com Colin ao meu lado e o Notebook em cima da minha barriga, já faz algumas horas que cheguei em casa e sinto o prazer de ter tirado dez se esvaindo conforme a confusão de sentimentos toma conta de mim.

Olho para o último vídeo de Alex na tela e o vejo dar dicas amorosas para milhares de garotas, as mesmas que comentam em suas fotos e no canal no YouTube. Conforme assisto, percebo que ele sabe muito sobre o amor, sobre tudo na verdade porque até sobre sexo fala abertamente, coisa que eu não teria coragem.

Presenciar a forma como ele parece saber muito mais do que eu e já ter tido várias experiências faz com que eu me sinta como uma garota boba. Todos imaginam que somos aquele casal que pega fogo, os que trocam beijos longos e sorrisos apaixonados, mas na verdade só damos toques inocentes. Para Alex, não devem passar de um fingimento infantil, enquanto para mim é uma descoberta enorme.

Temos a mesma idade, cursamos a mesma faculdade e até trabalhamos com a mesma coisa, mas ainda assim somos de mundos completamente opostos. Alex frequenta festas, conhece garotas lindas e descoladas que rebolam até o chão e não estão nem aí de mostrar a calcinha enquanto eu pareço um bichinho assustado que fica com medo de tudo que não consegue entender e vive com a cabeça cheia de dúvidas sobre coisas que normalmente não importam.

Antes de Alex me levar ao salão e eu passar por toda aquela transformação, eu era apenas uma garota descabelada passando pela pior fase da sua vida. Então ele me fez virar seu tipo de garota ideal e a mentir de forma convincente e eu acreditei nisso. Mostrei a ele tudo o que escondia do resto do mundo e recebi a amizade dele em troca. Não desconfio de que não seja verdadeiro, mas sei que quando esse plano acabar, não terei mais um lugar de destaque ao seu lado e nem mesmo quero isso, não gosto de estar sob os holofotes.

Pensar em como tudo pode estar perto de acabar faz meus olhos se encherem de lágrimas e eu lembro de como Britany me disse que parecia que eu gostava dele e das palavras do professor Ramon sobre paixão. Sei que eles estão certos.

Pensar em tudo isso faz com que eu tome uma decisão.

32

De volta ao começo

Alex

Sorrio quando atualizo a página do sistema virtual da faculdade e vejo que fui aprovado em todas as disciplinas e que estou oficialmente no quarto período de Letras. Baixo o PDF do espelho de notas e envio para meu pai, o que faço desde que comecei a faculdade para que ele veja que não fico só fazendo "vídeos bobos" ao invés de ganhar dinheiro do jeito que ele acha certo.

Ainda estou olhando para minhas notas quando ligo para Estela, curioso para saber como ela foi e querendo compartilhar minha felicidade com alguém que realmente entende. Ser aprovado em uma fase da faculdade é um feito e tanto. É muita cobrança ao mesmo tempo em que estamos entrando na fase adulta, então as coisas podem ficar confusas, o cansaço quase ganha em dias com muitas coisas para fazer.

— Como foi? — pergunto assim que ela atende.

— Eu fui aprovada — diz, não parecendo tão animada quanto eu achei que estaria em uma situação dessas. — E você?

— Também fui aprovado e eu achei que você estaria fazendo uma festa por tirar seu tão sonhado dez com o professor dos seus sonhos.

— Eu estou feliz, mas acho que cansada, meio que não tenho energia para sair comemorando.

— Aconteceu alguma coisa?

— Acho que sim. — Ouço o ruído da respiração. — Você pode vir conversar comigo?

Olho para a tela do computador, vendo que já passa das dez da noite. Quartas-feiras não costumam ser noites agitadas.

— Posso...

— Então me encontre na pracinha aqui perto de casa.

— Mas seu pai...

— Ele está muito ocupado com alguns trabalhos de marketing que precisa entregar.

— Então já estou indo.

Coloco o celular no bolso da calça de moletom e olho para minha camiseta meio velha de *Friends*. Geralmente cuido da roupa que visto quando saio de casa porque estão sempre tirando fotos minhas e na maior parte do tempo, sequer entendo como conseguem sem que eu perceba, mas esse é apenas um dos inúmeros detalhes que permeiam a vida de uma pessoa pública.

Troco meus chinelos por um tênis de lona preto e em menos de dez minutos, estaciono o carro na pracinha em que Estela pediu para que eu a encontrasse. Eu a vejo sentada em um dos balanços, a perna machucada esticada mais à frente.

— Não deveria estar forçando o pé machucado — digo assim que paro à sua frente, observando seus cabelos acobreados presos em um coque frouxo a pele clara sem maquiagem alguma. Gosto do jeito simples de Estela, na verdade tenho gostado de muitas coisas sobre ela ultimamente.

— Não está doendo.

Eu me sento no balanço ao seu lado e giro até estar de frente para Estela.

— O que precisa falar comigo que não pode ser por telefone?

Estela morde o lábio e eu noto como parece nervosa. Deixo que respire fundo e se acalme. Uma das coisas que eu descobri sobre ela é que as vezes precisa de mais tempo para conseguir dizer certas coisas e hoje parece ser um desses dias, embora não faça ideia do que tem para me dizer.

— Alex — Estela diz meu nome baixinho, estalando os dedos. — Eu quero terminar.

— Terminar o que, meu bem?

— Isso... Esse namoro falso que temos. Sei que precisamos ir até o final do concurso e vou fazer isso, mas acho que está na hora da gente parar de fingir. Estamos de férias e podemos ficar afastados agora.

Olho para ela tentando ver se está falando sério, e pelo jeito como as mãos dela estão trêmulas e ela parece ansiosa, mostra que pensou muito nisso antes de vir falar comigo.

— Aconteceu alguma coisa?

— Sim... Não. Eu não sei explicar...

Levanto-me do balanço e me ajoelho em frente ao seu, sem me importar de sujar a calça de poeira, só querendo entender o que está acontecendo.

— Eu fiz alguma coisa errada? Foi mais daqueles comentários ruins?

— Não. — Estela balança a cabeça e apoia as mãos pequenas em meus ombros. — É apenas eu e este meu coração.

Pisco algumas vezes, tentando entender o que quer dizer, ansioso para que ela me diga e pare de enrolar através de enigmas.

— Pequena, eu não estou entendo nada.

— Está vendo? É esse seu jeito de falar comigo que me deixa confusa, Alex. Eu não sei se gosta de mim ou está fingindo.

— É claro que eu gosto de você. Antes eu realmente te detestava, mas agora é importante para mim. Acho que até é minha melhor amiga.

Estela sorri, mas é aquele tipo de sorriso que não chega aos olhos.

— O problema é que eu não sei se *eu* gosto de você como amiga, Alex. Eu estou tão confusa. Sinto coisas estranhas quando está perto de mim e não sei dizer se é normal ou não porque depois da ansiedade, ficou mais difícil para eu entender meus sentimentos.

— Você... você quer me dar um pé na bunda porque está apaixonada por mim?

— Não... Sim... eu não sei. É por isso que acho que devemos parar por aqui. Você me chama de nomes carinhosos e me toca de um jeito que faz com que eu sinta que meu coração vai sair pela boca e eu não sei o motivo. Sei que pareço uma idiota por ter dezenove anos e não saber se estou ou não apaixonada por você, mas eu preciso de um tempo. Preciso que fique longe para que eu entenda que tudo não passou de um faz de conta.

Ela para de falar e aperta de leve meus ombros, mas isso não faz a sensação de ter levado um soco no estômago diminuir. Ela está confusa com o que sente por mim? Cara, eu também me sinto confuso, mas nem por isso pedi para que se afastasse de mim.

— Eu sei que sou difícil de entender — Estela fala de um jeito delicado. — E que posso ser a rainha do drama quando quero, mas por favor, Alex, me deixa entender esse gostar que eu sinto por você. Podemos continuar fingindo que estamos namorando e tudo, mas... mas...

— Você me quer longe.

— Sim, eu te quero um pouco longe porque não sou como você que sabe tudo sobre o universo amoroso, até pouco tempo eu sequer tinha beijado.

— Eu não sei nada sobre o amor, pequena.

— Mas se estivesse apaixonado saberia, não é?

— Acho que sim...

— Eu quero continuar sendo sua amiga e não quero que as coisas fiquem estranhas entre nós, mas acho que preciso apenas de um tempo. Está sendo um ano difícil.

— Você pode ter todo o tempo do mundo, Estela

Mas no instante em que digo isso e deixo que se afaste de mim, sinto como se tivesse com o estômago congelado devido à sensação estranha que toma conta de mim e quando Estela se levanta e diz que vai para casa, eu seguro sua mão.

— Eu te levo. — Tento não parecer tão perdido quanto me sinto.

— Eu quero ir sozinha, Alex.

Balanço a cabeça e solto sua mão.

— Estela...

— O quê?

— Você vai me dizer quando quer que eu volte?

— Vai ser o primeiro a saber.

Conforme ela se afasta, sinto vontade de correr e a segurar pela mão, dizer que também estou confuso com tudo isso e que ela não sai da minha cabeça, confessar que é sempre a primeira pessoa em que penso quando acordo, mas eu não faço isso porque ela precisa lidar com suas incertezas.

33

O lado bom das coisas ruins

Sabe quando você decide algo e então, depois que toma as providencias necessárias, tem a certeza de que fez algo extremamente errado? É assim que eu me sinto conforme me afasto de Alex. Sinto que não foi a decisão correta, mas tenho essa necessidade enorme de tentar entender em que momento eu passei a sentir tudo isso por ele.

É claro que não consigo dormir e fico à noite toda virando de um lado para o outro, irritando Colin que mais uma vez vai se refugiar com Felipe para poder dormir sossegado.

Quando já passa das três da manhã, eu manco até a cozinha na esperança de que tomar um leite quente faça com que o sono venha.

— Acordada a essa hora, filha?

Dou um pulo ao me deparar com papai sentado em frente à bancada com uma xícara de algo quente na sua frente.

— Estou sem sono — digo ao me recuperar do susto e ir até a geladeira.

— Não deveria estar com o pé imobilizado?

Olho para o chão, vendo meu pé descalço e com várias marcas arroxeadas.

— Não dói mais tanto.

Pego a caixa de leite na prateleira e uma xícara no armário.

— E o senhor por que está acordado? — pergunto, ao colocar o leite para aquecer no micro-ondas.

— Muito trabalho.

— Isso é ótimo, pai!

— É verdade, querida. Sempre achei que para ser bom naquilo que estudei teria que ficar nos cubículos das agências, mas fazer esses trabalhos para os clientes que atendi ao longo dos anos está me provando que, assim como sua mãe, preciso me reinventar.

Pego minha xícara e me sento de frente para ele.

— Quer dizer que pretende trabalhar em casa agora? — questiono, assoprando a bebida quente.

— Sim e ajudar a ampliar o negócio da sua mãe também. Graças a Alex os lucros dela triplicaram e acredito que em breve poderá alugar um lugar porque aqui em casa já está ficando apertado.

A menção em Alex faz com que meu coração encolha como se fosse uma uva passa.

— Aconteceu alguma coisa, Estela?

Olho para meu pai, percebendo que ele já notou que tem alguma coisa errada. Geralmente os pais têm essa habilidade de saberem quando os filhos não estão bem.

— Pai, como soube que estava apaixonado pela mamãe?

Minha pergunta o surpreende, se o jeito como ele arregala os olhos for indicativo de algo.

— Você ainda não sabe se gosta do seu namorado?

— Não é isso. Eu só queria saber quando o senhor teve essa certeza.

Papai se recosta na cadeira e suspira, ficando pensativo.

— Não sei dizer o momento exato, mas de repente eu me via querendo compartilhar minha vida com a sua mãe. Contar para ela as partes boas e ruins do meu dia, fazê-la sorrir ao dizer algo engraçado, ou então apenas ficar perto dela e deixar que soubesse que podia contar comigo e acredito que Amália se sentia da mesma forma, porque estava querendo o mesmo de mim e isso fez nossa amizade se transformar em namoro e mais tarde nos casamos e veio você e no susto Felipe. Hoje somos uma família.

— Então não é como nos filmes que a personagem parece saber o momento exato em que tudo muda?

— Eu não sei, querida. Acho que o amor é algo sorrateiro que quando você percebe, já está crescendo dentro de você a cada dia.

Apenas balanço a cabeça, meio que entendendo o que ele quer dizer.

Tomo coragem e marco uma sessão com Carina. Sinto que aconteceu tanta coisa na minha vida que preciso de alguém de fora para me ajudar a entender, isso e o fato de que não fui liberada do tratamento psicoterapêutico.

Britany vai comigo até o consultório, minha prima parece estar achando tudo muito engraçado nessa minha confusão de não saber o que é estar apaixonada, mas na verdade, acredito que Brity riria de tudo porque finalmente rolou aquele beijo com Guilhermo que ela tanto esperava e bem no momento em que ele se empolgou por ela ter chegado ao nível platina IV do Free Fire.

Deixo Britany na sala de espera e entro no consultório de Carina aspirando o cheiro familiar de lavanda e do próprio perfume dela. Assim que me cumprimenta e faz a pergunta de como estou indo, começo a falar sem parar. Conto tudo o que anda acontecendo, sobre como resolvi tomar atitudes em prol do bem da minha família e de como agora eu me vejo em meio a uma mentira e meio que gostando do meu namorado falso. Ela me ouve pacientemente, a expressão neutra enquanto eu coloco para fora todas as dúvidas que andaram povoando minha cabeça nos últimos tempos.

— Eu estou contente com seu progresso — Carina fala quando eu paro e tomo um gole de água do copo que ela me entrega.

— Progresso? Eu estou mais enrolada que um novelo de lã.

— E isso é bom, Estela. Nesse tempo em que não veio aqui, sua vida mudou e agora eu te vejo sendo a protagonista de tudo e não deixando sua ansiedade ditar seu caminho. Percebe o quanto mudou? Você foi a uma festa, conseguiu passar com louvor na faculdade, ajudou sua família e está experimentando coisas novas. A garota que eu estou vendo aqui não me parece em nada com aquela apavorada de quase seis meses atrás.

— Eu menti para as pessoas, Carina. E tem o negócio de eu ser tão doida que não consigo nem identificar se gosto ou não de um garoto.

— Mentir não é uma coisa certa, Estela, mas você sabe disso e não cabe a mim julgá-la sendo que já faz isso o tempo todo e quanto a gostar ou não de Alex...

— Eu sei que eu o odiava e que falava mal dele em nossas conversas, mas de repente eu me vi contando a Alex tudo sobre mim e sabe o que ele fez em troca? Ele me apoiou mesmo sem entender e sequer me julgou.

— Acho que isso responde sua pergunta sobre gostar ou não dele.

— Mas ele pode não gostar de mim desse jeito, ele meio que é um especialista em amor.

— Então cabe a você conversar com ele ao invés de ficar com a cabeça cheia de dúvidas que apenas te deixarão ainda mais ansiosa.

— Eu tenho que fazer tudo, não é?

— Quando a gente toma posse da nossa vida é natural que sejamos nós a tomarmos todas as decisões e você está fazendo isso. As pessoas costumam achar que viverem felizes é viverem sem problemas, na verdade, viver feliz é saber contornar e resolver problemas. Uma vida perfeita e com tudo fácil não seria boa como imaginamos. Problemas nos fazem crescer como pessoas e a saímos da famosa zona de conforto.

— Nunca tinha pensado por esse lado.

— E não esquece que é natural sentir. Sentir medo, amor, angústia, raiva. Tudo isso faz parte das nossas emoções. Não encare como perigo uma coisa que é inerente ao ser humano. Eu estou muito feliz com a sua evolução, Estela. Nos vemos em quinze dias.

Abraço Carina e saio do seu consultório com a sensação boa de que estou vencendo a ansiedade e não ela me ditando como vencer porque ansiedade é uma emoção como todas as outras e só vira doença quando sai de controle, como a minha. Finalmente estou entendendo como fazer as pazes com ela. Não é fácil, mas também não é impossível como cheguei a pensar.

Ando sozinha pelas ruas do bairro após deixar Britany em frente à sua casa. Está um dia frio e o vento pinica minha pele, mas ainda assim continuo a andar lentamente, aproveitando a sensação de estar viva.

Pode parecer um drama exagerado, mas no começo do ano, eu não conseguia imaginar o meio dele de tão desesperada e sufocada pela ansiedade que eu estava. Era a sensação terrível de que tudo iria mudar de forma drástica e os dois caminhos que se abriam para mim era o da loucura ou o de uma doença grave. Eu não entendia que os pensamentos eram provocados pela ansiedade fora de controle e demorei para entender que precisava de ajuda.

Quando você percebe que precisa de um remédio para se manter "sã" tudo parece girar. As conversas dos parentes inoportunos alegando que ficará viciada, a moça da farmácia dizendo a eficácia e alegando que não me deixaria dependente e até mesmo minha avó insistindo que com chá, eu conseguiria parar de ter faniquito.

Eu não havia percebido até hoje o longo caminho que percorri e me dá um orgulho saber que aos poucos estou vencendo todos os meus medos e me tornando uma pessoa diferente da que eu era antes de tudo mudar.

Estar assim, andando na rua, já é um indicativo de que estou vencendo porque antes não conseguia sair de casa sem pensar em todas as coisas ruins que podiam me acontecer pelo caminho.

Ter minha família ao meu lado foi essencial para eu chegar em uma fase como a de agora, em que posso acreditar em um futuro melhor. Enquanto ando já pela rua de casa, percebo que não foi somente minha família que me ajudou, mas Alex.

Ele me fez sair da zona de conforto e enfrentar meus medos,, entendeu que eu precisava ter alguém ao meu lado que apenas garantisse a mim mesma que o medo iria passar.

Pode parecer apenas um passe de mágica, mas depois da sessão de hoje, entendo que não foi pelo que ele fez por mim, mas descobrir quem ele era fez com que esse sentimento completamente novo e desafiador nascesse em mim.

Carina tem razão: não podemos destrinchar tudo o que sentimos e muitas vezes só sentimentos e ponto.

No momento em que coloco a mão no portão, vejo a aliança de namoro na minha mão e lembro do jeito como Alex sempre parecia disposto a me ajudar e que no começo, brigávamos o tempo todo e era uma disputada exaustiva de egos. Dois opostos que foram colocados em um mesmo trabalho e se uniram para uma oportunidade de ganhar dinheiro.

Eu não sei o que ele sente por mim, talvez ache que eu sou apenas uma amiga, mas eu tenho que contar a ele de um modo calmo o que sinto, não para ele se apaixonar por mim de volta, mas porque preciso ser verdadeira comigo mesma. Tantas sessões de terapia estão me ensinando a ser prioridade na minha vida e entendo que não há nada de errado em me colocar em primeiro lugar. Não é egoísmo querer ficar bem antes de tentar mudar o mundo.

Abro o portão e enquanto trilho o caminho margeado de pequenas flores que já estão ficando secas devido ao inverno, meu celular toca no bolso do meu jeans. Paro em frente à porta e o pego, vejo que se trata de uma notificação do e-mail.

Desbloqueio a tela e clico no ícone do e-mail, é sobre o concurso. Ao ler as primeiras linhas, já percebo que eu e Alex passamos para a terceira fase do concurso.

Suspiro e resolvo deixar para conversar com ele sobre como me sinto quando tudo isso acabar. Saber esperar também é algo que estou aprendendo, mesmo que minhas características de pessoa ansiosa ditem o contrário.

34

Para ser sincera...

Olho para o celular diversas vezes durante a tarde, em dúvida se converso ou não com Alex. Quero que a gente possa esclarecer tudo quando esse concurso chegar ao fim, mas também sinto falta de conversar com ele porque nos tornamos amigos nas últimas semanas e agora nossa rotina juntos está completamente quebrada.

Estela: passamos para a terceira fase... acho que já sabe disso.... podemos fazer essa parte separados?

Assim que envio a mensagem, percebo que parece que *eu* prefiro que a gente não faça nada juntos. Tento apagar o que eu enviei e reformular tudo, mas antes que eu tenha chance, ele já me responde.

Alex: Claro! Podemos ir separados, sim...
Alex: Estela, como você está?
Alex: Não precisa responder se não quiser. Não estou forçando as coisas.
Alex: Eu respeito seu tempo.

A saudade que eu sinto dele aumenta ao ler suas palavras e eu tento não criar expectativas porque amigos também sentem falta, mesmo que Britany ache que não seja só amizade entre nós.

Estela: eu estou bem. Voltei a psicóloga.
Estela: Acho que entendo um pouco mais sobre mim agora.
Estela: como você tá?
Estela: Eu meio que sinto sua falta.
Estela: amigos sentem saudades.
Estela: somos amigos, né?

Começo a roer a unha do polegar, arrancando o esmalte com os dentes, não sabendo se fiz certo ao enviar tantas mensagens seguidas. Devo ter parecido uma maluca...

Alex: que bom que voltou a psicóloga. Fico feliz que esteja melhor.
Alex: Eu também sinto sua falta.
Alex: claro. Amigos sentem saudades...
Alex: me fala quando quiser me ver.
Alex: eu vou até você.

Sorrio. Engraçado como ele sempre vinha até mim quando eu precisava. Umas das coisas que eu gosto em Alex é que ele sabe ser pontual.

Minha família ama um atraso e eu sempre fico agoniada quando estou pronta, está na hora de sair e parece que ninguém está nem aí para o horário. É quase uma tortura ter que esperar pelos outros, mas com Alex nunca foi assim porque ele sempre chegava no horário e parecia saber quando eu não estava bem.

Lembrando de tudo isso é que finalmente percebo que não gosto de Alex só porque ele aceita minha ansiedade, várias pessoas da minha família fazem isso, eu gosto de Alex porque ele sabe estar com alguém e fazer essa pessoa se sentir como se fosse a mais importante do mundo e eu gosto dele porque ele faz com que eu sinta que posso fazer tudo, como na semana de provas em que eu estava apavorada.

Quando saiu os resultados, ou quando a prova do dia acabava, eu só queria correr para ele, abraçá-lo e sentir seu perfume porque sua familiaridade me acalma, mas também porque ele se tornou importante a ponto de eu querer dividir tudo sobre mim.

Nos livros o amor é épico, cheio de palavras românticas, feitos heroicos há aquele momento em que surge um clique e a mocinha percebe que está amando. Na vida real, não há esses feitos, tudo acontece aos poucos e de uma forma que quando se percebe, já está sentindo e nem sabe explicar quando tudo surgiu.

Se eu tivesse que escolher um momento em que senti que poderia ter algo de verdade com Alex, seria aquele em que ficamos encharcados na fonte do parque. Eu esqueci que tinha uma câmera atrás da gente e só ri, mesmo tremendo de frio. A forma como ele me carregou, preocupado comigo e se esquecendo de que também estava na mesma situação...

Houve tantos momentos que eu me sinto uma tola por ter feito ele ir para longe de mim.

— Então você vai esperar toda essa bagunça do concurso acabar para confessar o que sente para ele?

A pergunta é feita por Britany enquanto estamos no Uber a caminho da sede da *Frescolé* para a gravação da terceira fase do concurso e após eu mostrar as mensagens que troquei com Alex na tarde de ontem.

— Acho que é o melhor — digo, suspirando.

— Parece que ele também gosta de você.

— Não quero me iludir, Britany. Vou dizer a ele como me sinto de verdade, porque guardar sentimentos é algo que me faz mal, mas também não quero ser ingênua a ponto de pensar que estou sendo correspondida.

Minha prima me olha e abre a boca, prestes a falar algo, mas o carro para em frente ao nosso destino e a oportunidade se perde porque ela fica em uma espécie de sala de espera e eu vou mais uma vez ser maquiada e vestida com roupas que não tem muito a ver comigo.

Dessa vez prendem meu cabelo em um coque no alto da cabeça e destacam meus lábios com um forte batom vermelho. Por causa do meu pé machucado, optam por uma saia plissada preta, sapatilhas rosas e uma blusinha combinando. Não tenho mais dificuldades para me movimentar e a órtese não precisa mais ser usada, mas quando voltei ao médico, um dia antes de ir a psicóloga, ele pediu que eu tivesse cuidado.

Quando estou pronta, uma moça diferente da outra vez me conduz a mesma sala de antes e eu sinto um arrepio percorrer minha espinha quando paro atrás das câmeras e vejo que Alex está sentado no sofá vermelho.

Mal presto atenção ao fato de estarem colocando o microfone em mim, meu olhar está nele e em seu cabelo propositalmente despenteado e no fato de que visto dessa posição, ele parece muito aqueles garotos bonitos dos anos cinquenta com jeans, camiseta branca e jaqueta de couro preta.

— Conte uma coisa sobre Estela que só você sabe.

Quem faz a pergunta é Kelvin, o mesmo apresentador com jeito de intrometido da fase dois.

Mordo o lábio, toda minha atenção em Alex e no que ele vai responder.

— Estela é comilona — Alex diz, sorrindo. — Eu sei que isso não é um segredo daqueles, mas ela é bem pequena e magra. Ninguém imagina isso, mas ela sempre come antes de mim e então fica me olhando com aquela carinha de cachorrinho que caiu da mudança até que eu me compadeça e de minha parte a ela.

Começo a rir, sabendo que ele não está mentindo e que essa situação já aconteceu várias vezes. Não consigo evitar, sempre acabo olhando para o prato alheio.

Em meio ao riso, meu olhar encontra o dele e Alex pisca algumas vezes, parecendo perder o rumo, tanto que Kelvin tem de repetir a pergunta.

— Para encerrarmos, fale sobre como foi para Estela se ver namorando alguém tão famoso e consequentemente ficando sobre os holofotes.

— Estela não me acha tudo isso não. A pequena vive me dizendo para cair na real e que não sou tudo isso. É por esse motivo que eu sou apaixonado por aquela garota, ela sabe como massagear o ego de um cara.

Ainda estou olhando para ele quando a entrevista é encerrada e sinto como se meu coração fosse sair pela boca quando Alex vem caminhando em minha direção. A saudade que sinto dele faz meu estômago ficar cheio de borboletas.

Penso em dizer alguma coisa, qualquer coisa, mas é minha vez de falar então apenas passo ao lado dele.

— Boa sorte — Alex fala, segurando de leve minha mão. O aperto não leva mais do que dois segundos, mas é o suficiente para que meu coração batuque mais do que a bateria de uma escola de samba.

Sento-me no sofá e cumprimento Kelvin, pousando as mãos no colo e aguardando darem o sinal para que a entrevista desta fase tenha início. Olhar para todas essas luzes, câmeras e pessoas me deixa nervosa e eu respiro fundo, fazendo a respiração diafragmática que um dia chegou a ser difícil, mas hoje já está fazendo parte da rotina quando preciso me lembrar de não respirar tão rápido.

— Acabamos de ouvir o romance de vocês pela versão do Alex — Kelvin fala, mexendo nas fichas em seu colo e só então olhando para mim. — Agora estamos curiosos para saber como você parece ser, de forma bem clichê, a única garota deste Brasil que não baba por Alex Martinelli. Fez parte do seu plano de conquista parecer gloriosamente desinteressada?

Kelvin derrama suas palavras ácidas e perguntas inconvenientes em cima de mim sem dó alguma e engulo em seco, querendo muito que Alex estivesse ao meu lado para me salvar dessa situação. Olho para ele, parado atrás das câmeras, e recebo um sorriso de incentivo que é o suficiente para que eu opte por ser verdadeira.

— Eu nunca disse que não babei por Alex. Na verdade, quando nos encontramos na faculdade, eu o achei o garoto mais bonito que já tinha visto na vida, mas então Alex disse a coisa errada e começamos a brigar por puro ego e só estamos aqui hoje porque nosso professor de literatura nos colocou como dupla no trabalho final. Eu jamais seria capaz de parecer desinteressada. Para ser sincera, as pessoas costumam falar que eu sou desajeitadamente fofa.

Sorrio de forma debochada com o final da frase, não conseguindo sequer esconder o sarcasmo.

— E como é ser a namorada do garoto mais bonito que já viu na vida? — Ele cruza as pernas e me olha, parecendo muito com uma ave de rapina, não que eu já tenha visto uma, mas ao olhar para Kelvin, não consigo evitar a comparação.

— É ótimo — respondo, sorrindo, como se estivesse completamente confortável. — A cada dia descubro uma nova coisa em Alex que faz com que eu me apaixone ainda mais.

— O que, por exemplo?

— Alex entende quando eu preciso de espaço — falo com sinceridade e encontro o olhar dele em meio a toda a iluminação que me cerca. — São poucas as pessoas que não veem um pedido de tempo como algo ruim e Alex é esse tipo de garoto. Sabe respeitar quando preciso ficar sozinha.

— Quer dizer que estão dando um tempo do namoro?

O lugar se torna tão silencioso que é possível até mesmo ouvir o clique da caneta da assistente que está me olhando com os olhos arregalados. Meu olhar mais uma vez encontra o de Alex e ele está de braços cruzados, sua expressão indescritível.

— Não — digo e minha voz sai mais trêmula do que imaginei. — Eu disse que ele sabia respeitar meu espaço, não que eu tinha pedido um tempo. Só de ficar um dia longe dele, já faz com que meu peito arda de saudade, imagina então se déssemos um tempo? Eu sei que pareço exagerada, mas meio que é a primeira vez que eu gosto de alguém de verdade, porque a vida toda eu quis pessoas impossíveis por achar os garotos da minha idade idiotas. Então veio Alex e ele fez meu mundo dar um giro e eu que só sabia falar mal dele na terapia, me vi gostando dele e agora quando olho para Alex, meu coração quer sair pela boca e nem é porque eu estou tendo um ataque do miocárdio ou algo assim, mas porque mesmo sendo irritante e narcisista, eu gosto do Alex. Nossa eu gosto muito do Alex.

Paro de falar, já sem ar por ter falado tanto e tão rápido. Quando eu olho para Kelvin e o vejo de olhos arregalados, percebo que devo ter parecido completamente insana e isso faz com que meu rosto arda de vergonha porque não quero que as pessoas pensem que eu sou doida, mesmo que a Carina diga que o que os outros pensam sobre nós é um problema deles.

Abaixo a cabeça olhando para minhas unhas descascadas, querendo muito poder ser um avestruz para enfiar minha cabeça em um buraco qualquer porque já é ruim pagar mico, agora imagina sendo gravado?

— Eu também gosto muito da Estela.

Levanto a cabeça ao ouvir a voz de Alex e vejo que ele está perto de mim, ajoelhado no tapete felpudo em frente ao sofá.

— Gosta? — repito conforme o vejo se aproximar de mim, apoiando as mãos ao lado do meu corpo.

— Muito.

Não tenho tempo de reagir porque Alex se aproxima de mim ainda mais, segurando meu rosto com as mãos e então me trazendo para si, me beijando na frente de todos, ajoelhado como um príncipe dos filmes.

A boca dele tem gosto de bala de menta e eu não me importo de ter pessoas nos olhando porque eu senti saudade desse garoto irritante.

— Isso foi intenso — Kelvin diz e pigarreia.

Afasto-me de Alex me sentindo meio zonza pelo beijo.

— A entrevista já acabou? — pergunta Alex ao se levantar e estender a mão para mim.

— Acho... acho que sim — Kelvin balbucia, parecendo não entender nada.

— Ótimo.

Alex me puxa com delicadeza e eu o sigo para longe dos holofotes, gostando do calor da mão dele na minha.

— Troque de roupa e então iremos conversar — ele fala ao parar em frente à porta do camarim, me dando um beijo rápido na boca, fazendo eu me sentir mais boba ainda.

— Vamos conversar? — indago, tocando meus lábios com as pontas dos dedos.

— Com certeza vamos, pequena. Eu quero saber desse negócio de você gostar *muito* de mim.

Estou sorrindo quando vou trocar de roupa e completamente ansiosa ao sair e encontrá-lo esperando por mim.

— Pronta?

— Sim?

Ele sorri e eu também. Sorrisos bobos que não dizem nada, mas que faz com que eu sinta *muito*.

35
Nosso Sim

Não faço ideia para onde Alex está me levando, mas confio nele e continuo segurando sua mão enquanto atravessamos a avenida e continuamos a andar. Somente quando fica visível o parque municipal é que entendo para onde estamos indo e sorrio. Aqui é o lugar de uma lembrança feliz.

Sentamo-nos em um dos inúmeros bancos dispostos embaixo de um caminho margeado por cerejeiras, que nesta época do ano não estão floridas como na primavera.

Apoio as mãos nos joelhos e respiro fundo, tentando organizar os pensamentos.

— Estou apaixonada por você.

— Estou apaixonado por você.

Falamos ao mesmo tempo e eu acabo rindo da confissão sem fôlego que fizemos.

— Eu fiquei meio confusa no começo — admito e puxo um fio solto do meu jeans. — Fiquei com receio de estar confundido nossas mentiras com um sentimento real.

Alex me olha e passa a mão nos cabelos.

— Eu também — ele confessa, parecendo sem graça. — Comecei a gostar mais do que vivíamos nos bastidores do que a parte em que encenávamos um relacionamento real.

— Por um segundo, pensei que tivesse invadido minha gravação para encenar algo — digo baixinho.

— Acho que nas últimas vezes nada entre nós foi encenado, Estela.

Olho para o chão carregado de folhas secas, buscando algo para dizer, mas parece que todas as coisas que ensaiei em minha cabeça diversas vezes simplesmente evaporaram.

— É você, Estela.

— Eu o quê?

— A pessoa que eu tentava encontrar em todos os vídeos sobre amor que eu gravei. Sempre soube tanto na teoria que demorei um pouco a entender que na vida real nada acontece do jeito que queremos.

— Eu também me confundi. Achei que tudo tinha que acontecer como nos livros.

Ergo a mão em que está a aliança e Alex faz o mesmo.

— O que a gente faz agora? — pergunto, mexendo o dedo anelar com o anel prata.

Alex sorri e se levanta, ficando ajoelhado na minha frente.

— Quer namorar comigo de verdade? — pergunta em meio a um sorriso.

— Namorar? Mas será que dá certo, Alex? A gente namorou de mentira durante um mês e você sabe que eu não sei nada sobre namoro e que gosto de ser extremamente precavida e que às vezes fico histérica com possibilidades, mesmo estando trabalhando nisso, e eu já disse que não sei nada de namoro? Eu gosto de você, gosto mesmo, mas...

A resposta dele é se inclinar e me beijar e de um jeito que faz com que todos os "e se" da minha cabeça percam a importância porque na verdade, as pessoas não sabem tanto quanto dizem.

— Eu acho que a gente deve tentar — ele diz, apoiando a testa na minha — para ver no que vai dar.

— Mesmo?

— Claro! Eu penso em você o tempo todo.

— Eu também meio que penso em você o tempo todo.

— Então acho que deveríamos namorar, pequena.

— Eu ainda te acho meio brega, Martinelli.

— É por isso que eu gosto de você, garota.

Começamos a rir e eu me sinto leve porque pela primeira vez, tentar algo novo está me deixando empolgada e não com medo.

Cinco dias depois...

Alex aperta minha mão com um pouco de força e é a primeira vez que estou o vendo tão nervoso.

— Eu acho que não deveria ficar tão ansioso — falo enquanto andamos até um restaurante simples do centro da cidade.

— E se ela não gostar de mim, Estela?

— Isso seria impossível.

Alex para de andar e me puxa para perto, deixando o braço ao redor da minha cintura e abaixando a cabeça para ficar com os olhos na altura dos meus.

— Por que eu demorei tanto para notar você, Estela?

— Porque estávamos brigando muito antes e isso também foi legal.

Alex ri e então me abraça forte. Eu sei que faz poucos dias que estamos namorando de verdade e que tudo é uma novidade, mas eu gosto da forma como posso ser eu mesma com ele e conversar sobre tudo sem que me julgue, até mesmo meus medos bobos não são encarados como algo ruim.

Ele se afasta e torna a pegar minha mão, entrando no restaurante pequeno e dizendo o nome da pessoa que está esperando. Não demoro a localizar a mulher bonita e elegante em uma mesa do canto retorcendo o guardanapo de linho entre os dedos.

Alex também a vê e aperta minha mão enquanto segue o garçom até o local indicado.

— Oi, mãe.

A mulher levanta a cabeça e eu noto a semelhança entre eles. Os mesmos olhos cor de mel e os cabelos loiros e lisos. Ela sorri para Alex e se levanta, parecendo ainda mais bonita.

— Alex — ela diz o nome dele e se aproxima, seus olhos bonitos se enchendo de lágrimas conforme o envolve em seus braços. — Meu menino, como você cresceu.

Alexia abraça forte Alex e então se afasta, olhando para ele e parecendo maravilhada.

— Você é mais bonito pessoalmente, Alex.

— Você também, mãe — ele diz e noto que sua voz está embargada. — Essa é Estela, minha namorada.

— Oi, querida. — Ela me abraça também e eu percebo que ela cheira a perfume e amaciante de roupas. — Você é muito bonita.

— Obrigada.

Nós nos sentamos e eu observo a interação dos dois. A conversa começa cheia de receios, mas então passam a ficar confortáveis um com o outro e a contar partes da vida de ambos que perderam com os anos afastados. Eu vejo que Alex está tão feliz que parece um garotinho de olhos brilhantes.

Alexia é uma mulher doce e gentil que tem que secar várias vezes as lágrimas conforme descobre mais sobre o filho e cada gesto dela demonstra que sentiu falta dele. É um reencontro tão emocionante que eu me vejo tendo de me controlar para não fazer como os dois e chorar.

No final do almoço, eles se abraçam e ressaltam as promessas para um futuro sem a distância e eu permaneço ao lado de Alex, acenando para sua mãe conforme ela se afasta, olhando para trás diversas vezes para conferir o filho.

— Ela é linda — Alex diz sem tirar os olhos da figura esguia da mãe.

— Vocês são parecidos.

— Quer dizer que me acha lindo também?

— Não seja convencido, Martinelli.

Começamos a rir e ele pega minha mão e mesmo em um dia frio de inverno, andamos tranquilamente pelas ruas movimentadas do centro da cidade, aproveitando os últimos dias de nossas férias da faculdade.

— Sabia que eu nunca namorei antes de você?

Olho para Alex e então para as alianças em nossas mãos.

— Não?

— Queria namorar só quando gostasse da pessoa.

Sorrio, pensando em fazer alguma piada, mas nossos celulares apitam ao mesmo tempo e nos entreolhamos, já sabendo se tratar do resultado da terceira fase do concurso.

Olhamos nossos e-mails ao mesmo tempo e eu engulo em seco ao ver o resultado e então olho para Alex.

— A gente perdeu — ele diz e coloca o celular no bolso do casaco.

— Nós perdemos — reafirmo ao guardar meu próprio celular.

— Acho que eu deveria estar triste, Estela. Mas nesse mês que passou, minha vida mudou e não estou mais desesperado para sair de casa porque agora minha mãe também vai morar aqui no Brasil.

— Eu também deveria estar, mas o negócio de marmitas da minha mãe está indo muito bem e meu pai foi chamado em uma agência de marketing pelo Twitter e ele está achando tudo diferente, está feliz.

Alex me puxa para perto pela cintura.

— Estou feliz porque minha vida mudou, Estela.

— Eu também, Alex e porque não corremos mais o risco de sermos acusados de fraude.

— Estela, eu realmente adoro seu jeito de pensar em tudo.

Ele dá um passo para trás, mexendo no casaco e pegando um papel meio amassando, o entregando para mim. Abro a folha e vejo que se trata do nosso contrato de namoro falso.

— Acho que te devo cinquenta mil reais — ele diz de um jeito zombeteiro.

Lembro de tudo o que aconteceu nesse tempo, incluindo quando ele me deu milk-shake no shopping antes do nosso plano, e diante do olhar assustado dele, rasgo nosso o papel.

— Um garoto muito legal ajudou um frango mutante com cabeça de queijo no shopping certa vez. Acho que rasgar esse contrato pode ser um agradecimento.

— Era você? — Alex parece ainda mais espantado, olhando para os pedaços do nosso contrato em minhas mãos.

— Foi graças a nosso plano que eu abandonei aquele emprego horrível e nosso namoro falso me trouxe muitos seguidores e propostas de publicidade. Não preciso mais desse dinheiro. Sei que nos esforçamos para o concurso, mas não me sentiria bem ganhando e sabendo que mentimos.

Alex balança a cabeça, parecendo entender meu ponto de vista.

— Acho que eu também me sentiria culpado. Eu só queria sair de casa e ser independente. Mas agora vou morar com a minha mãe, estou feliz.

— Eu também. Que tal esquecermos esse contrato e simplesmente viver?

— Está mais do que certa, Estrelinha.

Eu o beijo, gostando da forma como todo nosso plano perfeito saiu dos trilhos e nos transformou. Antes eu queria apenas voltar a ser como antes e hoje entendo que precisava mudar para me tornar a garota que sou agora.

Epílogo

Três meses depois

Eu e Alex perdemos o concurso e estamos muito felizes com isso, mas demos nosso próprio jeito de ter uma viagem para praia. Claro que nem de longe tão chique quanto a que seria a viagem para Fernando de Noronha, mas ainda assim especial.

Estamos comemorando três meses de namoro, a volta do meu canal e o fato de que meu tratamento para ansiedade evoluiu a ponto de eu ter sessões mensais. Não quer dizer que eu estou curada, acredito que um transtorno como o meu é controlado.

Agora estou aqui na praia, com os pés na areia quentinha e com os braços de Alex ao meu redor. Apenas nós dois em um final de semana longe de tudo.

— Será que seu pai vai ligar de meia em meia hora como prometeu? — Alex pergunta em meu ouvido, fazendo com que minha pele fique arrepiada.

— Ele estava brincando — garanto e me viro de frente para ele. — Você sabe que meu pai gosta de implicar com você.

Rimos e eu me lembro do meu pai e de seus inúmeros avisos quando falamos que viajaríamos juntos pela primeira vez. Mamãe teve que praticamente o arrastar para dentro de casa para que pudéssemos entrar no carro.

— Imagina se ele soubesse que nosso namoro começou de mentira? — Alex se lembra e dá um beijo em minha testa. — Acho que nesse momento, eu não teria mais meu amiguinho aqui.

Meu riso aumenta e eu fico na ponta dos pés, passando os braços ao redor do pescoço dele. Eu e Alex optamos por não contar a ninguém como nosso namoro começou, assim como Brittany e Guilhermo que agora são namorados. Percebemos que a encenação durou muito menos do que julgávamos.

Assim que meus lábios encostam nos dele, eu tenho a sensação de que meu estômago está cheio de borboletas e aquela certeza de que, apesar de todas as brigas que tivemos, agora somos certos um para o outro.

Alex

Pela primeira vez em muito tempo, estou feliz com a minha vida. Tenho a namorada dos meus sonhos: finalmente sai da casa do meu pai e estou morando no apartamento da minha mãe que fica no centro da cidade.

Estela tem razão quando diz que a melhor coisa que nos aconteceu foi ter perdido o concurso e vendo a rotina louca do Ricardo e de sua namorada, os ganhadores, com os compromissos da marca de refrigerante, percebo que ela estava mesmo certa.

Sorrio ao pensar em Estela, que nesse momento está tomando banho sozinha, mesmo com minhas piadas de que deveríamos fazer isso juntos. Ela ficou com tanta vergonha que me fez ir para o chuveiro primeiro e *sozinho.*

Apesar da brincadeira, eu respeito o tempo de Estela e jamais forçaria algo para o qual ela não está preparada. Já demos vários amassos, mas só iremos transar quando ela decidir. Eu posso esperar.

Ouço a porta do banheiro ser aberta e olho naquela direção, engolindo em seco ao ver que Estela está usando uma camisola rosa de seda que é curta e tem alcinhas tão finas que deve ser bem forte mesmo para manter seus seios cobertos.

Observo quando ela anda até em frente ao espelho que fica no centro do quarto e ajeita os cachos ruivos. Os olhos dela encontram os meus e recebo um sorriso tímido dela.

— Você está linda — digo, afetado por sua aparência. — Linda mesmo.

Estela anda lentamente até a cama e se senta ao meu lado.

— Obrigada — diz e se aproxima tanto de mim que a lateral do seu corpo está grudada no meu. — Alex?

— Sim?

— Eu estou pronta.

— Para dormir? — indago de um jeito patético, chegando mais para o lado.

Estela começa a rir e segura minha mão, a deixando bem em cima de um dos seus seios.

— Para termos nossa primeira vez — afirma de um jeito tímido. — Estou pronta.

— Tem certeza? — pergunto e pego sua mão. — Não é porque estamos viajando juntos que precisamos fazer, Estela.

— Você está nervoso, Alex? — Ela ri e sobe no meu colo.

— Não... — deixo as mãos ao redor da sua cintura fina —, só quero que sua primeira vez seja especial.

— E será — afirma e beija meu queixo. — Porque é com você e eu te amo.

Sorrio tanto que as minhas bochechas chegam a arder. Já dissemos isso um ao outro, mas fico todo bobo a cada vez que ouço novamente.

— Eu também amo você — digo um segundo antes de nossos lábios se tocarem.

O beijo é intenso e eu inverto nossas posições, ficando por cima de Estela e em seguida, observando seus olhos brilhantes e os lábios entreabertos. Ela segura a barra da minha camiseta e a tira com uma lentidão que deixa minha pele queimando no lugar em que a ponta dos seus dedos me toca.

Beijo sua pele quente, descendo meus lábios por seus ombros e abaixando as alças da camisola, expondo seus seios pequenos e com mamilos intumescidos e rosados. Dou um beijo no espaço entre eles e ouço o gemido de Estela.

Ela puxa meus cabelos com mais força quando coloco um de seus mamilos na boca, sugando de leve.

— Alex...

— Quer que eu pare?

— Vou te dar um soco se fizer isso.

Começo a rir porque nem em um momento como esse, ela pode deixar de brigar comigo.

Chupo de leve seu outro seio e continuo a descer sua camisola, até que esteja presa nos quadris. Estela me olha e rebola de leve e eu arregalo os olhos ao perceber que está sem calcinha.

— Consegui surpreender você?

— Sempre.

Continuo distribuindo beijos por todo seu corpo, vendo sua pele ficar arrepiada e a respiração cada vez mais audível. Faço tudo com tanta lentidão que Estela puxa meus cabelos quando meus lábios estão no meio das suas pernas.

— O... o que vai fazer?

— Uma coisa que eu nunca fiz.

— Que seria...

Estela para de falar e puxa meus cabelos com mais força quando abro suas pernas e passo a beijar a parte interna das suas coxas, lambendo de leve ao me aproximar do seu centro.

— Nu... nunca fez isso?

Ergo a cabeça e sorrio diante da pergunta porque essa é a minha Estela, sempre curiosa.

— Algumas coisas farei a primeira vez com você.

— Tipo o quê?

— É a primeira vez que farei isso amando alguém.

As bochechas de Estela ficam mais coradas diante do que falei e eu estou sorrindo quando abaixo a cabeça e volto a beijar suas coxas, sentindo quando fica mais relaxada diante do meu toque e é bem nesse momento que eu a beijo em outro lugar e Estela arqueia mais o corpo, gostando do que estou fazendo.

— Alex!

Apenas ergo a cabeça e sinto quando ela puxa meus cabelos com mais força, me levando exatamente para o local onde me quer e eu continuo chupando Estela, primeiro devagar e depois com um pouco mais de intensidade e ela se contorce.

Estela solta meus cabelos e agarra os lençóis no instante em que suas pernas tremem e eu continuo até que esteja gemendo meu nome cada vez mais alto.

Quando percebo que ela gozou, passo a mão por suas pernas e beijo sua barriga, subindo um pouco mais.

Assim que nossos rostos ficam no mesmo nível, Estela puxa minha calça para baixo e eu me afasto um pouco dele, tirando a calça e a cueca ao mesmo tempo.

Sorrindo para mim, ela estica a mão e abre a gaveta da mesinha de cabeceira.

— Sou precavida — diz diante do meu olhar surpreso quando mostra a embalagem de camisinhas.

— Eu também trouxe — explico quando ela abre a embalagem e destaca um preservativo.

Estela me entrega a camisinha e diante do olhar curioso dela, eu abro o envelopinho prata e em seguida o desenrolo em minha ereção.

— Nos filmes tudo parece tão diferente — Estela comenta e me puxa para mais perto.

— Que tipo de filmes anda assistindo?

Estela começa a dar risada e eu sinto meu rosto arder.

— Devo me sentir intimidado com essa sua observação?

— Eu não estava falando de filmes de conteúdo adulto, Alex, mas, sim, de romance. Parece que as pessoas sempre sabem o que dizer e fazer, muito diferente de mim nesse momento. Será que é normal ficar conversando nessa hora?

Mordo o lábio para prender o riso e beijo seu queixo.

— Eu não sei, querida, mas se você se sentir melhor dessa forma, acho que podemos conversar.

Estela dá risada e eu também e é em meio ao riso que voltamos a nos beijar. Os dedos dela deslizam por minhas costas, arranhando de leve minha pele enquanto nos aproximamos cada vez mais.

Ela abre as pernas para mim e, lentamente, me acomodo entre elas. Olhamos nos olhos um do outro enquanto eu a penetro e Estela se encolhe um pouco quando estou todo dentro.

— Está tudo bem?

— Sim — responde e afasta meus cabelos da testa. — É só isso? Eu li bastante livros de romance também, mas não sei se os autores floreiam a realidade.

— Você quer que seja só isso?

— Não... quer dizer, eu pensei que iria sentir muito mais do que um beliscão. Gostei quando me chupou antes.

Sorrio diante de toda a curiosidade de Estela e me movimento um pouco, vendo que arregala os olhos.

— Doeu?

Ela faz que sim e eu a beijo quando torno a me movimentar e Estela suspira de encontro a minha boca, passando as pernas ao meu redor e se movimentando comigo. Estou me esforçando bastante para ser delicado, mesmo que seja um pouco difícil quando ela se mexe desse jeito.

Encontramos nosso próprio ritmo e percebo quando Estela passa a sentir prazer e não dor.

— Não para — pede e se inclina, mordendo o lóbulo da minha orelha.

Faço exatamente o que me pede e mordo de leve seu pescoço quando aumento o ritmo. Estela geme meu nome e eu perco o resto de autocontrole que me resta, a penetrando mais rápido.

Coloco a mão entre nossos corpos e a estimulo com os dedos, sentindo quando me aperta ao seu redor. Estela goza e eu também, fechando os olhos com força enquanto meu corpo estremece em cima do seu.

É tão intenso que eu desabo em cima dela quando tudo acaba, sentindo a carícia dela em meus cabelos.

— Eu amo você, Alex — Estela fala e beija meus cabelos.

— Eu te amo *pra caralho*.

Estela ri e eu constato, pela milionésima vez, que a risada dela é meu som favorito do mundo e que ela é a minha pessoa preferida.

Encenamos um namoro em frente às câmeras, mas foi nos bastidores que eu passei a amá-la.

Agradecimentos

EU TENHO MUITO A QUEM AGRADECER por esse livro, mas em primeiro lugar quero agradecer a J. Love do passado que enfrentou seus medos e escreveu a história de Alex e Estela. Viu só? Com medo, as coisas também dão certo.

Meu muito obrigado a minha mãe que sempre acreditou em mim quando eu disse que não iria conseguir. Eu consegui mesmo, mãe. E agora, tempos depois de terminar esse livro, ele finalmente está ganhando o mundo.

A Ler Editorial, representada pela querida Catia Mourão. Muito obrigada por confiarem mais uma vez em meu trabalho. Amo trabalhar com vocês.

E por último, e mais importante, obrigada às minhas leitoras por sempre lerem tudo o que eu escrevo e me mandarem inúmeras mensagens me apoiando a sempre continuar. Sei que esse não é um livro como os outros, mas espero que tenham ficado com o coração quentinho ainda assim.

Com amor,

J. Love

www.lereditorial.com

@lereditorial